AMNESIA

MAEVE ADJ

AMNESIA

© 2025 Maeve ADJ
Édition : BoD · Books on Demand, 31 avenue Saint-Rémy,
57600 Forbach, bod@bod.fr
Impression : Libri Plureos GmbH, Friedensallee 273,
22763 Hamburg (Allemagne)
ISBN : 978-2-3225-6185-8
Dépôt légal : Février 2025

AMNESIA

À ma grand mère et à la petite Maeve de quatorze ans

MAEVE ADJ

[1]Breathe deeply…

---

[1] Respirez profondément

Playlist

Broken - Isak Danielson

Love - Sofian Pamart

Cry - Cigarette After Sex

No Time To Die - Billie Eilish

Doin' Time - Lana Del Rey

Daddy Issues - The Neighbourhood

Je te laisserais des mots - Patrick Watson

Breathin - Ariana Grande

Corps inerte - ANAÏS MVA

Bad Liar - Imagine Dragons

Ssendu - Idir

Sorry - Halsey

i love you - Billie Eilish

Panic Room - Au/Ra

Silver Soul - Beach House

Premier amour - Nour

Come Back to Earth - Mac Miller

Tes mots - Randjess, Olympia

Heart - Sleeping At Last

Ocean eyes - Billie Eilish

A Vava Inouva - Idir

Bored - Billie Eilish

Retrouvez la playlist complète sur Spotify :
Maeve_Adj AMNESIA

PROLOGUE

Le cerveau est l'organe le plus complexe, avec près de cent milliards de neurones, chacun connecté à plusieurs milliers d'autres. Une de ses fonctionnalités est de se souvenir, de se rappeler de ce que l'on a mangé ce matin, du prénom de nos parents, de l'odeur de notre premier doudou ou encore de notre première meilleure amie.

Je pense que la mémoire est ce qui m'a toujours le plus fascinée, sûrement parce que la mienne me fait défaut. Je ne me souviens plus du prénom de ma maîtresse de CP ou celui de mon professeur d'anglais au collège, je ne me souviens pas non plus de l'appartement où j'ai grandi.

Alors on m'a raconté tout ça, j'ai vu des photographies et j'ai entendu des anecdotes pendant les repas de famille. Je sais à quoi je jouais pendant la cours de récréation, quelle était ma chanson préférée au lycée et quand est-ce que mon père m'a porté sur ses épaules pour la dernière fois, mais puis je les considérer comme des souvenirs ?

Finalement, je n'ai pas d'images qui me sont propres, d'odeurs qui me reviennent lorsqu'on me raconte cette soirée au coin du feu, ou encore de précision à ajouter.

Comme si je racontais l'histoire d'un livre que j'aurais apprise par cœur, mon passé m'est impersonnel. Malgré toute la complexité de mon cerveau, ma mémoire est défectueuse. Je me souviens très bien de ce que j'ai mangé ce matin, du prénom de mes parents et d'où j'ai rangé mon porte monnaie. Mais c'est comme si ma vie avait commencé il y a deux ans, comme si mes vingt premières années n'avaient jamais existé. Pourtant les photographies qui me servent de mémoire me prouvent par exemple que j'ai bien fêté Noël chez ma grand-mère l'année de mes sept ans.

Je ne saurais expliquer pourquoi tout est si flou pour moi, alors que tout à l'air si clair pour les autres. Je me contente donc de me demander « pourquoi ? » et de me créer un présent, avec la peur qu'il m'échappe lui aussi.

Le cerveau humain m'impressionne, parce que finalement sa fonction première est simplement de nous faire survivre.

PARTIE I

1

Mon corps tremble si fort que je crains que cela ne se voie. J'essaie de me concentrer sur ma respiration, tandis que mes pensées se mélangent. Je suis incapable de comprendre ce que mon patron m'indique, pourtant je fais de mon mieux. Je crains sa réaction si il remarque que je ne l'écoute pas et on ne peut pas dire qu'il me porte vraiment dans son cœur.

L'angoisse me colle à la peau depuis le début de la journée. Je n'arrive pas à m'en débarrasser. Dans un dernier espoir, je me mets à décrire mentalement ce qui se trouve dans la pièce. Un bureau en acajou, un tableau réalisé par un artiste inconnu, une lampe,... Au fur et à mesure que ma liste s'allonge, ses mots me parviennent de nouveau :

— Mademoiselle Fleury, vous avez donc jusqu'à Lundi pour me faire parvenir ces photos.

Je me contente de hocher la tête, par peur des trémolos qui se feraient entendre dans ma voix si j'osais parler. Il n'est pas très grand ou très imposant mais il m'a toujours impressionnée. Ce dernier marque un silence, me dévisageant de haut en bas, ce qui ne fait qu'accentuer mon malaise.

— Nous avons un rendez-vous client la semaine prochaine, lissez-vous les cheveux, je ne voudrais pas que l'on pense que mon équipe n'est pas professionnelle.

Le rouge me monte instantanément aux joues. J'aimerais lui dire que ce genre de commentaire déplacé n'a pas lieu d'être. Mais par expérience, je sais qu'il me dira que les *bougnoules*, nous sommes tous pareil, nous nous enervons pour un rien. Il insistera en disant que les femmes sont les pires. Je me sens piégée face à cet homme avec son racisme ordinaire, qui attend la moindre occasion pour me mettre à la porte. Ma peau qui n'est pourtant pas si mat, ne sera jamais assez blanche et mes cheveux ondulés ne seront jamais assez lisses pour lui. Je m'enferme donc dans mon silence, regrettant mon ancienne patronne et son départ à la retraite.

Lorsqu'enfin il me congédie, j'attrape mes affaires à la hâte et m'empresse de me diriger vers le métro. Je n'habite pas très loin, en trente minutes et un changement plus tard, je suis devant chez moi, épuisée. Je m'empresse ensuite de me déchausser avant de monter l'escalier qui sépare l'entrée de la pièce à vivre, puis je m'affale sur le sofa.

Allongée sur le ventre, la tête reposant sur le tissu, les pieds encore à moitié dans le vide, je lâche un soupir d'aise. Intérieurement, je remercie le père de ma meilleure amie de nous avoir laissé ce canapé d'angle quand il a déménagé.

Le silence devenant rapidement assourdissant laissant ainsi trop de place à mes pensées, j'attrape mon portable et la musique résonne dans tout l'étage. Fatiguée de ma journée, je laisse mes paupières se fermer quelques instants, mais je les rouvre instantanément quand un poids arrive dans mon dos.

— Astrid, je marmonne la tête à moitié dans les coussins.

Le rire sadique de ma colocataire qui vient de me lancer son sac dessus me parvient alors que je me retourne, laissant tomber l'objet au sol dans un bruit sourd. Son legging vert clair avec sa brassière assortie m'indique qu'elle revient de la salle de sport. Pourtant, son maquillage parfait à l'instar de sa longue queue de cheval blonde de laquelle aucun cheveux ne dépasse prête comme toujours à confusion.

Je me redresse pour lui laisser de la place mais elle refuse, m'informant qu'elle va prendre une douche. Il n'est que vingt-et-une heure trente mais j'ai l'impression qu'il est déjà minuit passé.

Je finis par me lever pour aller préparer à manger en me disant que plus vite ce sera fait, plus vite je pourrai aller me coucher. Pendant que l'eau bout, je m'assois sur l'îlot central, admirant l'immense terrasse qui surplombe le jardin et sa vue dégagée sur Paris.

La première fois que je suis venue ici j'avais à peine quatorze ans. Astrid m'avait invitée à venir visiter son nouveau lieu de vie avant que les travaux ne soient faits et j'ai immédiatement été émerveillée par la taille de la maison qui leur appartenait. Moi qui habitais dans un HLM, je suis immédiatement tombée amoureuse de l'endroit. Particulièrement de son immense ouverture qui baigne de lumière la pièce. L'immense baie vitrée s'élève sur deux étages et une mezzanine surplombe le tout. La pièce à vivre est dans des tons neutres avec son carrelage noir et ses murs blanc, mettant en valeur les oeuvres d'art qui sont maintenant présente.

Huit ans que je viens ici, deux que j'y habite, et pourtant je ne m'y fais toujours pas. Je continue d'admirer l'endroit comme une enfant dans un parc d'attraction.

Si son père n'avait pas déménagé à Londres, laissant ainsi

l'appartement à son aînée, je serais sûrement dans un minuscule logement mal isolé comme la plupart des jeunes parisiens.

Quand Astrid sort de la salle de bain, les pâtes bolognaises sont prêtes et nous nous mettons à table, affamées. Entre deux bouchées, je l'écoute me raconter sa journée et ses cours de psychologie qui la passionnent, bien que pas assez nombreux selon elle.

— Je ne me rends pas compte, pour moi déjà trois heures de cours par semaine c'est suffisant, dis-je en rigolant.

— Dit celle qui fait des journées de huit heures sans s'arrêter, souffle-t-elle levant les yeux au ciel ironiquement.

Ayant commencé à travailler juste après le baccalauréat, la voir passer des journées entières à écouter des inconnus parler sans rien faire mis à part prendre des notes me paraît d'un ennui infini. Toutefois elle n'a pas tort, nos modes de vie ne peuvent être plus opposés, pourtant nous adorons nous raconter l'une l'autre nos quotidiens.

Alors que nous finissons de manger, nous sommes interrompues par la sonnerie de son téléphone qu'elle décide d'ignorer deux fois, avant de céder au troisième appel non sans agacement.

Son visage se crispe immédiatement tandis qu'elle essaie de garder son calme face au ton irrespectueux de sa mère qui résonne dans le silence. Les réponses d'Astrid sont cinglantes. Elle accuse sa mère de l'appeler uniquement pour lui demander un service ou pour lui reprocher quelque chose, ce que son interlocutrice nie en s'insurgeant.

La relation entre les deux femmes n'a jamais été sans nuages et à vrai dire, sa mère m'a toujours un peu effrayée. Quelques instants plus tard, Astrid raccroche dans une atmosphère tendue.

— Elle a besoin de moi pour accompagner Lexie chez le dentiste. Elle a bientôt treize ans, le dentiste est à quinze minutes à pied, elle pourrait la laisser être autonome pour une fois ! Puis je dois récupérer un colis, pourquoi elle me prévient toujours au dernier moment, souffle-t-elle.

Effectivement, les demandes à la dernière minute sont l'une des spécialités de sa mère, ce qui a le don d'énerver sa fille au plus au point sans que cela ne semble vraiment l'affecter.

— Je dois aller chercher ma sœur à la même heure pour qu'on aille chez ma grand-mère, je ne pourrais pas récupérer ton colis. Mais je peux demander à Nyx, je la vois demain, peut être qu'elle peut passer le prendre.

Elle me remercie, m'assurant que sinon elle trouvera une alternative mais je sais que ce serait trop compliqué. Nyx et elle se connaissent par mon intermédiaire mais elles n'ont jamais été très proches, sûrement parce que mes deux amies ont des tempéraments assez différents et ne sont pas des plus sociables.

Une fois que nous avons fini de débarrasser, je m'excuse en lui expliquant que je ne passe pas la soirée avec elle parce que j'ai encore du travail et que je suis épuisée.

— Pas de soucis, mais ton patron exagère honnêtement. Comme si tu ne travaillais pas assez...

— As', tu sais que j'adore ce que je fais, ça ne me dérange pas.

Elle grommelle quelque chose d'incompréhensible puis j'attrappe mon sac avant de m'éclipser à l'étage. Une fois dans ma chambre, assise à mon petit bureau en bois clair qui fait l'angle, je sors mon ordinateur et allume mon logiciel pour faire les premières modifications que mon client - et mon patron - ont demandées.

Les photos ont été prises le matin même, et je me félicite

de les avoir déjà triées cet après-midi. Sans même que je ne m'en rende compte, il est déjà minuit passé et je suis bien obligée d'arrêter puisque mes yeux commencent à me brûler. J'adore travailler, me focaliser sur une tâche me permet d'écarter toutes les pensées qui arrivent bien trop rapidement quand je m'arrête. Pourtant, il faut bien que j'aille me coucher. Je prends une grande et lente inspiration pour m'ancrer à nouveau dans la réalité. Je dois aller me coucher.

2

Je me redresse subitement, cherchant désespérément un peu d'air alors que mes poumons me brûlent. Lorsqu'enfin je parviens enfin à prendre conscience d'où je me trouve, j'attrape une bouteille d'eau laissée sur ma table de nuit pour ces moments là. Ma gorge est si sèche que l'eau me semble épaisse et que j'ai du mal à boire. Puis, je me précipite sur le petit balcon de ma chambre, ouvrant la fenêtre à la hâte.

Le froid du mois de Février me percute de plein fouet, me ramenant immédiatement sur Terre. Épuisée, je glisse au sol, apaisée par l'air sec des matins d'hiver. Ce n'est qu'après un temps m'ayant semblé infini que je suis de nouveau calme. Alors seulement, je me rends compte que je suis trempée de sueur. Dépitée et à bout de force, je reste encore quelques instants immobile, fixant le ciel gris.

Je sursaute une nouvelle fois au son de mon réveil et je me rends compte que je me suis endormie. Je me lève, le corps engourdi, puis j'attrape mon téléphone. Il est sept heures trente, je suis déjà en retard. Douchée et maquillée en quelques minutes, je fonce vers la sortie quand j'aperçois un post-it dans la cuisine.

《 *Tu es en retard, n'oublie pas de manger avant de partir* 》 Je souris, attendrie, puis attrape la pomme, mes affaires, et sors enfin. Arrivant au travail avec trois minutes d'avance, je m'assois à mon bureau, fière de moi. L'open space a beau être critiqué, j'apprécie la proximité et le contact social qu'il apporte. Après m'être fait couler un café, j'allume mon ordinateur, prête à affronter une nouvelle journée.

Une fois de plus,le temps passe à une vitesse folle et je ne m'arrête que lorsqu'un bruit de talon résonne dans tout l'étage. Relevant les yeux de mon écran, je vois une jeune femme d'un mètre quatre vingt, aux longs cheveux d'un noir intense qui effleure sa taille, le tout réhaussé d'rouge à lèvre vif. Nyx dans toute sa splendeur.

Tous mes collègues se taisent en l'observant arriver. Elle fait toujours le même effet hypnotique avec sa prestance écrasante, le genre femme que tout le monde regarde, même s'il y a peu de chances pour qu'elle vous accorde son attention.

Pourtant, lorsqu'elle sera partie, on critiquera ses collants résilles, sa mini jupe et ses cuissardes noires. Nyx le sait, mais elle s'en fiche totalement. C'est sûrement pour cela que je l'admire tant.

— On y va ? Me demande-t-elle une fois qu'elle arrive à ma hauteur.

Je récupère donc mes affaires et nous partons manger, sachant pertinemment que l'on me questionnera à son sujet.

— La prochaine fois, fais plus de bruit ! Je rigole en coupant ma viande.

— Les rêves c'est la nuit chérie, je mérite d'être admirée, me répond-elle en balançant ses cheveux derrière son épaule d'un air théâtral.

— D'ailleurs j'ai besoin de toi pour récupérer un colis ce soir, tu penses que tu pourrais ?

Je ne sors pas les violons sachant pertinemment qu'avec elle, il faut aller à l'essentiel et oublier tout le superflu.

— Tu fais quoi pendant ce temps-là, tu te touches ?

Je m'étouffe devant sa capacité à tout ramener au sexe alors que j'ai toujours été réservée sur ce sujet, ce qui la fait bien rire. Les personnes autour nous dévisagent, je sais qu'elle a parlé trop fort. Bien évidemment, elle ne s'en préoccupe pas le moins du monde.

— Arrête de crier, baisse d'un ton, je grogne en me renfrognant devenant aussi rouge que sa bouche.

— Décoince toi ma chérie. Bon alors cette histoire de colis, dis m'en plus.

Je lui explique donc la situation tandis qu'elle fait mine d'y réfléchir, sa négociation interne semble assez mouvementée au vu de ses expressions. Mais soudain son visage s'éclaire et un sourire qui n'augure rien de bon pour moi se dessine sur ses lèvres.

— J'accepte mais à une seule condition, on va en boîte après.

Un soupir d'exaspération s'échappe de ma bouche. Je sais très bien qu'elle essaie juste de me faire sortir et de m'enlever le travail de la tête mais je n'aime ni les grosses soirées ni boire à profusion.

— Je rentrerai de chez ma grand-mère, je serais fatiguée mais tu peux passer la soirée à la maison. Promis, on sortira ensemble dans pas longtemps.

Elle se met à réfléchir à ma proposition puis finit par accepter, sachant très bien que c'est déjà un effort pour moi. Elle qui sort chaque nuit et enchaîne les coups d'un soir rentrant ivre une fois sur deux, elle qui a toujours beaucoup d'anecdotes à raconter. Elle doit avoir l'impression que ma vie est d'un ennui mortel étant donné qu'elle se résume à ma famille, mes deux amies et mon travail. Moi j'apprécie ma routine et la sûreté qu'elle m'apporte.

Finalement, je lui donne les clés et nous finissons notre repas dans la bonne humeur.

— À ce soir alors, me lance-t-elle en me faisant la bise.

— À ce soir.

Je retourne au bureau, heureuse de ce repas qui m'a mis du baume au cœur. Nyx a beau avoir une batterie sociale qui se vide à une vitesse folle et un caractère bien trempé, elle arrive toujours à me faire rire et à me redonner de l'énergie nécessaire pour finir ma journée.

Comme chaque vendredi, l'après-midi s'écoule à une lenteur folle alors que j'ai hâte de retrouver mes sœurs. Lorsque seize heures trente sonne, je me dépêche de partir pour retourner devant mon ancien collège.

À l'entrée, je retrouve Astrid qui attend également Lexie sa sœur, discutant avec nos anciens surveillants. Mon cœur s'accélère et un sentiment bien trop familier à mon goût m'emplit, de nouveau je maudis mon cerveau.

Pourquoi est-ce que je ne peux pas être comme tout le monde ? J'essaie d'analyser la situation, de comprendre ce qui aurait pu déclencher mes palpitations mais, ne trouvant rien de logique, je capitule. Au lieu de ça, je tente de me remémorer des souvenirs joyeux du collège. Rien de très précis ne me vient à l'esprit, cette période me paraît floue. Abandonnant toute technique d'apaisement je rejoins ma meilleure amie, cachant au mieux mon angoisse.

Quelques secondes plus tard, la sonnerie retentit et les portes s'ouvrent en laissant sortir une flopée d'adolescents impatients d'être en week-end. Soudain on m'interpelle.

— Mademoiselle, tu me donnes ton numéro ! Lance un jeune en ricanant.

Astrid s'apprête à répondre de façon peu sympathique mais une surveillante la devance et le garçon finit par s'excuser alors que ses copains se moquent de lui. Décidément, le collège n'est vraiment pas une période que je regrette.

Ma sœur sort dans les derniers comme d'habitude et me cherche rapidement du regard.

— Vous êtes tellement clichées avec Astrid, me lance-t-elle désinvolte, alors que ses cheveux tombent devant son visage.

— Pourquoi ça ? je demande en rigolant.

— La blonde et la brune aux cheveux longs et ondulés, minces, maquillées mais pas trop et bien habillées, me répond-t-elle avec une voix aiguë, levant les yeux au ciel comme si c'était évident. On dirait que vous sortez d'un vieux magazine pourri pour ados.

Elle n'a pas tort. Je rigole de nouveau, malgré tout flattée par ses compliments indirects. À cet âge-là, toutes les filles de vingt ans nous paraissent incroyables.

Lexie arrive juste après avec ses cheveux roux qui la démarquent de la foule. Je la salue d'un signe de main avant qu'elle et sa sœur ne s'empressent d'aller à leur rendez-vous.

— Bon, on y va ?

— Tu n'as pas besoin de faire ça avec moi, je lui réponds,

son ton cassant ne me faisant même plus ciller

Elle soupire mais je la vois sourire et se détendre alors qu'on commence à marcher silencieusement. J'apprécie ces moments où il n'y a nul gêne ou embarras, nous profitons juste de l'instant présent.

Au bout d'un moment, alors qu'on entre dans la bouche du métro et que Maya a la certitude qu'aucun collégien ne peut nous voir, elle me serre dans ses bras comme si j'allais m'envoler. Je lui rends son étreinte en caressant doucement ses cheveux bruns couverts par un bonnet qu'elle ne quitte jamais. Elle qui habituellement déteste le contact physique ne me lâche pas avant de longues secondes.

J'ai bien conscience de son mal-être qui se traduit par son mauvais caractère, mais je me sens impuissante. Comme spectatrice du combat de mes deux sœurs face à l'adolescence. On reprend finalement notre chemin en échangeant des banalités, avant de nous retrouver devant le RER bondé. J'attrape instinctivement sa main mais la peur se lit sur son visage. Je sors alors mes écouteurs puis lui en tends un et elle me remercie d'un sourire timide.

《 *Elle me dit* 》de Mika résonne alors dans nos oreillettes et je la vois ricaner. Nous revoilà à cinq et quatorze ans, dansant dans le salon la musique à fond, seules dans l'appartement, je suis persuadée qu'elle aussi chante dans sa tête. Ce souvenir est étrangement clair et cela me surprend. J'ai surement du voir une vidéo de ce moment là et je confond mon disque dur et ma mémoire.

Une fois arrivée chez ma grand-mère, Maya est beaucoup plus calme. Pourtant, à peine la porte est-elle ouverte qu'elle file dans sa chambre sans rien dire. Ma grand mère me rejoint très vite avec un air triste.

— Bonjour *Djida*.[2]

— *Iley tahzist*[3] !

— Léna n'est pas encore là ? Je demande en la prenant dans mes bras, étonnée de ne pas voir ma seconde sœur à ses côtés.

— Elle ne va pas tarder, elle est restée à la bibliothèque du lycée. Comment te sens-tu ?

Ma grand-mère m'a toujours habituée à remplacer les 《 ça va ? 》par les,《 comment te sens-tu ? 》, me disant que c'était une question ouverte et moins quotidienne, ce qui poussait les gens à plus se confier.

— Je suis fatiguée mais ça va, et toi ?

Tout en lui répondant, je me dirige avec elle dans la cuisine.

— Je suis inquiète pour ta sœur, elle se renferme de plus en plus.

Je lui explique qu'après une journée au collège, c'est normal qu'elle ait besoin d'être un peu seule. Je lui fais tout de même part de mon impuissance face à cette situation.

— Zahra, *tahzist iw*[4], ta sœur transforme sa peine en haine,

---

[2] Grand-mère en kabyle.
[3] Ma fille chérie en kabyle.
[4] Ma chérie en kabyle.

elle ne s'autorise pas à avoir mal. Il n'y a qu'avec la famille qu'elle est réellement elle-même, sans compter ton père. Maya a besoin de toi, elle a besoin de sa grande sœur. Léna fait de son mieux mais tu la connais, elle se met une pression monstrueuse.

Tu as toujours été là, tu l'as toujours protégée, même si je sais que ça n'a pas toujours été simple. Votre père n'a jamais été très présent, à fond dans le travail, comme leur mère. Toi, tu as comblé ce manque. Tu es là pour tes sœurs, tu les traites comme tu aurais aimé que ton père te traite. Tu fais tout pour qu'elles ne ressentent pas ce que toi, tu ressentais à leurs âges. C'est pour ça qu'elles te font confiance, tu as fait en sorte qu'elles grandissent et puissent se reposer sur toi. Ta simple présence les aide.

Je sais que c'est compliqué pour toi aussi mais je suis sûre que Maya finira par se confier à toi.

Ses mots mettent du baume sur mes maux, me rassurant sur mon rôle de grande sœur. Elle finit par préciser que, si ça se passe trop mal avec mon père, elle en parlera à Emilie, leur mère.

J'ai grandi en étant souvent chez ma grand-mère maternelle qui est restée présente après l'abandon de ma mère. C'était plus simple que mes demi-sœurs viennent avec mon frère et moi, surtout que leur mère est souvent en déplacement. Elles sont la preuve que le lien du sang ne fait pas tout.

— Va chercher ta sœur s'il te plait, les milles trous sont prêtes, me demande-t-elle, faisant cuire la dernière crêpe.

Avant d'y aller, je me lève pour la rejoindre, regardant les petits trous se former sur le dessus de la pâte épaisse pendant qu'elle chauffe. Les crêpes kabyles sont notre dessert préféré à toutes les trois et on y a droit chaque vendredi soir pour nous réconforter après une semaine fatigante. Elles embaument la maison et notre cœur avec. Une fois qu'elles sont prêtes, je toque à la porte de Maya. Il faut quelques secondes avant qu'elle s'ouvre à la volée sur ma sœur me foudroyant du regard, ce qui me surprend. Par réflexe, je l'attrape et la jette sur son lit, hilare, ce qui la fait rire alors qu'elle m'insulte gentiment.

— Tu as le droit d'être en colère, mais ne passe pas tes nerfs sur les personnes qui tiennent à toi et qui veulent ton bien. Tu te trompes de cible.

— Ouais, marmonne-t-elle.

—Allez viens, les milles trous sont cuites.

Ni une, ni deux, elle est prête à descendre, ce qui me fait sourire.

— *Dada*[5] n'est toujours pas rentré ? me demande-t-elle alors qu'elle s'apprêtait à partir.

Mon cœur se serre, mon frère n'est pas présent en ce moment. Lui aussi voyage beaucoup avec son travail de journaliste, je sais que ma sœur est affectée par son absence. Je me contente de secouer la tête, moi aussi triste qu'il ne soit toujours pas là et qu'il ne donne aucune nouvelle. Maya lâche un soupir en levant les yeux au ciel avant de rejoindre notre grand-mère. Toujours assise sur le lit, j'envoie un message à mon frère lui exprimant à quel point il nous manque tout en

---

[5] Surnom affectif et respectueux pour son aîné en kabyle.

espérant qu'il aille bien.

Alors que je m'apprête à aller prendre mon goûter, une ombre brune me fonce dessus et m'emprisonne de ses bras. Les boucles dévalent le long des épaules de ma sœur, sa tête enfouie dans mon épaule, alors que son corps est parcouru de légères secousses, mon t-shirt s'humidifie. Léna pleure.

3

Je serre doucement ma sœur contre moi, tandis qu'elle sanglote en silence et que j'effectue de petits cercles dans son dos. La voir dans cet état me brise, mes yeux me brûlent et je peine à retenir mes larmes. Mais je ne dois pas pleurer, je dois lui montrer que je suis forte, c'est mon rôle de grande sœur. Alors je ferme les yeux pour étouffer la moindre goutte qui tenterait de s'en échapper.

Mon étreinte se resserre de nouveau et je la laisse pleurer aussi longtemps que nécessaire. Je ne sais pas combien de temps nous restons debout dans ce couloir, à se serrer mutuellement dans nos bras, mais ce n'est qu'après de longues minutes que sa respiration se fait plus régulière, tout doucement les secousses et les sanglots s'atténuent.

— Tu m'as manquée *Nana[6]*, prononça ma sœur dans un

---

[6] Surnom affectif et respectueux pour son aînée en kabyle.

souffle.

— Toi aussi, *tamchicht iw*[7]. Je sais que ça ne se passe pas très bien chez notre père. Maya lui tient tête, il lui hurle dessus, Léna a horreur des cris. Quand j'étais encore là-bas, j'apaisais les tensions et arrivais à faire en sorte que ça n'hurle pas trop. Mais Maya provoque, ne se laisse pas faire, la peur que mon père lui insuffle ne suffit pas à la décourager et elle continue de provoquer.

Léna est introvertie et posée, la situation est horrible pour elle aussi. Elle est forte, serre les dents, ne dit rien, puis relâche toute la pression accumulée une fois que nous ne sommes que toutes les deux. Elle renifle une dernière fois avant de me lâcher. Elle essuie ses yeux rougis et ses boucles brunes collent à son visage à cause de ses larmes, ce qui me fait rire gentiment. Face à son incompréhension, je l'emmène dans la salle de bain et elle rit à son tour devant son reflet. Après s'être rafraîchie, elle prend une grande inspiration et on descend ensemble.

Même si on n'en parle pas plus, je note pour moi-même que je devrais passer une journée en tête à tête avec chacune de mes sœurs. Comme me l'a dit *Djida*, elles ont besoin de moi. Comme mon frère est absent, je vais devoir assurer pour deux. Ce besoin est réciproque, ne plus les voir au quotidien me manque.

Une fois attablées devant nos milles trous, nous mangeons de bon cœur, échangeant sur nos journées. L'ambiance est légère et agréable, nos rires résonnent en cœur. Ce soir, nous évitons les

---

[7] équivalent de mon petit chat, surnom affectif kabyle.

sujets qui fâchent. La prochaine fois, nous parlerons de ce qui nous tracasse.

Alors que nous sommes en train de terminer, et que ma grand-mère s'attèle à la préparation de la *chorba*[8] pour ce soir, mon téléphone sonne.

— C'est papa, ça vous dérange si je réponds ?

Leurs visages se figent, mon père n'est pas des plus agréables, mais je ne me vois pas l'ignorer. Ma grand-mère décrypte mon débat interne et intervient.

— Décroche ma fille, vas-y.

Je m'exécute et actionne le haut parleur..

— Bonsoir papa, je suis chez *Djida* avec les filles !

— Tu ne veux pas arrêter de l'appeler comme ça et l'appeler mamie comme tout le monde, souffle mon père exaspéré.

Je me demande souvent pourquoi il a épousé une kabyle alors qu'il me demande constamment d'étouffer tout ce qui pourrait me ramener à mes origines. Il change de sujet, demandant à mes sœurs si elles ont fait leurs devoirs sans même un bonjour. Leurs visages laissent transparaître leur mal-être, me voilà de nouveau impuissante. Vient mon tour de lui faire le compte-rendu de mon travail. De toute façon c'est bien la seule chose qui l'intéresse chez moi, mon travail. Il ne m'appelle que pour ça, mais je m'y suis faite. Je préfère ça que de ne pas avoir de père du tout.

---

[8] plat algerien.

— Tout se passe bien même si mon patron m'exaspère un peu, il me demande tout le temps de faire des heures supplémentaires.

Il ne me faut que quelques secondes pour regretter mes propos.

— C'est parce que tu es douée Zahra, arrête un peu ton cinéma et ta fainéantise, soit reconnaissante dans la vie ! Tu as ce poste, maintenant à toi d'en être à la hauteur. De toute façon, votre génération ne veut pas travailler.

Il parle si fort que sa voix grésille dans le combiné. J'imagine bien ses sourcils froncés, sa mâchoire contractée et ses poings serrés. Mon cœur tambourine si fort dans ma poitrine que je me demande s'il ne l'entend pas à travers l'appareil. Je me contente d'être silencieuse alors que Léna me regarde compatissante. Je culpabilise de ne pas être plus forte, de ne pas réussir à lui tenir tête, mais l'angoisse est trop forte et me paralyse.

On essaie d'écourter l'appel, cependant notre père continue à me parler de travail. Je regarde Maya qui n'a pas parlé, le visage baissé, ses cheveux bruns coupés en un carré parfait tombant devant ses yeux.

— Maya ma fille, comment te sens-tu ? Hasarde ma grand-mère inquiète.

— BIEN JE VAIS PARFAITEMENT BIEN, hurle-t-elle hors d'elle.

Ses yeux sont remplis de haine, tandis que *Djida* garde son regard calme, rassurant et apaisant s'apprêtant à continuer, mais elle se fait couper par mon père,

— Écoute Maya, tu vas te calmer et changer de ton avec ta grand-mère. Tu n'as pas à te comporter de la sorte devant moi. Je n'ai pas élevé mes filles comme ça, prends un peu exemple sur Léna.

Il faut quelques secondes à ma sœur pour intégrer sa remarque, comme sonnée, puis se redressant alors sur sa chaise elle s'insurge.

— Je te déteste ! Je ne sais même pas pourquoi je supporte de t'entendre depuis tout à l'heure ! Si tu voulais être avec nous, t'avais qu'à être là ! Puis il n'y a que les cours et le travail de *Nana* qui t'intéressent, tu n'es pas foutu de demander comment on va ! Mais tu appelles ça être un père ? Ton éducation tu te la mets là où je pense et si la mienne ne te convient pas tu n'avais qu'à être présent dans ma vie.

Elle a dit ça avec tellement de mépris, tellement de haine, que cela m'affecte aussi. Personne n'ose parler, alors que Maya court se réfugier dans sa chambre et qu'on l'entend hurler. Je regarde de nouveau mon père qui reprend,

— Non mais je rêve ! Il va vraiment falloir qu'elle redescende cette petite insolente. Et toi Zahra, occupe toi de ta sœur correctement.

— Tu ne vois pas qu'elle demande ta présence ! je m'exclame, ne supportant pas de le voir s'en prendre à mes sœurs. Mais il me raccroche au nez. J'ai les larmes aux yeux et je suis hors de moi.

Léna me sourit timidement, un « je t'aime »silencieux. Je

lui dépose un baiser sur le front pour la remercier de son soutien avant de filer à l'étage.

— Toc-Toc, dis-je doucement pour m'annoncer.

La porte est grande ouverte, ce qui me pousse à entrer avant de la refermer derrière moi. Maya est en train de frapper avec violence son oreiller puis elle hurle dedans à pleins poumons avant de recommencer à donner des coups. Je m'assois alors par terre, juste à côté de la porte, attendant patiemment que sa colère passe en sachant pertinemment qu'à cet instant, toute tentative pour l'apaiser serait vaine tant elle est aveuglée par sa colère.

Après dix bonnes minutes à se défouler, un ange passe. Soudain, un ultime cri déchire le silence. Le genre de cri qui prend aux tripes, retourne l'estomac, faisant ainsi remonter la bile le long de la gorge tant la douleur qu'il contient sature l'air. Aussitôt, je reçois sa peine presque comme en intraveineuse, directement dans mon sang. Elle imprègne alors chaque cellule de mon corps, contaminant mon cœur.

Je comprends que c'est fini, et non sans prendre une grande inspiration au préalable pour me remettre de mes émotions, je me lève pour la rejoindre sur son lit.

— Maya…, je commence en lui caressant le dos

— Pourquoi il fait ça ? demande ma sœur d'une voix étouffée par son oreiller m'empêchant de finir ma phrase.

J'essaie alors de lui expliquer qu'il n'est pas méchant, qu'il ne pense pas ce qu'il dit et qu'il ne fait ça que parce qu'il veut que notre réussite. Pourtant je sais bien que nous ne sommes pas dupes.

— Il n'a pas le droit, affirme-t-elle.

Et elle a raison.

— Je sais *tamchicht iw*[9] il est nul comme père. Mais tu n'es pas toute seule, *Djida* est là, *Dada* est là, Léna est là, moi aussi je suis là. Tu peux m'appeler n'importe quand, même en pleine nuit. Si un jour ça ne va vraiment pas, je viendrais te chercher. De toute façon, il y a trop de chambres chez moi tu pourras en avoir une j'en suis sûre.

— Il préfère son travail à nous. Maman et *Dada* sont comme lui.

— Maya, même si le travail prend beaucoup de place dans nos vies, tu passeras toujours avant. Je ne me souviens plus beaucoup de ta mère, mais d'après ce que tu me racontes, elle t'aime beaucoup et vous passez de bons moments ensemble. Si elle n'est pas là c'est parce qu'elle veut que vous ayez tout ce que vous voulez et que vous ne manquiez de rien.

— Mais c'est elle que je veux. C'est d'une maman dont j'ai besoin, sanglote-t-elle.

Je comprends que ce soir, je laisse un bout de mon cœur dans cette chambre tant il ne fait que de se briser.

— Est-ce que tu lui as expliqué tout ça ? Peut-être qu'elle a juste besoin de l'entendre.

Elle ne répond rien, alors j'en profite pour lui dire que j'en parlerai à Sam dès son retour. Elle vient ensuite se blottir dans mes bras, alors que je caresse longuement son dos.

---

[9] Équivalent de *mon petit chat* en Kabyle.

— Tu peux me laisser un peu seule Nana ? me demande-t-elle doucement, visiblement stressée que je le prenne mal.

J'acquiesce lui assurant que c'est normal d'avoir besoin de se retrouver avec soi-même. Je lui souhaite une bonne nuit et une bonne semaine parce que je ne vais pas tarder à rentrer chez moi.

— Tu viens mercredi aussi ?

— Peut-être, je vais voir pour m'organiser. D'accord ?

Je referme la porte derrière moi, légèrement sonnée. Je sais que je devrais rejoindre Léna et *Djida*, mais j'ai besoin de retrouver ma solitude pour chasser les émotions intenses que je viens de vivre. Je me retourne donc vers la porte blanche qui fait face à la chambre de mes sœurs, posant délicatement la main sur la poignée tout en me demandant quand est-ce que je suis venue pour la dernière fois. Je ne reste plus dormir ici depuis que j'ai emménagé chez Astrid, ça doit donc faire deux ans. À ce constat un sentiment étrange que je suis incapable de nommer m'envahit.

J'ouvre alors délicatement la porte. Rien n'a bougé depuis la dernière fois où j'y ai mis les pieds. La chambre est propre, la fenêtre est ouverte et les lits sont faits. Fixant celui de mon frère et ses draps noirs parfaitement repassés, je me rends compte que c'est le dernier à avoir dormi ici avant son départ en Novembre. Sachant qu'il est souvent en déplacement, il ne voit pas l'utilité de se payer un appartement étant donné que quand il est là, il veut passer le plus de temps possible en famille.

Je marche lentement dans notre chambre d'adolescents, l'observant tel lors d'une visite d'un musée. J'ouvre délicatement mon armoire comme si elle allait se réduire en poussière si je suis un peu trop brusque et je constate que certains de mes vêtements ont disparu ce qui me fait sourire. C'est vrai qu'il m'arrive de voir mes sœurs avec. Je referme le meuble avec la même délicatesse puis pivote pour me tourner vers l'étagère où reposent des dizaines de livres et mangas en tout genre.

Tous ces objets renferment des souvenirs qui me paraissent flous, lointains. Parfois, je ne me souviens même pas qu'ils m'aient appartenu et je me demande ce qu'ils font là. Cependant, même si aucune image claire ne me vient, certaines émotions persistent. De la joie, de la tristesse ou encore de la nostalgie me traversent. J'essaie de fouiller dans ma mémoire pour comprendre pourquoi, en vain.

Alors, un manga qui fait naître en moi un étrange cocktail de sentiments retient mon attention. Peut-être que si je le feuillette, j'arriverais à me souvenir pourquoi ? Cela fonctionne car, face aux images des différents tomes de la saga, je me remémore sans peine qu'il s'agissait de mon préféré.

Maintenant, je me sens idiote d'avoir oublié cela alors que c'était pourtant si évident. Je ne me rappelle que vaguement de l'histoire, cependant mon corps lui a l'air de s'en souvenir car une vague de tristesse m'envahit et des petites larmes perlent au coin de mes yeux. Des tâches sombres apparaissent sur les dessins alors que je laisse mes doigts parcourir le papier rendu gondolé et humide, où se mélangent mes larmes d'adolescente trop sensible à celles d'adulte trop empathique. L'étrange sentiment que ces pages me connaissent mieux que moi remue un couteau dans la plaie béante qu'a laissé l'absence de souvenirs.

Mais alors que je me perds dans mes pensées denses, un léger bruit de métal me fait sursauter. À mes pieds vient d'atterrir une petite clef argentée échappée du manga. Reposant ce dernier, je me penche pour ramasser l'objet, étonnée, ne me rappelant pas d'y avoir caché quelque chose.

À force, je devrais sincèrement arrêter d'être surprise de redécouvrir des aspects de ma vie oubliés. Pour ne rien arranger, je n'ai aucune idée de ce à quoi elle peut servir.

Sérieusement ? Je fais un escape game dans ma propre chambre ?

Épuisée par l'ironie de la situation, je me laisse tomber sur mon lit de tout mon long, puis d'un coup ça me revient. Je me redresse vivement, saisis mon oreiller et retire une partie de la housse. Je me mets à le vider de son rembourrage, alors qu'une étrange adrénaline pulse dans mes veines

Faites que je ne me trompe pas, faites que je ne me trompe pas.

Enfin, ma main entre en contact avec quelque chose que je saisis à la hâte. Calmée et rassurée de ne pas m'être trompée, je caresse lentement la couverture en cuir sombre, laissant mes doigts parcourir la gravure d'or. Un trait vertical coupé de deux arcs de cercle opposés, un Amazigh. Pensive, je touche mon collier où pend le même symbole. L'Amazigh est très présent dans la culture kabyle, représentant la liberté. Son image me réconforte instantanément, sûrement parce que je l'ai toujours associée à ma grand-mère et sa bienveillance. Finalement mes doigts glissent sur le cadenas froid, du même argenté que la clef.

4

— Zahra ! m'appelle ma grand-mère en me faisant sursauter.

Je m'empresse de ramasser le rembourrage éparpillé au sol et de descendre, non sans vérifier que ma chambre est en ordre. Avant de les rejoindre, je prends soin de glisser le carnet dans mon sac, ne voulant pas qu'elles me posent des questions auxquelles je n'aurais pas de réponses.

— *Tahzist iw*[10] tu restes manger ?

— Non *Djida*, Nyx vient dormir à la maison donc je ne veux pas rentrer trop tard.

Je sais que ma grand-mère apprécie que j'aie gardé les mêmes amies depuis l'enfance. Elle les a vus grandir avec moi et les connaît bien, ce qui la rassure.

— Prends de la *chorba* avec toi, et prends-en pour tes copines aussi.

---

[10] Ma chérie en kabyle.

J'essaie de refuser gentiment en lui expliquant que ça va être compliqué à transporter mais je sais d'avance que c'est peine perdue et que je vais repartir avec des tupperwares pleins.

— *Nana*, est-ce que tu peux me faire le kardoune avant de partir ? me demande ma sœur.

Elle a visiblement eu le temps de se doucher lorsque j'étais à l'étage. Elle est maintenant en *kswa*[11], ses cheveux longs et humides retombant sur ses épaules. J'accepte avec joie car même si je commence à être en retard, je ne raterais ce moment pour rien au monde.

Comme presque chaque vendredi soir, elle va s'asseoir au pied du canapé, tandis que je récupère une brosse, de l'huile pour cheveux et la bande de coton tissée. Je me mets à la coiffée, bercée par *Ssendu* d'*Idir*, la musique préférée de ma grand-mère, qui résonne dans la maison.

Aussi loin que je me souvienne, j'ai toujours passé du temps à coiffer mes sœurs après leur douche. Les cheveux bouclés de Léna qui demandent beaucoup d'entretien ont commencé à instaurer cette routine. Notre cadette a vite voulu que je la coiffe elle aussi mais maintenant que Maya a un carré, c'est notre moment à Léna et moi. Cet instant précieux où elle en profite pour se confier.

— Comment tu te sens *tamchicht iw*[12] ? je demande pour l'encourager.

Elle qui ne parle jamais, toujours discrète, qui fait toujours

---

[11] Robe traditionnelle, également utilisée pour dormir.
[12] Équivalent de *mon petit chat* en kabyle.

passer les autres avant elle, la gentillesse à l'état pur, se met à se confier.

— Je suis fatiguée, j'ai tellement peur de ne pas réussir à avoir mon bac avec mention. C'est compliqué de passer après *Dada* et toi, vous avez toujours excellé à l'école ou au travail donc papa attend la même chose de moi.

— Léna, tu es toi, tu as le droit d'avoir des facilités et des difficultés. Ce n'est pas parce qu'on est frères et sœurs que l'on doit être des clones, au contraire. Je n'ai aucun doute sur le fait que tu vas t'en sortir dans la vie. Trouve juste ce que tu aimes et concentre-toi là-dessus.

Nous restons silencieuses quelques instants, bercées par la musique, pendant que je commence à entourer la bande rouge, orange et jaune autour des cheveux de ma soeur. Le kardoune aura pour effet d'éviter à ses cheveux de s'emmêler et de les lisser un peu, ce qui lui fait gagner du temps le matin.

— Papa est de plus en plus énervé. Parfois, je me demande s'il ne va pas finir par gifler Maya quand elle lui répond. Ils passent leur temps à hurler et j'entends Maya pleurer la nuit. Je pense vraiment qu'on devrait arrêter d'y aller.

— Je comprends ta peine et tes craintes mais jamais il ne lèvera la main sur vous, il n'est pas comme ça. Si un jour ça arrive, je vous jure de tout faire pour que vous n'ayez plus jamais à le voir. En attendant je vais voir ce que je peux faire pour apaiser les tensions et je vais en parler à papa, d'accord ? Je l'ai dit à Maya tout à l'heure mais si vraiment ça ne va pas, tu peux m'appeler à n'importe quelle heure du jour ou de la nuit je répondrai et je viendrai vous chercher.

— *Sahit[13] Nana.*

Nous finissons en silence, le coton s'enroulant autour de ses cheveux et glissant entre mes doigts.

Une fois terminé, je souhaite une bonne nuit à ma sœur, la laisse monter réviser dans sa chambre, restant seule avec notre grand-mère.

— Merci de t'occuper des filles quand papa et leur mère ne sont pas là.

— Ma maison est la vôtre ma fille, vous venez quand vous voulez.

Je l'étreins une dernière fois avant de m'en aller, le cerveau et le cœur sans dessus dessous. Cette soirée fut forte en émotions, je suis bien contente de ne pas avoir accepté de sortir avec Nyx.

Durant tout le trajet retour, je m'occupe de mes mails et le temps s'écoule à une vitesse folle. Le fait de me concentrer sur autre chose me permet d'arriver sereine en bas de chez moi.

Lorsque que j'entre, les éclats de voix me prouvent que les filles sont déjà ensembles et qu'elles ont l'air de bien s'amuser. Une fois déchaussée, je les rejoins et en effet, je les retrouve autour de la table, une bouteille de vin déjà ouverte.

— Z, tu n'aurais pas oublié de me prévenir qu'on avait une invitée ?

Mince ! C'est vrai que j'ai complètement oublié ! Je me

---

[13] Merci en arabe, également très utilisé en Kabylie.

confonds donc en excuse tout en sachant qu'Astrid dit ça pour m'embêter parce qu'elle aime bien les soirées, même improvisées. Je les rejoins et nous mangeons en chœur la chorba de ma grand-mère, ce qui nous ramène des années en arrière, quand au collège on se retrouvait certains midis chez elle. Tout compte fait, même si elles ne se voient pas sans mon intermédiaire, mes deux amies ont beaucoup de souvenirs en commun que j'ai moi-même oubliés.

— Bon Zahra c'était bien bon ce repas, mais où est l'alcool ? s'exclame Nyx.

J'ai beau lui rétorquer que nous venons de nous terminer une bouteille de blanc, elle insiste et la blonde va bientôt chercher une bouteille de whisky que son père a laissé comme de nombreuses autres .

— Ah ! Enfin une qui m'a comprise, s'exclame la brune en le versant pur dans son verre.

Je regarde ma colocataire qui hausse les épaules, elle aussi habituée aux soirées alcoolisées, même si elle se limite aux cocktails et aux vins. D'ailleurs elle se débouche une deuxième bouteille avant de m'apporter une bière.

La soirée s'écoule calmement, je suis étonnée que Nyx ne soit pas encore au dessus des toilettes après tout ce qu'elle a bu. Elle est à peine plus alcoolisée qu'Astrid mais l'alcool a suffisamment délié les langues et je les écoute parler de leurs conquêtes respectives. Chacune ne s'engage dans rien de sérieux. Pour Astrid, cela dure quelques mois avant qu'elle ne passe à une autre personne, tandis qu'avec Nyx est une fervente adepte des histoires sans lendemain. Parfois, je me dis qu'elles ont plus de points communs qu'avec moi.

— Et toi Z, quand est-ce que tu rencontres un mec ?

Je savais que cette question allait arriver. Je réponds en laissant reposer ma tête contre la table, désespérée par avance de la conversation à suivre.

Nyx, assise à même le sol entre le salon et la terrasse pour fumer sa cigarette, m'assure que j'aurais bien besoin de coucher avec quelqu'un alors que ma colocataire, perchée sur l'îlot central, me dit que je dois trouver un homme qui prendra soin de moi, comme que je suis incapable de le faire.

— Les filles, je n'ai pas besoin d'homme dans ma vie. J'ai mon travail, ma famille, vous, ça me suffit amplement.

— Peut-être que tu ne cherches pas au bon endroit. Ton truc c'est peut être les femmes, m'assure Nyx une nouvelle fois.

— Je suis cent pour cent hétérosexuelle ; en tout cas jusqu'à preuve du contraire.

— Comment peux-tu te contenter d'une seule catégorie de personnes ! Surtout que le corps des femmes est divin ! me répond-elle en s'allongeant sur le sol.

Je leur explique que, de toute façon, homme ou femme, les rencontres ne m'interessent pas actuellent. Je n'ai pas le temps pour ça. Le sujet dévie tout seul et je remercie l'alcool dans leur sang de les faire passer à autre chose aussi vite.

Ma tête se met subitement à tourner et je me rends compte que j'ai oublié de respirer. Je n'y arrive pas, mon souffle est bloqué. Alors que la panique commence à me gagner, j'attrape ma bière pour essayer de me détendre mais rien ne change, ce qui ne fait qu'empirer mon état. J'aimerais m'isoler, m'enfermer dans la salle de bain pour ne pas plomber l'ambiance, mais je suis incapable de réfléchir.

Je vais mourir.

J'entends mon cœur pulser jusque dans mes tempes tandis que mon corps se paralyse, m'empêchant de demander de l'aide.

Je vais mourir.

J'ai mal comme si j'avais été passée à tabac, j'ai envie de me recroqueviller dans un coin de la pièce pour me protéger de mon cerveau, mais je suis incapable du plus infime mouvement. D'un coup je sursaute, ma respiration se débloquant immédiatement. C'est comme si mon corps voulait aspirer le plus d'air possible au cas où cela recommencerait. Il me faut quelques secondes pour me rendre compte que je suis trempée d'eau glacée. Paniquée, je tourne la tête vers mes amies et je remarque Astrid avec un verre vide, le regard inquiet, identique à celui de notre invitée.

Honteuse et sans comprendre ce qu'il m'est arrivé, je reste figée, sans savoir comment réagir.

— Ça va mieux ? me demande ma meilleure amie.

— Oui, je crois.

Ma voix n'est qu'un murmure, mais elle a l'air de m'avoir entendue car elle me somme d'aller prendre une douche et de me changer, sans apporter plus d'importance à ce qu'il vient de se passer. N'ayant pas la force de la questionner, je m'exécute la tête baissée tout en m'excusant

Sous le jet d'eau chaude, je m'insulte de tous les noms, et me maudis de ne pas être normale. Pourquoi faut-il que je plombe toujours l'ambiance ? Pourquoi ne suis-je pas comme tout le monde ? Pourquoi suis-je aussi abîmée, alors que je n'ai aucune raison d'aller mal ?

Comme à chaque fois, mes questions ne trouvent pas de réponses et mes injures finissent étouffées par le ruissellement de l'eau sur mon corps

Lorsque je descends, prête à rejoindre mes amies, je m'arrête dans l'escalier surprenant une conversation.

— Elle va de plus en plus mal, affirme la voix de ma colocataire.

— Elle se souvient ?

— Non. Elle ne se souvient jamais de rien après ses crises, ça a toujours été comme ça.

Perturbée par leur discussion, je décide d'y mettre un terme en les rejoignant. On essaie tant bien que mal de reprendre là où on s'est arrêtée mais l'ambiance n'est plus aux festivités. L'alcool étant à peu près redescendu, nous décidons de regarder un film. Pourtant, alors que mes amies font comme s'il ne s'était rien passé, je n'arrive pas à penser à autre chose.

Je craque et feins une migraine, les informant que je vais me reposer un peu dans ma chambre sous leurs regards étonnés. Je culpabilise de les abandonner de la sorte mais je n'arrive pas à faire semblant. Pour jouer le jeu, même si je ne suis pas certaine qu'elles croient à mon excuse, je récupère une boîte de paracétamol dans mon sac. Je retombe sur le carnet. Je l'avais oublié, mais maintenant j'ai terriblement besoin de savoir. J'attrape donc mon sac impatiemment et je m'éclipse à l'étage.

Une fois sur mon lit, alors que je m'apprête à déverrouiller le cadenas, je reçois un appel de mon père. J'ai dans un premier temps envie de raccrocher vu l'heure, mais je me rappelle que je dois moi aussi lui parler.

— Bonsoir Zahra.

— Bonsoir papa, il est minuit, est ce que tout va bien ?

— J'ai besoin de toi. Des retouches photos pour les réseaux sociaux d'une marque.

Avant que j'ai le temps de dire un mot, il m'explique tout ce qu'il attend de moi ainsi que son projet. On a toujours travaillé ensemble, c'est notre seul et unique point commun. Au moins ça me rapproche de lui donc je ne m'en plains pas.

Très vite, il a réussi à me trouver du travail. D'abord en tant qu'indépendante, puis à mon poste actuel, dès ma sortie du lycée. En contrepartie, je me dois d'être disponible quand il en a besoin, même à minuit. Lorsqu'il conclut qu'il m'enverra tout ça par mail et qu'il s'apprête à raccrocher, je l'interrompt.

— Papa, il faut que je te parle d'un truc.

— Ecoute je suis pressé, j'ai du travail et il est tard donc dépêche-toi si c'est important.

N'ayant aucune idée de ce que je dois dire, je décide d'improviser et d'être la plus sincère possible.

— Les filles ne vont pas très bien en ce moment et je sais

que tu es assez impulsif mais peut-être que si tu leur mettais un peu moins la pression et que tu essayais d'être plus compréhensif…

— Zahra tu ne vas pas m'apprendre comment éduquer mes enfants, me coupe-t-il. J'en ai eu deux avant elles, tu es reconnue dans le monde de la photographie tandis que ton frère est un journaliste international. Tes sœurs sont juste des adolescentes, tu étais pareille à leurs âges. Alors maintenant arrêtez votre cinéma toutes les trois !

Puis il me raccroche au nez. Je laisse échapper un soupir, bien que je ne sois pas surprise par sa réaction. J'essaie de me rassurer en me disant qu'au moins il a entendu ce que j'avais à dire et qu'il a peut-être juste besoin de temps pour l'intégrer.

Posant mon portable sur ma table de nuit, je récupère de nouveau l'objet de mes interrogations, faisant tourner la clef à l'intérieur de la petite serrure, espérant de toutes mes forces ne pas m'être trompée. Miracle, le cadenas s'ouvre. Je soulève la couverture et sur la première page on peut lire, 《 Pour *Yemma*[14] de Zahra 》

---

[14] Maman en Kabyle.

5

Yemma. Je n'ai aucun souvenir d'elle et, pour une fois, mon cerveau n'y est pour rien. Leyla Aït-Ouali est partie de ma vie quelques mois après ma naissance, me laissant à ma grand-mère et à mon père. Samir, mon frère, a quelques souvenirs, mais il n'en parle jamais. On a tous les deux décidé de la détester même si enfant on rêvait en secret qu'elle revienne.

Ma première intuition était fondée, il s'agit d'un journal intime où je répertoriais mes journées. Ce constat me fait rire car aujourd'hui encore, j'ai un journal dans lequel j'écris les moments importants de ma vie par peur de les oublier. Je me rends compte qu'elle a toujours été là, cette crainte viscérale de ne plus me souvenir

Quand je réalise que je vais enfin avoir des détails sur mon enfance floue, mon coeur se réchauffe. Je vais enfin avoir les réponses aux questions que je n'ose pas poser.

Lentement je parcours les premières lignes, prenant le temps de respirer calmement.

《 *Chère Yemma, je t'écris ce carnet pour te l'offrir le jour où tu reviendras. Je suis certaine que tu reviendras et je veux être sûre que tu connaisses toute ma vie comme une maman jamais partie, comme si je t'avais raconté ma journée tous les soirs en rentrant de l'école.* 》

Je sens mon cœur se serrer face à l'espoir naïf et pur de l'enfant innocente que j'étais. Evidemment, elle n'est jamais revenue, mais avec le temps j'ai pu faire le deuil de cette relation et me rendre compte que *Djida* me comblait.

Alors que je m'apprête à tourner la page pour lire la suite, un papier tombe de mon journal. C'est une feuille pliée en deux, sûrement une lettre d'amour, que je m'empresse de lire. Cependant, plus je la parcours des yeux, plus mon étonnement grandit. Face à moi sont listées des techniques plus précises les unes que les autres pour dissimuler diverses blessures : bleus, brûlures, coupures…

J'en conclus que je devais être bagarreuse et que je ne voulais pas inquiéter mes sœurs en rentrant, mais un affreux pressentiment s'empare de moi, m'encourageant à poursuivre ma lecture.

Au fur et à mesure, mes larmes se mettent à dévaler mes joues à une vitesse folle, trempant çà et là le papier. J'ai l'impression de découvrir la vie d'une inconnue. Les journées à l'école, les disputes avec Sam que je surnommais déjà *Dada*, les nuits chez *Djida*, les devoirs avec mes sœurs. Tout est décrit dans les moindres détails, jusqu'à chacun de mes repas. Pourtant, certaines images se dessinent sous mes paupières, accompagnant mes écrits, me prouvant que je n'invente rien. Des phrases tournent en boucle dans ma tête, sans que je ne puisse les arrêter.

《 *Papa dit qu'Emily l'a quittée par ma faute mais je l'aimais trop moi. Depuis, il dit qu'il me punit pour ça* 》

《 *Je n'ai pas trouvé mon cahier de français ce matin. Papa m'a donné un énorme coup de poing en espérant que ça me remette les idées en place.* 》

《 *J'étais en retard au collège et je n'ai pas eu le temps de me maquiller, tout le collège à vu la main sur ma joue, personne n'a rien dit. Peut-être que c'est normal, que je dois le mériter.* 》

《 *Quelqu'un m'a dit que je devais être sacrément insolente pour avoir autant de bleus.* 》

《 *Astrid m'a dit que ce n'était pas normal que papa me frappe mais papa me dit qu'il fait ça parce qu'il m'aime.* 》

《 *Papa ne me frappe jamais quand les filles sont à la maison, tant mieux. Elles ne peuvent pas comprendre.* 》

《 *Je n'en peux plus, j'ai encore dû me réfugier chez Djida avec Sam ce soir, papa me fait peur. Demain, j'irais chez Astrid.* 》

《 *Papa va me tuer.* 》

《 *Tu me manques Yemma, j'aimerais que tu sois là. Pourquoi m'as-tu abandonnée ?* 》

《 *J'aimerais avoir une maman moi aussi, comme Maya et Léna.* 》

《 *Si je me fais du mal, peut-être que papa arrêtera ?* 》

《 *Yemma, si papa me tue j'espère que tu trouveras quand même ce journal.* 》

— Menteuse ! je hurle assez fort pour couvrir mes pensées, tout en jetant mon journal à travers la pièce.

Si c'était vrai, pourquoi personne ne m'en a parlé ? J'ai dû inventer ça pour avoir l'attention d'une mère imaginaire. Je suis certaine de ce que j'avance, pourtant j'appelle ma grand-mère à la hâte sans me préoccuper de l'heure.

— *Djida*, est-ce que papa me frappait ? je demande des sanglots pleins la voix sans même lui laisser le temps de parler.

Un long silence équivoque s'ensuit et je sens la colère monter en moi.

— Zahra, *tahzist iw*[15], on ne t'a rien dit pour te protéger. Si tu as oublié c'est parce que c'était trop compliqué pour ton cerveau de t'en souvenir.

C'en est trop pour moi, je raccroche fourrant mon téléphone dans ma poche avec rage. Tout se bouscule dans ma tête, les souvenirs, les mots, les émotions, et parmi elles, la colère couvre les autres. Je me précipite dans le salon, après avoir ramassé le journal.

---

[15] Ma chérie en kabyle.

— Pourquoi vous m'avez menti ? je demande la voix pleine de ressentiments, espérant malgré tout qu'elles me diront que tout cela n'est jamais arrivé.

— Z, de quoi tu parles ? répond calmement ma meilleure amie.

Je balance le journal à ses pieds, souhaitant qu'elle me demande de quoi il s'agit. Au fond de moi, je sais qu'elle le reconnait et son regard confirme mes craintes, anéantissant le peu de bon sens qu'il me reste encore.

— Calme toi Zahra, on peut t'expliquer, mais il faut que tu respires un bon coup.

Mais je ne veux pas rester calme, j'en suis incapable. Je veux savoir, je veux être sûre.

— Astrid, est-ce que tu sais ce qu'il y a écrit dans ce carnet.

— Oui.

— Est ce que vraiment arrivé ?

— Oui, opine-t-elle avec un moment d'hésitation.

Il ne m'en faut pas plus pour descendre l'escalier qui mène à l'entrée et enfiler mes chaussures à la hâte. Astrid me retient par le bras avant que je n'ai le temps de sortir.

— Laisse-moi partir avant que je dise quelque chose que je vais regretter. J'ai besoin d'être seule pour assimiler tout ça, lui dis-je le plus posément possible.

Je garde mon calme même si je voudrais lui hurler dessus comme jamais je n'ai hurlé sur personne. Finalement elle capitule et je fuis. Je fuis ma vie, mes problèmes, mes souvenirs, mon journal, ma famille, mes amies, mais par-dessus tout, je fuis l'idée d'avoir eu un père violent.

Il fait nuit noire, pourtant les lampadaires éclairent les rues comme en plein jour tandis que le froid me picote déjà les membres, mon jogging et mon pull n'étant pas suffisants.

Dans un dernier espoir, j'appelle mon grand-frère mais je reste sans réponse. De nouveau, les larmes dévalent le long de mes joues sans que je ne puisse les en empêcher. Leur chaleur brûle mon visage gelé, à l'instar de mon âme qui bout de rage et de douleur.

Au fur et à mesure que j'erre dans les rues de Paris animées ici et là par des bars, tous les souvenirs me reviennent en mémoire. Je ressens les coups, la douleur, la peur, me forçant à admettre que non, je n'ai pas menti.

Je n'ai pas menti, je n'ai pas menti, je n'ai pas menti.

Que tout le monde m'ait laissée dans l'ignorance me donne la nausée. Je réalise soudainement que mes sœurs habitent avec cet homme. Immédiatement, je compose le cent dix neuf, allô enfance en danger, avant de me raviser au moment d'appuyer. C'est peut-être trop impulsif, il est précisé dans mon journal qu'il n'a jamais été violent avec mes sœurs ni même devant elles.

Sûrement parce qu'il avait trop peur qu'elles n'en parlent à leur mère. Sam et moi n'avions que lui et *Djida*. Ma grand-mère n'aurait jamais pu récupérer notre garde. Nous n'avons jamais rien dit par peur qu'il nous emmène loin d'elle. *Je le déteste. J'ai besoin d'oublier.*

J'entre dans le premier bar que je trouve et je m'assoie près du comptoir, m'apprêtant à commander un cocktail ou une pinte comme à mon habitude mais je change d'avis. Moi qui ai si peur de l'oubli, sa nécessité ce soir me fait ignorer tout sens de modération.

Je veux oublier.

À partir de cet instant, tout va très vite. Je commande d'abord un Get-Vodka qui me brûle la gorge alors que je l'avale en une seule gorgée. Un Rhum coca subit le même sort mais rien ne change. Je décide alors de prendre la même chose que mon voisin de bar, ça a l'air fort et je n'y connais rien à l'alcool.

Plus tard, un jeune homme aux cheveux presque entièrement rasés me propose de me payer un concours de shots en échange de mon numéro si il gagne. J'accepte.

Enfin, je sens l'effet tant escompté des premiers verres arriver. La chaleur qui monte en moi, loin de me freiner, m'encourage à poursuivre sur ma lancée. Mes pensées commencent doucement à se brouiller, mais ce n'est pas suffisant.

Je veux oublier.

Quand l'homme s'arrête au dixième, j'en prends un onzième pour confirmer ma victoire et je suis acclamée par tout le bar qui s'était rassemblé pour observer le concours.

Mais j'ai trop chaud. L'alcool me fait tourner la tête et mon pull m'encombre. Ce n'est qu'après l'avoir enlevé que je me rends compte que je suis uniquement vêtue d'un body en dentelles que Nyx m'avait offert. Je ne le mets que le week-end lorsque mes sous-vêtements sont au sale. Je regrette immédiatement mon choix, mais cet instant ne dure que quelques secondes car les cris redoublent et j'ai beaucoup trop bu pour m'en soucier.

Pour effacer toute trace de gêne, je commande un énième verre, et une scène de film me revient en tête, alors qu'une musique sensuelle résonne. Je monte le plus gracieusement possible sur le bar et commence à me déhancher en imitant au mieux les vidéos où j'ai vu Nyx faisant exactement la même chose.

Je pense plutôt bien m'y prendre parce que, malgré mon jogging, mes baskets et mon body, on crie mon prénom - que je ne me souviens pas avoir donné - à travers la foule de gens qui arrive, attirés par mon spectacle improvisé.

Épuisée, je descends enfin de mon perchoir, réalisant que pour quelqu'un qui ne boit jamais, c'est fou que je ne sois pas encore bourrée ! Pourtant le poids lourd que fait mon corps et la terre qui tourne me contredisent.

— Salut poupée, me dit un homme chauve qui doit avoir l'âge de mon père.

Il me soulève de mon siège pour m'asseoir sur le comptoir. L'inconnu se place entre mes jambes, et son odeur de cigarette mêlée à celle de whisky me prend à la gorge. J'essaie de le repousser pour retrouver un air sain mais mon corps fonctionne au ralenti, m'en rendant incapable.

— Tiens, finis le, ça serait bête de gâcher, reprend-t-il en me tendant son verre à peine entamé.

Je lui demande de partir, d'une voix que je veux la plus claire possible, lui expliquant que je suis fatiguée. Il s'approche de mon oreille m'assurant qu'il va me tenir éveillée, ce que je refuse. Une seconde plus tard, une autre voix me parvient, les effluves de cigarette et de whisky s'éloignent de moi.

— Salut miss, ce Monsieur affirme être ton copain. Est-ce que tu peux me donner le prénom de ton prince charmant ? me demande un homme qui a remplacé l'odeur d'alcool par une odeur boisée.

Je ne me souviens plus de ma réponse, seulement d'avoir pris une gorgée du verre que l'homme chauve avait laissé là avant qu'il ne me soit arraché.

6

Alors que je peine à ouvrir les yeux, ma tête semble lourde comme du plomb. Une odeur inconnue emplit mes narines. Je tente de me concentrer sur la fin de ma soirée mais rien ne me vient et mon mal de crâne m'empêche de réfléchir convenablement. Seulement cette odeur boisée qui ne m'a pas quittée.

Mais où suis-je ? Les relents de bile me confirment que j'ai bu à outrance bien que cela ne m'arrive jamais. Je viens de me réveiller dans un endroit que je ne reconnais pas, cette histoire ne me dit rien qui vaille. Je m'efforce de garder mon calme en restant pragmatique, et, profitant que mon cerveau soit encore trop ensommeillé pour paniquer, j'analyse la pièce.

Je me trouve dans une grande chambre, décorée dans les tons crèmes qui manque cruellement de personnalité. Les tables de nuit qui encadrent le lit sont vides, mis à part une lampe de chevet sur chacune, et les draps à côté de moi sont froids, ce qui me permet de déduire que si j'ai dormi avec quelqu'un, il est levé depuis longtemps. Cette pensée me rassure légèrement.

Je décide finalement de sortir de la chambre et je suis immédiatement éblouie par la lumière du jour, me donnant l'affreuse sensation que ma tête va exploser. Mes yeux enfin habitués à la luminosité, mon regard parcourt l'immense pièce à vivre, dont l'entièreté du mur qui me fait face se révèle être une baie vitrée, expliquant pourquoi mes derniers neurones ont grillés.

Un homme blond, dos à moi, s'affaire de l'autre côté d'un comptoir qui traverse la pièce à la verticale, séparant ainsi la partie cuisine et salon. Qui est-il ? Il n'a pas l'air d'un tueur en série ou d'un kidnappeur mais je sais que les apparences peuvent être trompeuses !

De nouveau je m'évertue à faire appel à mes souvenirs de la veille mais la panique finit par me gagner. Du regard, je me dépêche de chercher la porte d'entrée constatant très vite qu'elle n'est qu'à trois mètres de moi sur la gauche et que les clefs sont dans la serrure. Si je veux m'enfuir, j'en ai la possibilité. Cette simple observation m'apaise.

Je décide donc de me concentrer sur le propriétaire des lieux, maintenant de profil. Il me dit étrangement quelque chose. Il est grand, un mètre quatre-vingt ou peut-être quatre-vingt-cinq, ses cheveux blonds sont assez longs…C'est le barman !

Fière de m'en être souvenue, je me demande comment j'ai atterri ici. Je ne vois qu'une seule explication plausible et, quoique moins dangereuse qu'un enlèvement par un sociopathe, elle ne m'enchante pas le moins de monde.

Je toussote pour annoncer ma présence, presque convaincue que je ne crains rien. J'ai simplement couché avec un inconnu visiblement assez riche. L'homme se tourne vers moi et de nouveau son visage m'est étrangement familier, trop, pour un simple barman que j'ai vu complètement ivre.

— La belle au bois dormant est réveillée ?

— Bien vu Sherlock, répondis-je ironiquement, dépitée par cette situation qui ne me ressemble guère.

— Si tu veux aller te doucher, il y a tout ce qu'il faut dans la salle de bain qui est au bout du couloir, m'informe-t-il en me tendant une boîte de paracétamol et un verre d'eau.

Je ne m'attendais pas à ça et sa réaction me prend de court. Bien que l'idée de m'échapper d'ici au plus vite me taraude, je ne suis pas contre une bonne douche. Mon mal de crâne me convainc rapidement d'accepter. Je me contente donc de le remercier avant d'avaler le médicament.

Je retourne sur mes pas et constate qu'une autre porte se trouve à côté de celle de la chambre où j'ai dormi. La curiosité est un vilain défaut mais la porte est entrouverte, alors je me risque à y jeter un coup d'œil. Je tombe sur une nouvelle chambre, beaucoup plus personnelle cette fois, dans les tons bleus marine.

Le lit est fait, mais une montre et un livre trônent sur l'une des tables de nuit. Il s'agit d'*Alcool d'Apollinaire*. Il est certain que quelqu'un dort ici. Le plus impressionnant dans cette chambre, mis à part la belle hauteur sous plafond présente dans tout l'appartement, est l'immense baie vitrée qui recouvre l'entièreté du mur face au lit, donnant une vue panoramique sur Paris.

De peur d'être surprise, me sentant soudain mal à l'aise, je me dépêche d'aller dans la salle de bain. Je trouve une serviette de bain, une brosse à cheveux, une brosse à dent et des échantillons de gel douche féminin. On peut dire que mon hôte sait recevoir. Alors que je commence à me déshabiller, je réalise que je suis toujours dans ma tenue de la veille, ce qui est assez étonnant si j'ai couché avec cet homme. J'ai beau ne pas m'y connaître en la matière, je pense que si j'avais couché avec cet homme je me serais réveillée nue, enfin je crois. Ce constat me met un doute, d'autant que les draps étaient froids à côté de moi ce matin.

Une fois déshabillée, je me tourne vers le miroir prête à me doucher. Mes cheveux emmêlés et sales me désespèrent immédiatement. Je me remercie tout de même d'être sortie démaquillée hier, parce que je ressemblerais à un panda mélangé à un zombie à l'heure qu'il est.

Entrant dans la douche à l'italienne, je profite de l'eau chaude qui détend instantanément tous mes muscles et mon esprit par la même occasion. Il me faut une bonne quinzaine de minutes pour gagner la bataille contre mes cheveux, ce qui me rappelle pourquoi je dors avec mon kardoune presque tous les soirs.

J'enfile mes vêtements de la veille, d'abord gênée de sortir en body même s'il cache ma poitrine, avant de me rappeler qu'il a de toute façon assisté à ma danse d'hier. Je capitule donc et pars le rejoindre, déterminée à en savoir plus sur cette nuit.

Je le rejoins dans la pièce baignée de lumière où je le trouve occupé à faire sauter des crêpes. J'en profite pour observer attentivement les lieux. Un canapé d'angle beige trône au milieu du salon, un écran plat est accroché juste en face et des cadres tout droit sortis d'une galerie d'art accompagnés de peintures figuratives aux couleurs douces sont suspendues aux murs. Cet endroit sent le luxe et la richesse.

Je finis par le saluer, il me répond, puis un silence gênant s'abat sur nous sans que cela ne semble le préoccuper.

— Viens t'asseoir, j'ai fait assez de crêpes pour nous deux.

Mon ventre qui crie famine m'ordonne de l'écouter. Je viens donc m'asseoir face à lui tandis qu'il s'affaire de l'autre côté du comptoir. *Peut-être qu'il va m'empoisonner ?* le doute s'empare de moi mais la raison de mon état me remonte et j'en conclus que mourir maintenant m'éviterait de devoir affronter la réalité, ça ne serait donc pas si grave.

— Est ce que je pourrais savoir ton nom ? Je finis par demander, mal à l'aise.

— Nathanaël Slezak mais tout le monde m'appelle Nath, et toi ?

Nathanaël Slezak, le modèle Dior qui fait fureur depuis petit. J'ai vu une interview de lui l'année dernière, c'est donc pour ça que son visage me disait tant quelque chose.

— Zahra Fleury, mais j'ai l'affreux sentiment que nous

n'en sommes plus au stade des présentations, je rigole honteuse.

— Tu marques un point.

— Je sais, je suis la meilleure, j'affirme d'un ton faussement hautain.

Je ne sais pas d'où je sors cette répartie, sûrement du stress que me cause cette situation, pourtant ça n'a pas l'air de le déranger.

— J'en conclus que *La Meilleure* n'a aucun souvenir d'hier soir ?

— Décidément, êtes-vous Sherlock Holmes ?

Ma réponse et mon ton faussement théâtral le font rire. Ce n'est pas un rire forcé mais plutôt le genre de rire qui réchauffe le cœur, un rire face auquel tu ne peux t'empêcher de sourire à ton tour.

Il se met à me raconter ce qu'il s'est passé tout en me servant une crêpe que je recouvre de pâte à tartiner. Alors qu'il évoque l'homme ivre de la veille, un frisson me parcourt l'échine. Il m'explique que ma danse l'a fait rire mais que ça ne donnait nullement le droit à l'inconnu de se conduire ainsi et qu'il ne tolère pas ce genre de comportement dans son bar. Une fois que l'homme fut sorti, il a voulu m'appeler un taxi mais j'étais incapable d'articuler une adresse et encore moins de rentrer chez moi.

Il achève ma dignité en me rapportant que je l'ai supplié de ne prévenir personne au point de fondre en larmes. Je cache mon visage sûrement écarlate dans mes mains ce qui le fait rire. Alors que je pensais que ça ne pouvait pas être pire, il ajoute qu'à peine arrivés chez lui, il a dû me tenir les cheveux au-dessus des toilettes pendant que je vomissais.

— Après, tu t'es endormie au-dessus de la cuvette. Tu avais remis ton pull avant de partir mais tu as réussi à le tâcher donc j'ai dû te le retirer. Je t'ai couchée dans la chambre d'amis et j'ai rejoint la mienne après m'être assuré que tu ne t'étoufferais pas dans ton sommeil.

— Tu as assisté à la pire honte de toute ma vie. Finalement j'aurais presque préféré la simple idée d'avoir couché avec un inconnu tout aussi ivre que moi.

De nouveau il éclate de rire alors que j'ai envie de m'enterrer six pieds sous terre.

— Désolé Zahra, mais très loin de moi l'idée d'être attiré par une femme que j'ai vu vomir dès notre première rencontre.

Même si je ne peux qu'avouer que ce n'est pas très flatteur, le peu d'ego qu'il me reste prend un coup. Il faut que je change de sujet sinon je vais pleurer de gêne et ça ne fera qu'empirer.

— Que faisait un modèle Dior derrière un comptoir ?

— Être modèle n'est qu'un passe-temps, me confit-il en haussant les épaules. Même s'il faut avouer que c'est ce qui rapporte le plus. J'ai commencé uniquement parce que ma mère l'était, je voulais quelque chose à moi donc j'ai ouvert le *Maria* pour fêter mes vingt-ans. Ça fera cinq ans dans quelques mois.

— Tu as donc bientôt vingt-cinq ans.

— *La Meilleure* est donc aussi la meilleure en mathématiques ?

Sa réplique me fait rire et nous finissons nos crêpes dans une ambiance légère, alors que je lui explique à mon tour ce que je fais dans la vie. Au fond de moi je le remercie de ne pas me demander ce qui m'a poussée à boire hier, je serais bien incapable d'en parler.

Mon regard glisse sur le four qui affiche l'heure, treize heures ! Je panique complètement à la recherche de mon téléphone dans mes poches mais il n'est pas là. Mon hôte comprend vite et m'indique que j'ai dormi avec.

Je constate que j'ai manqué dix appels d'Astrid, deux de Nyx et deux de ma grand-mère. Après m'être empressée de leur écrire que tout va bien et que je suis en sécurité, j'explique à Nath que je dois partir, racontant avoir quittée mes amies un peu précipitamment et en colère, que je n'ai pas donné de nouvelles depuis, alors que ça ne m'arrive jamais.

— Je comprends, prends un de mes pulls dans l'armoire. Le tien est dans un sac plastique à côté de la porte, je n'ai pas eu le temps de le laver.

— Ne t'en fais pas, tu as déjà fait beaucoup. Combien je te dois pour hier soir, je ne crois pas t'avoir payé. Prends en compte l'hospitalité, le petit déjeuner et tout ce qui était moins glorieux.

— Honnêtement Zahra, ta danse improvisée a doublé mon nombre de clients donc tu ne me dois rien. Puis sans vouloir être prétentieux, je n'ai pas besoin de plus d'argent. Finalement c'était plutôt drôle cette soirée.

Mal à l'aise, je ne dis plus rien, me contentant de mettre

mes chaussures. Il insiste pour que je prenne un pull et encore une fois, ma fierté m'empêche d'accepter. J'ai le sentiment d'avoir déjà trop abusé de sa bonté.

Après avoir récupéré le sac en plastique, un au revoir rapide de la main et un énième remerciement, je m'échappe par l'ascenseur, profitant de cet instant de calme pour anticiper mon chemin retour. Rapidement, l'application me localise, je me trouve juste à côté du Louvre !

Même si je n'en doutais pas, ça me confirme à nouveau son aisance financière. Si mes souvenirs sont bons, sa mère, Maria Slezak était une mannequin et modèle Dior de renom, son père un riche homme d'affaires, ainsi rien d'étonnant.

Arrivée en bas de l'immeuble, je regrette immédiatement ma fierté mal placée, complètement gelée, sentant les regards lubriques qui pèsent sur mes épaules.

Je finis par baisser la tête, me rendant compte qu'il est trop tard pour faire marche arrière. Soudain, quelque chose m'atterrit sur la tête me faisant sursauter bruyamment. Le pull de Nath. Je relève la tête pour le trouver, accoudé à son balcon, hilare, qui me fait un signe de la main.

J'enfile le vêtement beaucoup trop grand, affreusement confortable et chaud avant de me promettre de le lui ramener, me sentant rougir comme une adolescente.

7

Une heure de transport plus tard, je retrouve ma meilleure amie chez nous. Après m'avoir grondée comme une enfant parce qu'elle était inquiète, elle finit par me prendre dans ses bras. Elle m'apprend ensuite que Nyx était outrée parce que j'avais refusé d'aller en boîte avec elle mais tout ça pour finir en soirée sans elle. Je sais très bien que Nyx s'en fiche au fond mais une question me taraude.

— Comment a-t-elle su ? je demande en fronçant les sourcils.

Astrid me montre alors son téléphone qui affiche des photos de moi en train de danser, postée par des connaissances de mon amie sur les réseaux sociaux. Puis elle me montre mon propre profil, privée heureusement, où l'on voit Nath se prendre en photo alors qu'il me tient les cheveux pendant que j'ai la tête au-dessus des toilettes.

Je le déteste ! Je comprends mieux pourquoi il a dit que

c'était plutôt drôle ! Tel un éclair de génie, une idée me vient en tête et je m'empresse de prévenir Nyx que nous sortons ensemble ce soir pour m'excuser. Maintenant je ne peux plus reculer.

— Zahra, tu ne penses pas qu'il faudrait qu'on parle de ce qu'il s'est passé ?

Je me rends compte que les révélations de la veille me sont de nouveau sorties de la tête, ma bonne humeur s'efface en une seule seconde. Je remarque alors son visage tiraillé par l'inquiétude, qui vient ternir la magie provoquée par sa perfection habituelle. Son jogging en velours vert émeraude assorti au pull qui lui arrive au-dessus du nombril et son superbe chignon coiffé-décoiffé ne suffisent pas à chasser l'ombre dans ses yeux.

Je l'informe que je vais me changer, je me sens soudain sale dans mes vêtements de la veille. Je la rejoins sur le canapé où un café latté, mon préféré, m'attend à côté du sien.

— Pas de mensonges, je commence.

— Pas de mensonges, confirme-t-elle.

Je réalise que je n'ai pas tant de questions que ça, je sais au fond de moi que je connais déjà toutes les réponses. Face à mon silence, elle ajoute,

— Z, j'ai appelé le cent-dix-neuf je te jure ! Mais ils ne m'ont pas prise au sérieux.

Je le sais. La loi condamnant les violences éducatives ordinaires n'est passée qu'en deux-mille-dix-neuf, soit bien après ma naissance. Même aujourd'hui, certaines personnes partent du principe que la violence fait partie de l'éducation alors à l'époque je n'imagine pas ce qu'on a dû lui répondre.

J'apprends aussi qu'elle a essayé de m'emmener voir une assistante sociale mais que je refusais par peur de ne plus jamais revoir mes sœurs. À travers sa voix qui se brise à chaque fin de phrase et son regard dévasté, je comprends bien que mon amie a souffert de cette situation imposée par ma vie chaotique, pourtant elle n'est jamais partie.

S'ensuit une explication plus théorique de ce qu'il m'est arrivé empli de mots plus complexes les uns que les autres. Je parviens à comprendre que j'ai toujours fait des crises d'angoisse, que j'ai toujours eu des flashbacks, d'aussi loin qu'elle se souvienne du moins. C'est ce qui a poussé ma grand-mère à m'emmener voir un psychologue malgré nos faibles moyens. Il lui a rapidement dit que je souffrais d'amnésie traumatique.

— Ta mémoire va sûrement te revenir par bribes, sous forme de cauchemars et de flashback. Ça ne va pas être facile mais maintenant que tu le sais, ça va finir par se stabiliser. Tu devrais quand même avoir un suivi psychologique.

Je hoche la tête sans me sentir réellement concernée. Je me concentre sur le goût sucré du café dans ma bouche. J'ai encore du mal à me rendre compte que tout cela est bien réel. Malgré la situation, ma décision est prise, je ne veux pas voir de psychologue. L'idée de raconter ma vie à un inconnu me met mal à l'aise, je n'en saisis pas l'utilité.

Comme sonnée par toutes ses révélations, nous décidons

de regarder un film. Quelques heures plus tard, Astrid m'informe qu'elle doit se préparer pour son rendez-vous avec l'homme qu'elle fréquente en ce moment.

— Je dois rendre le pull que Nath m'a prêté et vu que j'ai promis à Nyx de ressortir avec elle, je vais faire d'une pierre deux coups ce soir en retournant à son bar.

Mon amie me dévisage, étonnée que je décide de sortir deux soirs de suite. Ce qu'elle ne sait pas, c'est que je crains que tout me revienne. Si je n'ai plus assez de distractions pour échapper à mon passé, j'ai peur que mes pensées me submergent et fassent ressurgir mes démons.

Je veux oublier, je veux oublier, je veux oublier.

Nous décidons donc de nous préparer ensemble, comme lorsque l'on sortait au lycée. Des images flous de cette période me reviennent, mon coeur se serre. Pour chasser ces images qui me perturbent, je lui résume enfin ma soirée d'hier. Nous nous affairons derrière nos miroirs à nous maquiller et à trouver une tenue adaptée parmi les paillettes, les odeurs de fer à lisser, de crèmes et de parfums. Je m'imprègne de ce sentiment d'apaisement qui se fait de plus en plus rare.

— Riche, modèle pour Dior, connu, Zahra si tu ne le prends pas, laisse le moi ! s'exclame-t-elle, le regard brillant d'enthousiasme.

Je rigole, affirmant qu'il est tout à elle. Toutefois, elle m'assure que je devrais tenter ma chance.

Deux heures plus tard, nous sommes fin prêtes et nous descendons rejoindre Nyx qui m'attend en bas. Sa robe rouge vif est assortie à son rouge à lèvre, ses yeux, eux, sont mis en valeur par un long trait d'eyeliner. Il est évident que je contraste avec le long pull anthracite qui recouvre presque entièrement ma robe noire qui m'arrive au dessus des genoux.

Astrid, sa robe carmin et ses escarpins louboutin ne sont pas en reste, alors qu'elle nous abandonne pour retrouver son cavalier qui l'attend en bas de la rue dans une Porsche qui ferait baver mon père.

Trente minutes plus tard, nous arrivons au bar où la musique résonne déjà. Ma nervosité ne fait que grimper alors que mon amie est excitée à l'idée de la soirée à venir. Nous nous installons en terrasse en commandant deux mojitos. Je me promets de me contenter d'un seul cocktail, juste assez pour me désinhiber, mais celui-ci finit par être laissé à Nyx. L'odeur de l'alcool suffit à me donner la nausée me rappelant mon état de la veille.

Quelques minutes plus tard, je me dirige vers l'intérieur du bar, à sa recherche. Je le remarque bien plus rapidement que la veille, tandis que lui ne me repère pas, occupé à servir un groupe de jeunes. Mais alors que je le fixe ne sachant pas encore comment m'y prendre, un homme portant une chemise claire largement déboutonnée me propose une danse. Je réalise seulement maintenant qu'il y a une sorte de piste à ma droite lorsque l'on descend quelques marches, où se regroupent des gens bougeant au rythme de la musique. J'étais tellement préoccupée hier que je n'avais même pas pris le temps d'observer les lieux.

Je me décide à accepter l'invitation, même si c'est un peu à contre cœur parce que je me trouve nulle en danse. Au moins ça me permettra de réfléchir à ce que je vais dire. À peine avons-nous le temps de commencer que nous sommes interrompus.

— Je te l'emprunte, dit une voix assurée que je reconnais immédiatement.

Une seconde plus tard, je me retrouve dans une réserve juste à côté du comptoir.

— Le *Maria* te manquait déjà, *La Meilleure* ?

Je rougis, prise de court par ce nouveau surnom, me ramenant à ma pathétique tentative pour tenter de masquer que mon égo n'avait pas été réduit en miette. À court d'idées, je décide de rentrer dans son jeu.

— Bien vu *Sherlock*, mais j'ai surtout quelque chose qui t'appartient.

— Je vois ça, tu peux le garder tu sais.

— D'accord, j'hésite. Mais il faut que je t'explique quelque chose d'abord.

Il m'encourage alors à continuer toutefois je lui dis que j'ai oublié mon portable sur la table et que je veux dire à mon amie où je me trouve pour qu'elle ne s'inquiète pas. Il me tend alors son portable déverrouillé pour que je puisse joindre Nyx. À peine ai-je l'appareil en main, qu'on appelle son nom de l'autre côté de la porte. Il s'excuse et ouvre la porte mais avant qu'il n'ait le temps de sortir, il se retrouve trempé jusqu'aux os.

— Désolée chéri, une certaine histoire de vengeance, répond la voix de mon amie qui lui fait face.

Pour parfaire ma vengeance, je le prends en photo et la poste immédiatement sur ses réseaux. Je suis hilare tandis que ma victime se retourne vers moi, abasourdi, laissant la porte se refermer.

— Oeil pour œil, dent pour dent, je m'exclame brandissant son portable avec la *story* affichée.

Il comprend rapidement où je veux en venir et s'exclame que lui au moins c'était en *story* privé, avant de se joindre à rire. On s'esclaffe jusqu'à en avoir mal aux joues, mal au ventre, les larmes aux yeux. Nous rigolons comme si cela faisait des années que nous attendions d'être si insouciants, d'être des enfants à nouveau dans notre vie d'adulte. Mais ai-je un jour eu le droit d'avoir l'insouciance d'une enfant ? Ce soir, Nathanaël me le permet et je le lui permet en retour, parce que j'en suis certaine, lui aussi rit un peu trop pour aller bien.

Lorsque nous sommes enfin calmés, je lui tend son pull.

— J'ai pensé à t'apporter une tenue de rechange.

— Tu es *La Meilleure*, murmure-t-il, essoufflé par l'euphorie passée.

L'air se charge d'électricité alors qu'il s'approche doucement de moi, nos rires remplacés par la musique étouffée qui nous parvient de l'autre côté de la porte. Des gouttes perlent de ses cheveux humides et viennent s'échouer sur ma robe, tant il est proche, alors que je me perds dans son regard. Je me noie dans ses yeux couleurs de l'océan, il n'est pas difficile de discerner des tempêtes qui s'y sont déroulées. Pourtant, ce soir les flots sont calmes et apaisants

Je m'approche lentement, mais alors que Nath s'apprêtait à faire de même, il s'arrête.

— Zahra, je veux faire les choses bien avec toi, digne de *La Meilleure*. Tu mérites mieux qu'un baiser à la volée dans une réserve.

Il recule encore d'un pas avant de reprendre.

— Accepterais-tu que je t'invite à dîner ?

Je reviens vite sur Terre et le déteste l'espace d'une seconde, mais il a sûrement raison. Je me contente d'accepter en silence et nous nous fixons quelques instants avant de finalement rejoindre la soirée.

Nyx est visiblement déjà bien alcoolisée. Je l'observe se déhancher contre un homme avec une barbe de trois jours, tout aussi alcoolisé. Il lui dévore la bouche et je sais déjà qu'elle rentrera avec lui ce soir. J'aimerais lui dire de le laisser tomber, de rentrer avec moi, mais c'est souvent à ça que ressemblent ses soirées lorsque je veille au travail et qu'Astrid est à la salle de sport. Chacune a sa façon d'oublier et de fuir sa propre réalité, qui suis-je pour juger la sienne ?

Je discute avec Nath, les différents barmans et Alina la copine de l'un d'entre eux tandis que les heures s'écoulent à une vitesse folle. Je passe étonnement un agréable moment alors que je ne suis pas du tout adepte de ce genre d'endroit. Mais mes pensées parasites commencent à revenir petit à petit, ce qui m'oblige à leur fausser compagnie, non sans avoir prévenu Nyx de mon départ et lui avoir proposé de rentrer avec moi.

Alors que je sors devant le *Maria*, j'y retrouve Nath entrain de fumer. L'odeur de tabac me prend immédiatement à la gorge et accentue mon angoisse.

— Tu y vas ? me demande-t-il, jetant son mégot sans me quitter du regard.

J'acquiesce silencieusement.

— Tu n'as pas l'air bien, tu rentres en métro ?

De nouveau je hoche la tête, muette.

— Tu es certaine que ça va ? Je peux te commander un taxi si tu veux.

Je veux dans un premier temps décliner son offre, mais mon corps est parcouru de tremblements et même si son pull qui me recouvre de nouveau les camoufle, mon anxiété surpasse ma fierté déplacée.

La tête reposant contre la vitre, je n'arrive plus à lutter et la vague me submerge, m'engloutissant dans les tréfonds de mon mal-être que j'essayais tant bien que mal d'oublier.

Lorsque le chauffeur m'annonce que nous sommes arrivés, je murmure un merci avant de sortir à la hâte, la vue brouillée de larmes. Ma tête tourne si vite que je peine à faire le code qui mène au premier sas et à peine entrée je m'effondre au sol, suffocante. Je sens les coups de pied de mon père m'arriver directement dans l'estomac, je vois ses yeux rouges à cause de la colère et du cannabis. Je sens sa main attraper mes cheveux avant de fracasser ma tête contre le mur. Le sang coule de mon front. Mes larmes s'échouent sur le sol, redoublant sa colère.

《 *Je vais te donner une bonne raison de pleurer.* 》 hurle-t-il.

La fenêtre dans mon dos s'ouvre et du quatorzième étage je vois la Tour Eiffel, le Sacré Cœur et la Tour Montparnasse être témoins de mon enfer. Il me force à regarder le sol et la hauteur vertigineuse me donne la nausée.

《 *Arrête de chialer je t'ai dit sinon je te balance par la fenêtre. De toute façon tu ne mérites que ça.* 》résonne sa voix.

La peur me tord le ventre mais je me surprends à espérer qu'il le fasse une bonne fois pour toute. Pourtant il me relâche lourdement, m'abandonnant dans ma douleur. Le noir se fait. Quand je rouvre les yeux, je suis dans les bras de mon frère, au chaud sous sa couette. Il caresse tendrement mes cheveux alors que je fond en larmes lui exprimant ma détresse. Il me rassure, me promettant que dans six ans, je serais majeure et je pourrais partir. J'essaie de me dire que six ans ce n'est rien dans une vie, mais je ne suis pas certaine de tenir aussi longtemps. Épuisée, je m'endors dans ses bras sachant qu'il ne sera plus là quand je me réveillerai.

8

J'ouvre mes paupières bouffies avec peine. J'ai mal à la tête et mon corps entier est douloureux après que j'aie dormi à même le sol. J'aperçois l'heure, légèrement sonnée. Six heures trente. Astrid ne va pas tarder à rentrer. Difficilement, je me lève pour boire de l'eau et attrape une barre de céréales à la pomme au passage.

Posée sur le grand canapé, je mets de la musique pour essayer d'étouffer mes pensées, puis fixe mon reflet sur l'écran noir de la grande télévision.

— Je suis complètement folle, je me murmure à moi-même.

— Tout le monde l'est à sa façon.

Je sursaute, ma meilleure amie est dans l'embrasure de la porte, impeccable dans sa robe de la veille par-dessus laquelle elle a passé un pull.

— Va te doucher Z.

J'obtempère sans poser de question, parce que mon cerveau a justement besoin qu'on lui indique quoi faire pour ne pas complètement vriller.

Devant le grand miroir, je ne me reconnais plus. Mes yeux sont rouges et gonflés, du mascara séché s'étale sur mes joues, je suis complètement décoiffée, je m'effraie.

Ce qui me terrifie le plus, c'est qu'elle m'ait dit que ça allait être compliqué au début, le début est une donnée vague. Et si cela durait des mois ? Des années ? Combien de temps vais-je devoir vivre dans les vestiges de mon passé ? Je crois que je suis en état de choc.

Mes mouvements sont au ralenti, l'eau chaude coule sur ma peau, invisibilisant ma tristesse. Un affreux sentiment de calme avant la tempête me gagne, comme si ce que j'avais vécu ces derniers jours n'était qu'un avant goût, quelques rafales pour me préparer à un enfer certain.

La baignoire à côté de la douche me nargue mais je me demande ce que je serais capable de faire, où seront mes limites si mes souvenirs reviennent, alors je me résigne à rester sous le jet. Toute cette situation m'effraie. Je fixe le carrelage noir anciennement bleu turquoise. Nous l'avons recouvert parce que cela me faisait trop penser à une piscine. Cette activité entre copines s'était finie en bataille de peinture. Le pommeau de douche en garde d'ailleurs quelques souvenirs et ces tâches me font sourire.

N'ayant pas prévu de ressortir, j'enfile ma kswa et un pull

par-dessus avant de rejoindre ma meilleure amie. Lorsque je descends, de nouveau un café latte trône sur la table basse et elle m'attend sur le canapé, ses fiches de révisions sur les genoux alors qu'elle a allumé la télévision. Sur l'écran les images apaisantes de Totoro défilent. Je m'installe à côté d'elle, posant ma tête sur sa cuisse, m'imprégnant de son odeur. Je n'ai jamais su la décrire, l'odeur d'Astrid est propre à elle, rassurante par sa familiarité.

Pendant que les dessins défilent sous mes yeux, je nous revois dans sa maison en Espagne dans laquelle elle m'avait invitée. Le sel sur nos lèvres, le sable sous nos pieds, la chaleur accablante, l'ordinateur entre nous dans ce lit aux draps blancs, les mêmes images sur l'écran, le tout créant une bulle de bonheur. Cela date d'il y a maintenant sept ans mais étrangement je m'en souviens aussi clairement que des photographies laissées sur un disque dur que l'on viendrait de retrouver.

— Je me souviens, je lui dis, de l'émotion plein la voix.

— Je sais. Tu verras, tu ne te rappelleras pas de tout mais il y a quand même du positif. Parfois ça vaut le coup de toucher le fond pour mieux remonter.

Je m'endors, épuisée par ma nuit mouvementée, chérissant mon nouveau souvenir. Pour la première fois, je me dis que j'ai bien fait de trouver ce journal.

La journée touche à sa fin, comme chaque dimanche soir, on se retrouve toutes les deux sur la grande table chacune devant nos ordinateurs et carnets. La musique s'élève dans l'appartement pendant que nous organisons notre semaine à venir, terminant nos dernières obligations avant d'en recevoir de nouvelles. J'aime les rituels qui se sont instaurés dans ma vie, comme un cycle rassurant.

Je finis de mettre sur le drive commun les photos que mon patron m'avait demandées après y avoir apporté les dernières modifications, fière du rendu final. Je n'ai pas une grande confiance en moi mais je connais mes capacités dans ce milieu là et je sais reconnaître lorsque j'ai fait du bon travail. Pour finir, je prépare les derniers rendez-vous clients qui ont lieu dans la semaine et la réunion de demain pour expliquer ce qui attend l'équipe.

Je ferme mon ordinateur une heure plus tard, prête à monter me coucher quand une notification s'affiche sur mon écran.

Numéro Inconnu : J'espère que tu es bien rentrée.

Le message date d'hier soir mais je ne l'avais pas lu car le contact n'était pas enregistré. Aucun doute sur l'identité de l'expéditeur. Un grand blond à la mâchoire définie et aux yeux océans me revient en mémoire. J'enregistre son numéro avant de lire ses derniers messages que je reçois à l'instant.

Je me demande comment il a eu mon contact puis je me souviens qu'il a passé une soirée avec mon portable déverrouillé. De plus, lorsqu'on a un prénom et un nom, il n'est jamais compliqué de contacter la personne.

Nathanaël Slezak : Bonsoir Zahra,

j'espère que tu vas mieux. Comme je suis un
homme qui tient ses promesses,
accepterais-tu de dîner avec moi lundi
prochain ? Signé, Sherlock

Je ne pensais pas qu'il était sérieux dans la réserve !
Complètement désemparée et n'ayant plus eu de rendez-vous
avec un garçon depuis mes quinze ans, je me fige, ne sachant
quoi répondre.

Après de longues secondes, je finis par me tourner vers
une professionnelle, brandissant mon portable sous le nez
d'Astrid qui n'a aucune idée de ce qu'il s'est passé hier. Elle se
serait fait des idées, mais maintenant je m'en fais aussi.

Après avoir lu son message, elle se contente de lever un
sourcil d'un air équivoque.

— Mais c'est que les choses changent ce week-end !

Elle a raison, en deux jours, je ne me reconnais plus. Les
choses changent mais je ne suis pas certaine d'en avoir envie. Je
confirme pourtant à Nath par curiosité et dans la minute je reçois
l'heure et l'adresse du rendez-vous.

— Ne t'en fais pas Z, reprend ma meilleure amie devant
mon air paniqué. Je vais t'aider, tout sera parfait. En attendant,
ne te prends pas trop la tête avec ça.

Je lui marmonne une réponse incompréhensible avant de
monter me coucher, la laissant à ses révisions.

Assise à mon bureau, je prends mon journal dans lequel je
n'ai pas encore écrit ce week-end, complètement dépassée par
les évènements. J'y remédie immédiatement. Une heure plus

tard, tout est couché sur le papier, et je surligne les éléments factuels pour les séparer de mes émotions qui s'y entremêlent. Si demain j'oublie les deux dernières années de ma vie, il me suffirait d'apprendre ce journal par cœur pour faire illusion. Cette pensée me rassure. Tant que j'ai ce journal, je peux me souvenir. Est-ce aussi ce que je me suis dit étant adolescente ?

Calmée, je me glisse sous l'épaisse couette tout en repensant à la nuit dernière et un frisson me parcourt. Je ne peux pas me permettre que cela m'arrive à nouveau, c'était trop douloureux, trop intense. Je ne veux pas me souvenir.

9

Les yeux fixés sur mon ordinateur, je réponds à mes mails à la chaîne comme une automate. La réunion pour faire le point sur la semaine écoulée et sur ce qui nous attend pour Lundi vient à peine de se terminer et mes collègues commencent à partir. Tout le monde me félicite pour le travail fourni, pourtant j'ai le sentiment que ce n'est jamais assez. J'ai besoin de m'activer, de ne pas laisser à mes pensées la place de s'étendre.

Je rafraichis la page en boucle dans l'attente de nouveaux mails, mais je suis bien forcée d'accepter que je n'aurais plus rien aujourd'hui. J'ouvre donc mon compte consacré à mon travail en indépendant, j'y trouve des messages de mon père me donnant une nouvelle mission. Parfait ! Si il y a bien une chose pour laquelle mon père est doué, c'est son travail. Il est aussi doué pour en trouver et j'aurais toujours de quoi m'amuser si je lui demande.

Mon stylet glisse à toute allure sur ma tablette graphique alors que je commence à organiser une nouvelle charte graphique pour une agence de boissons énergisantes. La photo est ma passion depuis toujours, elle me permet d'immortaliser des images que mon cerveau risquerait d'oublier. La photographie rivalise avec la mémoire humaine. Pourtant j'aime me diversifier dans les missions que mon père me demande, allant de graphiste à monteuse vidéo.

Mon écran devient subitement noir, me faisant sursauter tandis que je me mets à chercher le problème. Mes yeux glissent sur la multiprise où la pointe d'escarpin noir vernis écrase l'interrupteur. Mes yeux remontent lentement le long d'un pantalon de tailleur beige, bien que je sache déjà de qui il s'agit.

— C'est bon, tu m'écoutes ?

— Astrid, tu as intérêt d'avoir une très, très bonne excuse pour m'avoir fait perdre au moins un quart d'heure de travail que je n'avais pas enregistré.

Ma voix n'est qu'un chuchotement appuyé alors que j'ai envie de lui hurler dessus cependant je ne souhaite pas me faire remarquer plus que ça. Pour la deuxième fois en une semaine, mes collègues me fixent tous, se demandant qui est cette jeune femme à côté de moi. Il faut dire qu'Astrid aussi attire le regard, ses cheveux blonds, presque blancs polaire dévalant son dos, ses yeux émeraudes, son rouge à lèvre carmin. Avec elle, tout a l'air naturellement parfait. Je sais qu'elle ne laisse rien au hasard, mais l'illusion ne fonctionne que lorsque tout à l'air inné.

Je me lève alors, saisissant son poignet pour l'emmener à l'écart. J'en profite pour me servir un café car je sais que j'en aurais besoin pour survivre à la conversation qui va suivre. Si elle a pris la peine de se déplacer à mon bureau qui est à l'opposé de sa faculté, cela ne me dit rien qui vaille.

— À combien en es-tu ? lance-t-elle en dévisageant mon gobelet.

— Six, je réponds par automatisme, regrettant immédiatement.

— Avec toutes les bouteilles vides de boissons énergisantes sur ton bureau ! Mais tu vas faire un arrêt cardiaque bordel ! s'exclame-t-elle.

Elle est alors interrompue par un grondement sourd. Il me faut quelque secondes pour me rendre compte que ce bruit vient de mon ventre. Gênée, je regarde autour de moi, je suis rassurée de ne voir personne.

— Tu as encore oublié de manger. Je suis à deux doigts d'envoyer un message à ta grand-mère et tu sais qu'elle t'apportera tous les jours à manger s'il le faut.

— Arrête un peu As, j'ai juste oublié parce que je n'avais pas la tête à ça, j'ai beaucoup de travail en ce moment.

— Tu te rends compte que tu rentres à minuit passé et que je te vois partir à cinq heures tous les jours ? Et même pendant ce laps de temps tu travailles. Tu en oublies de manger, de dormir, tu ne fais que ça de tes journées et ne prend même pas le temps de répondre à mes messages !

Elle a raison, cependant, je ne le réalise que maintenant. À quand remonte mon dernier vrai repas ?

— J'ai juste beaucoup de travail, essayais-je de dédramatiser à nouveau.

— Non c'est faux tu te donnes beaucoup trop de travail. Tu as même oublié d'aller chercher Maya, je m'en doutais et je lui ai envoyé un message en lui disant que tu étais clouée au lit par la fièvre mais honnêtement Zahra ce n'est pas sérieux. Tu cherches à fuir ce qui t'angoisses mais tu en oublies ce que tu apprécies et les gens que tu aimes.

J'ai envie de pleurer. Je me déteste. Comment ai-je pu oublier qu'on était vendredi et que je devais aller chercher ma petite sœur ? Heureusement qu'Astrid a couvert mes arrières, si elle savait la vérité, Maya me détesterait.

— Je vais faire attention, je souffle.

— Pose ta journée lundi, on la passe ensemble à te préparer.

— Astrid j'adorerais mais je ne peux pas juste poser un jour comme ça, j'ai du travail malgré tout.

Je n'ai jamais raté un seul jour de travail de ma vie, les seuls jours que je pose en dehors de mes vacances avec mes sœurs sont lorsqu'elles ont besoin de moi pour un exposé, un premier jour de règles douloureux ou encore pour prendre la voiture et partir loin pendant une journée. Mais je ne pose jamais un jour comme ça, juste parce que j'ai besoin de me reposer. C'est à ça que servent les week-ends.

— Arrête un peu tes excuses, tu as au moins un mois d'avance Z, souffle-t-elle en passant sa main à travers ses boucles parfaitement définies.

Finalement je cède et lui promets d'en parler à mon patron si j'arrive à le voir.

Je repousse le moment fatidique le plus possible mais à minuit je suis bien obligée de toquer à la porte de Monsieur Profit.

— Entrez !

J'abaisse la poignée, détestant ma meilleure amie à cet instant.

— Mademoiselle Fleury, que puis-je pour vous ?

J'ai envie de vomir.

— Puis-je prendre un jour de congé Monsieur ? Je sais que ce n'est pas dans les habitudes de la société ni dans les miennes, mais j'ai travaillé d'arrache pied cette dernière semaine.

Je dis ça d'une traite priant pour écourter au maximum cette entrevue mais il m'interrompt.

— Asseyez-vous je vous en prie, nous ne sommes pas pressés.

Je veux lui dire que si, mais je m'exécute. Il a l'air de bonne humeur aujourd'hui.

— Comment va votre copain ?

Prise de court par sa question je mets du temps à répondre.

— Très bien, Monsieur.

J'avais inventé un copain imaginaire, afin qu'il arrête de m'appeler par des surnoms déplacés. Je ne lui retourne pas la question sur sa femme, esperant qu'il comprenne subtilement que je ne veux pas parler avec lui, mais il insiste.

— À quand le mariage Mademoiselle ? Dans votre culture, on se marie jeune n'est-ce pas ?

Il commence à m'énerver. Je ne suis pas venue pour parler de mon copain imaginaire, je veux juste savoir si je peux poser une journée. J'ai besoin de ce travail, alors je prends sur moi.

— Ce n'est pas pour tout de suite Monsieur, mais qui sait, un jour peut-être.

Il se lèche les lèvres, posant ses coudes sur le bois de son bureau.

— De vous à moi, entre bons amis Zahra,

On est amis maintenant ?

— L'avez-vous vraiment choisi ? Les algériens forcent les mariages, c'est bien connu. Vous savez, si vous n'aimez pas votre copain, je peux vous aider.

Je le regarde, abasourdie par ses propos déplacés et truffés de stéréotypes. Avant que je n'aie le temps de lui expliquer que, même si ce fut le cas en Algérie à une époque, les mentalités ont évolué depuis et que même en France certains continuent ce genre de pratique, il me coupe.

— D'ailleurs êtes-vous sûr que ce n'est pas un cousin éloigné ? J'ai entendu dire que vous étiez un peu tous de la même famille là-bas, un peu consanguins. Ce qui expliquerait beaucoup de choses.

Je bous intérieurement, sentant ma culture bafouée. Cette culture inculquée par ma grand-mère, cet homme se permet de la critiquer ouvertement avec ses commentaires éminemment racistes.

Prends sur toi Zahra. Tu as besoin de ce travail.

— Non Monsieur, je suis très heureuse dans mon couple, merci de vous en inquiéter.

— Dommage. dit-il en passant de nouveau sa langue sur ses lèvres. Bon, parlons de ces congés.

Ma jambe martèle énergiquement le sol tant je suis stressée par sa simple présence. Je joue nerveusement avec mes doigts, si bien que je ne l'entends même pas me parler.

— Zahra, vous m'écoutez ?

— Oui pardon Monsieur, veuillez excuser mon inattention, ce doit être la fatigue.

Reviens sur Terre Zahra, c'est presque fini.

— Ne vous excusez pas, il est minuit c'est normal. Il ne reste plus que nous dans les bureaux à cette heure-là vous savez.

Il ne reste plus que nous. Mon stress redouble. Il a raison il ne reste plus que nous.

— Je vous permets de prendre un jour de congé lundi.

Soulagée que ce soit enfin terminé, je le remercie et lui souhaite une bonne nuit. Mais lorsque je m'apprête enfin à sortir, je suis retenue par sa main qui se referme sur mon poignet.

Ma respiration se coupe, je revois mon père me serrer à ce même endroit mon bras frêle car j'avais osé attraper une fraise sans en demander la permission.

Je sens la prise de mon patron se resserrer de plus en plus, un bruit nous interrompt. Après avoir relâché sa prise, il autorise l'homme de ménage à rentrer. Ce dernier s'excuse de son passage tardif en expliquant qu'il a eu des problèmes avec sa fille mais je n'entends pas la suite, me précipitant sur mes affaires et sortant à la hâte.

Je pousse les portes vitrées de mon bureau après avoir passé mon badge, l'air froid me fouette le visage et fait voler mes cheveux. Essoufflée, je m'accorde deux secondes de répit, vérifiant qu'il ne me regarde pas par sa fenêtre.

Je psychote.

Pourtant je le vois, derrière la vitre, avec son regard vicieux.

La panique me pousse à déverrouiller mon téléphone, par réflexe j'appelle mon frère. Sans surprise je tombe sur sa messagerie alors j'accélère le pas. Tremblante, j'appelle la personne qui m'a permis de respirer la dernière fois que ce frisson affreux me parcourait l'échine. Une seule sonnerie plus tard, sa voix tentant de se faire entendre malgré les basses qui résonnent derrière me parviennent.

— Zahra ? Tout va bien ? me répond-t-il alors que la musique se calme enfin.

— Oui, enfin, non. Je ne sais pas pourquoi je t'ai appelé toi en fait. Enfin si. Astrid ne me laissera plus jamais aller au travail si je l'appelle.

Paniquée, mes mots s'entremêlent et mes pensées s'embrouillent. Chaque voiture qui passe à côté de moi me fait sursauter, alors que j'imagine que c'est mon patron qui me poursuit.

— Qu'est ce qu'il se passe ? explique moi, me redemande Nath, sa voix empreinte d'inquiétude.

— Je crois que je suis suivie, je n'ai pas su qui appeler, mon frère ne répondait pas et vu que tu es le dernier à qui j'ai envoyé un message, je t'ai appelé sous le coup de la panique.

Je me sens idiote, mais rien ne sert de mentir de toute façon. Cet homme m'aura vu dans des situations plus embarrassantes les unes que les autres en seulement quelques jours.

— Où es-tu ?

Je lui donne la station de métro la plus proche, alors que je regarde partout autour de moi.

— Entre dans un café, un magasin, un endroit où il y a des gens. Je suis en voiture, j'arrive, envoie-moi ta localisation et reste avec moi au téléphone.

Je le remercie, soulagée qu'il vienne lui-même et qu'il ne me commande pas un taxi. Dans mon état de stress actuel, je ne serais pas montée avec un inconnu, trop effrayée par mes peurs irrationnelles. J'entre à la hâte dans un restaurant dont l'ambiance semble chaleureuse. Rapidement, j'explique la situation à la serveuse qui semble accueillante. De suite compréhensive, elle décide de me mettre en sécurité dans la cuisine. Au téléphone, Nath me donne son temps de trajet en temps réel tout en essayant de me changer les idées en me racontant sa journée. Lorsqu'il arrive, mon angoisse est presque entièrement retombée.

— Je suis vraiment désolée, je murmure, gênée de me réaliser que je l'ai fait se déplacer.

— Pas de problème, il n'y a pas grand monde en voiture à cette heure-là, c'était rapide. Si ça m'avait dérangé, je t'aurais commandé un taxi mais j'avais fini mon service de toute façon.

J'opine alors qu'il me demande mon adresse et démarre, *Surf* de *Mac Miller* comblant le silence. La fatigue des jours accumulés retombe petit à petit et je peine à garder les yeux ouverts, bercée par la route. Nous n'échangeons pas du trajet, profitant juste de l'instant de calme, comme si tous les malheurs du monde étaient restés à l'extérieur du véhicule.

Arrivée en bas de chez moi, je le remercie une énième fois et le suis du regard jusqu'à le perdre de vue.

10

J'ai parlé avec Nath tout le week-end, maintenant renommé *Sherlock* sur mon portable depuis qu'il m'a annoncé m'avoir appelée *La Meilleure*. Je sens qu'il ne va jamais me laisser tranquille avec ce surnom qui immortalise notre première rencontre.

Mes sœurs sont venues chez moi samedi, elles m'ont vite percée à jour. D'ordinaire, je suis rarement sur mon téléphone en leur présence, sauf pour Astrid qui était avec nous. J'ai donc dû leur avouer, m'être fait un ami, un soir de sortie avec Nyx. Elles ont tiqué au mot « ami » pourtant je ne saurais le décrire autrement.

Maintenant, mon rendez-vous est dans quelques heures et je suis nerveuse à l'idée d'y aller.

— As', que suis-je en train de faire ! m'exclamais-je. Je vais annuler.

Elle m'arrache mon téléphone des mains et le lance sur le

canapé.

— Zahra, arrête un peu tes histoires, tu veux bien ? Tu as un rendez-vous avec un homme c'est tout, ça ne va pas te tuer. Même si ça se passe mal, ce n'est pas grave.

— Un rendez-vous avec un modèle Dior célèbre ! renchérit Nyx qui s'est déplacée uniquement pour me voir dans cet état parce que, selon elle, c'est un grand jour.

— Je ne sais même pas si c'est vraiment un rendez-vous. Nos messages ne sont pas ambigus et il m'a assuré qu'il ne serait jamais attiré par une femme qu'il a vu vomir, ce que je comprends, j'ajoute en grimaçant. Ce rendez-vous est peut-être juste amical. De toute façon, j'ai déjà du mal à trouver du temps pour vous avec mon travail, alors pour un homme ?

— Dis-toi que c'est un repas entre amis, conclut ma blonde préférée tout en appliquant ma dernière couche de vernis avant de mettre ma main sous la lampe UV tandis que la brune que je connais depuis le berceau s'occupe de mes cheveux.

Cette pensée me rassure, mais un étrange sentiment me gagne.

— Tu sais qu'il ne va pas voir mes pieds au premier rendez-vous j'espère ? J'explique à Astrid qui commence à me les vernir.

— Ah donc tu en espères d'autres ? s'exclame ma coiffeuse en herbe.

— En tant qu'ami ! je renchéris un peu trop vite.

Mais je ne sais plus où j'en suis. Je les laisse me préparer, perdue dans mes pensées. Est-ce que je suis en train d'utiliser

Nath comme distraction pour fuir ma réalité ? Je culpabilise à cette idée, il mérite mieux. Malgré le plaisir que nos discussions m'apportent, je conclus avec moi-même que notre premier rendez-vous sera aussi le dernier, qu'il soit amical ou plus.

Lorsqu'elles ont fini, elles me placent devant un miroir pour que je puisse enfin admirer leur travail.

— Tadam ! s'écrient-elles en chœur.

Moi qui ne m'apprête jamais, n'ayant ni le temps ni l'occasion, je suis émerveillée. Quel étrange sentiment d'apprécier son reflet alors que tu ne ressembles plus à rien depuis des jours.

Malgré tout, la tenue me correspond. Une simple robe noire à manches longues qui moule mon corps m'arrive à mi-cuisse par-dessus une paire de collants assez transparents de la même couleur. Mes cheveux, que je laisse habituellement détachés, sont relevés en un chignon lâche et volumineux, tandis que des boucles d'oreilles font ressortir ma peau légèrement halée.

Autour de mon cou, mon collier Amazigh ainsi qu'une autre chaîne, plus longue, à laquelle un oeil bleu clair serti dans un cercle doré est suspendu, ressortent à la perfection sur le tissu noir. Les cadeaux de ma grand-mère, l'œil en commun avec mes sœurs et l'Amazigh avec ma fratrie complète, me réchauffent le cœur. La protection et la liberté.

Je ne suis que très légèrement maquillée et je remercie mes amies pour cette initiative, sans quoi je n'aurais pas été à l'aise. Tandis que je les étreins, je reçois un message de Nath m'annonçant qu'il est en bas de chez moi comme convenu.

J'enfile les bottes à talons en cuir noir de Nyx et je dis au revoir à mes amies.

Dans la voiture, Nath me parle du *Maria* tandis que je lui raconte mon week-end avec mes sœurs. N'ayant pas vu le temps passer, je remarque que nous sommes arrivés devant un immense bâtiment, un tapis rouge dévale les marches et des gens en vêtements de luxe sont en train de discuter. Je ne me sens pas à ma place face à tout ce luxe. Le sentiment de ne pas être assez blanche pour cet endroit me retourne l'estomac, bien que Nath ne semble s'apercevoir que je fais tache.

Nous nous installons à une table qui a visiblement été réservée pour nous. Tout le monde salue mon cavalier, me prouvant que c'est un habitué.

— Bienvenue dans le restaurant gastronomique français préféré de Maria Slezak, m'explique-t-il. Je me suis rendu compte que nous n'avions pas parlé de nos goûts culinaires alors je me suis dit que celui-ci serait une valeur sûre.

— Bien sûr Nath c'est parfait ! Je ne suis pas très compliquée. En réalité, tu aurais pu m'emmener n'importe où.

Je me suis d'abord dit qu'il essayait de m'impressionner mais je comprends très vite qu'il m'intègre juste à ses habitudes, différentes des miennes. Qu'il ait choisi le restaurant préféré de sa mère me touche sans doute un peu trop, je me demande quel aurait été celui de la mienne si j'en avais eu une.

— Est ce que du Dom Pérignon te convient ? me demande-t-il alors que le serveur s'approche de nous pour s'enquérir de notre commande. Étant un habitué du restaurant, je lui fais confiance quant au choix du dîner.

Quelques instants plus tard, on nous sert du liquide doré dans des flûtes en cristal. L'odeur fruitée et fleurie me rassure, cela m'aidera à tenir toute la soirée.

Je savoure chaque bulle qui explose contre ma langue et mon palais. Je n'ai jamais rien bu d'aussi bon ! Hormis le thé à la menthe de ma grand-mère, évidemment.

— Alors *La Meilleure*, ce champagne est-il digne de vous ?

Mes joues s'échauffent déjà et je suis incapable de savoir si c'est dû à son genou qui vient de frôler le mien ou à l'alcool qui monte déjà.

— Le meilleur champagne pour *La Meilleure*, fais attention tu pourrais te faire oublier.

Pourquoi ma façon de gérer le stress est de simuler un égo surdimensionné ? Je me murmure intérieurement.

— Je vais te laisser en *date* avec cette bouteille alors.

L'utilisation du mot *date* et son sourire en coin me figent un instant si bien que je déglutis péniblement, peinant à garder ma répartie.

— J'aurais bien aimé mais il n'est pas très bavard. Je pense que je vais m'ennuyer.

— On s'ennuie sans moi Zahra ?

Je reprends une gorgée à la recherche de la meilleure réponse, sans pour autant le quitter des yeux.

— Peut-être bien *Sherlock*. Et toi, tu t'ennuies sans moi ?

Et paf bien envoyé ! Astrid et Nyx seraient fière de moi. Le *flirt* ça ne s'oublie pas c'est comme le vélo. Pourtant, j'ai cette sensation étrange qui me dérange un peu.

— Tous les jours Zahra, tous les jours, murmure-t-il de sa voix devenue un peu plus grave.

L'entrée arrive alors, ne me laissant pas l'opportunité de répondre.

Je n'ai aucune idée de ce dont il s'agit, si ce n'est une petite tache colorée au centre d'une assiette creuse. Je n'ai pas encore décidé si ça avait l'air appétissant ou non lorsque mon cavalier d'un soir m'explique ce que je vais déguster. Beaucoup trop de mots complexes que je vais peiner à répéter à ma colocataire ce soir.

— Ne t'en fais pas Zahra, tu t'y habitueras vite, me souffle-t-il par-dessus la table.

Cela veut dire qu'il compte me revoir. Il ne le sait pas encore mais après cette soirée hors du temps, on ne se reverra plus. Je retournerai à ma vie, et lui à la sienne.

— Si tu veux que je m'y habitue, il va falloir que l'on se revoit.

Je me rends compte de l'ambiguïté de ma réponse et de mon ton légèrement suave, une fois ma phrase prononcée. Je me déteste de le laisser se faire des fausses idées, mais il s'en remettra je le sais. Toutes les filles tomberaient sous le charme d'un bel homme riche, drôle et bienveillant comme lui.

— J'y compte bien, on est meilleurs amis maintenant, dit-il d'un ton entre l'ironie, le sarcasme et l'humour que je ne saisis pas bien. Tu ne peux pas vomir dans mes toilettes et sortir de ma vie comme ça, rigole-t-il sans s'apercevoir que je me décompose.

Alors, tout est dans ma tête depuis le début ? Ce repas n'est affectivement qu'amical, je suis celle qui se faisait des idées. Avec du recul cela me paraît cohérent, il m'a juste prise en pitié. Pourquoi un homme comme lui s'intéresserait à moi ? Je suis plutôt jolie et agréable mais nous ne vivons pas dans le même monde.

Je sens mon embarras grandir tant et si bien que je souhaite maintenant écourter ce repas. La honte me tord le ventre, j'ai besoin de partir d'ici. Je ne suis pas à ma place, mais Nath se met à rire.

— Qu'est ce qui te fait rire comme ça ? demandais-je blessée.

— Je me rends compte qu'avec ma mère, vous êtes les plus belles femmes à être venues ici. Et moi, j'ai eu l'honneur de manger avec vous deux. Je suis chanceux, m'adresse-t-il avec un sourire énigmatique.

Son compliment me prend de court. Finalement le flirt s'oublie. Je suis bien forcée d'admettre que je ne sais plus où se trouve la frontière avec l'amitié. Comme pour me ramener sur Terre, il lève son verre pour le faire s'entrechoquer avec le mien.

— À notre nouvelle amitié !

Sa tendance à souffler le chaud puis le froid me perturbe complètement et je me contente de sourire.

Ma vue devient alors trouble et des taches sombres

apparaissent sur la nappe blanche. Je porte ma main à ma joue, c'est humide. Mince, je pleure. Mais pourquoi ?

Je redresse mon regard vers Nath, son visage se déforme à cause de l'eau qui s'accumule dans mes yeux. Ma respiration s'accélère suivi d'un atroce mal de ventre. J'essaie de presser les paupières en enfonçant mes ongles parfaitement manucurés dans mes paumes, y laissant des traces en croissants de lune rougeâtres.

Mon nouveau meilleur ami se lève lentement, puis vient m'aider à faire de même en me tenant par le bras, tout en se dirigeant vers la sortie, abandonnant nos plats à peine entamés. Mon regard se pose sur un homme qui fume et je remarque vite à l'odeur que ce n'est pas du tabac. Mes souvenirs sont clairs cette fois-ci, et je vois très précisément mon père aux yeux rougis me gifler.

Il faut que je sorte, vite.

L'air entre enfin dans mes poumons, chassant peu à peu cette odeur nauséabonde et mes larmes par la même occasion. Il me faut cinq bonnes minutes pour enfin reprendre une respiration régulière. Je me rends compte que cette action si primaire est devenue tellement difficile et douloureuse depuis que j'ai trouvé ce journal. Mais ai-je un jour aimé respirer ?

Nath, qui n'a pas arrêté de me regarder de ses yeux si clairs, de son regard si sombre, m'attrappe doucement par la main. Son contact froid contre ma peau chaude m'apaise.

Je ne suis pas seule, je suis dans le présent. Alors je lui avoue, sans filtre,

— Quelques heures avant de te rencontrer, j'ai appris que respirer n'était pas si facile…

— Je suppose que c'est cette même raison qui t'as poussée à boire à outrance, mais rassure-toi Zahra, respirer n'est pas toujours simple pour moi non plus.

Il me comprend. Cette simple pensée me réconforte. Respirer, l'action la plus vitale, la plus banale, la première chose que l'on apprend à faire quand on vient au monde, nous est périlleux, détestable et parfois impossible.

Nath se saisit délicatement de ma main, m'intimant de le suivre. Sans un mot, nous roulons à travers la nuit, bercés par la radio. Je suis épuisée, mais je ne veux pas rentrer. Je ne veux pas que cette soirée s'arrête, je sens qu'il me comprend, qu'il ne me juge pas. Je ne veux pas qu'elle s'arrête parce que ça sera ma dernière soirée en sa compagnie.

À peine dans l'appartement de Nath où je ne pensais jamais revenir, j'enlève mes bottes qui commençaient à me faire souffrir avant de le suivre sur le balcon. Je le suspecte d'avoir compris que le froid me calmait. Je pose un pied sur le béton frais, puis un deuxième. Comme prévu, l'air sec et gelé m'apaise, faisant immédiatement naître une chair de poule sur mes jambes nues.

Il se retourne, me surplombant de sa hauteur. Je suis obligée de lever la tête pour accrocher son regard tandis qu'il baisse la sienne. Mes yeux se perdent de nouveau dans les siens.

Nathanaël Slezak est trop parfait. Il n'a pas de failles, lui qui à déjà vu tous mes vices. J'ai besoin de le savoir humain, alors mes lèvres murmurent doucement à quelques centimètres des siennes

— Qu'est ce qui t'empêche de respirer Nath ?

11

Il se penche, effleure doucement ma bouche, se fige quelques secondes, attendant de voir si j'accepte ce baiser ou non. Je m'approche à mon tour, brisant les quelques millimètres qui nous séparent. Étonnement, j'arrive à respirer. Alors que notre baiser prend fin, il chuchote comme s'il avait lu dans mes pensées,

— Finalement, respirer n'est pas si douloureux.

Je l'embrasse à nouveau. L'oxygène atteint directement mes poumons, retirant ce poids qui les étouffait tant ces derniers jours.

Je respire

Je n'ai pas tout imaginé, tout cela est bien réel. Mais pour la seconde fois de la soirée, je me mets à pleurer.

— Tu ne voulais pas ? panique-t-il.

— Je le voulais, je rétorque immédiatement. C'était incroyable. C'est bien le problème. Avec toi je fuis ma réalité, mais j'ai peur de t'utiliser pour cela, avec toi, fuir devient addictif, finis-je par avouer les yeux remplis de larmes.

La dureté de mes aveux me peine, cependant je veux être sincère avec lui. Il ne mérite pas d'être utilisé. Il me prend par la main et son index relève mon menton me forçant à le regarder.

— Alors laisse moi t'offrir une autre réalité, Zahra.

Ses mots résonnent en moi et je me décide enfin à lâcher prise. On s'assoit dans des fauteuils ronds en osier qui encadrent une petite table et je suis ravie d'y trouver un plaid tout doux dans lequel m'emmitoufler. Nath va ensuite chercher une bouteille de vin et une autre de jus.

— Tu ne bois pas ? je demande incrédule.

— Non, rigole-t-il. Le champagne de tout à l'heure était sans alcool, je me suis dit que demander une grenadine aurait fait tache.

Je suis étonnée car c'est assez rare pour un barman mais moi non plus je ne suis pas une grande fan d'alcool.

— Tu te comportes comme ça avec tous tes meilleurs amis ? je rétorque ironiquement.

— Je ne voulais pas passer pour un gros lourd qui ne pense qu'à ça, mais être ton meilleur ami ne m'intéresse pas le moins du monde Zahra.

Mon nom dans sa bouche fait accélérer mon cœur, j'apprécie que ça ne soit pas dû à l'angoisse pour une fois. J'ai envie de sauter partout, d'appeler Astrid, de danser, mais je reste assise à le regarder.

— Moi non plus, ça ne m'intéresse pas.

Je me réveille de nouveau dans ce grand appartement, me ramenant à cette fameuse nuit. Au détail près que cette fois je ne suis pas dans la chambre d'ami et la place à mes côtés est occupée. Cette conclusion me fait glousser.

La tête contre son torse, j'inspire son odeur boisée tandis

qu'il me caresse les cheveux. Je ne sais pas depuis combien de temps il est réveillé mais il est resté. Le regard perdu sur la ville de Paris que laisse entrevoir la fenêtre, les souvenirs de la veille me reviennent. C'est agréable, à la manière d'une douce brise d'été, aussi clair et limpide que l'océan.

Il a le goût d'une soirée d'été en plein hiver.

— Je crois que j'aime respirer, je murmure.

Un silence suit ma déclaration, je n'entends que le bruit de son cœur battant contre mon oreille. Alors je décide de reposer ma question à laquelle je n'ai toujours pas eu de réponse.

— Qu'est ce qui t'empêche de respirer, Nath ?

Je ne vois pas son visage mais je devine que son expression s'est figée. Tout son corps s'immobilise pendant quelques secondes avant de reprendre ses caresses répétitives comme si je n'avais rien dit.

J'ai l'impression d'être dans un conte de fée, mais cela n'existe que dans les livres. J'ai besoin que cela soit moins parfait pour que ce soit réel. J'ai besoin de connaître ses défauts, ses failles, la source de sa souffrance. Pourtant son silence s'éternise et je commence à regretter ma question lorsqu'enfin il prend la parole.

— Ma mère.

Ma mère m'empêche de respirer aussi.

— Maria Slezak, reprend-t-il.

C'est seulement à cet instant que je fais le rapprochement avec Le *Maria*, pourtant c'était évident qu'il tenait son nom de cette femme. Ses mots ne sont qu'un souffle inaudible mais dans le calme doux de la pièce lumineuse, c'est suffisant. Je reste silencieuse, lui laissant le temps d'aller à son rythme et de s'arrêter quand il le voudra.

— Elle est décédée l'année de mes dix-sept ans.

Un silence religieux suit cette déclaration, durant lequel je pense à ma mère.

Nath le rompt avec une question à laquelle je ne m'attendais pas,

— Parle moi de ta mère Zahra, est ce qu'elle t'empêche de respirer ?

Je me rends compte qu'il ne m'en dira pas plus sur sa mère aujourd'hui et que cet aveu lui à déjà demandé des efforts. J'hésite à lui mentir, puis je me dis qu'il finira bien par l'apprendre. Je lui explique mon contexte familial en restant floue : l'abandon de ma mère, mon père absent, mon grand frère qui fuit à la moindre occasion, ma grand-mère et mes demi-soeurs qui me maintiennent hors de l'eau.

— Je n'ai pas de mère mais une grand-mère géniale, conclus-je.

— Qu'est ce qui t'as mis dans cet état hier ? demande-t-il après un silence.

Il essaie de comprendre. C'est sûr qu'emmener une fille dans un restaurant de luxe et devoir partir à cause de ses pleurs ne doit pas être la meilleure soirée de sa vie. Surtout lorsqu'on sait que quelques jours plus tôt je l'ai appelé en panique au téléphone pour qu'il vienne me chercher. *Je ne comprends même pas pourquoi il veut encore me voir.*

— Nath, je m'excuse pour hier et aussi pour mon appel de l'autre fois. J'aime beaucoup passer du temps avec toi, donc je vais être honnête. Ma réalité n'est pas jolie. À certains moments, mon monde s'effondre sans que je ne puisse le contrôler. Tu as déjà vu mes failles, et même si lorsque je suis avec toi un poids se retire de mes épaules, elles ne disparaîtront pas parce qu'un un bel inconnu me fait une place dans sa vie. Je comprendrais si tu ne voulais pas d'une fille compliquée comme moi.

Il pousse doucement mon menton de son doigt m'obligeant à lui faire face.

— J'ai aussi mes failles, elles sont mieux dissimulées mais bien plus laides que les tiennes. Nous pouvons être compliqués ensemble si tu veux ?

Je respire. Il dépose un léger baiser sur mes lèvres avant de m'encourager à continuer. Je repose donc la tête sur son torse ne voulant pas voir son visage. S*i jamais je le dégoûtais ?* je ne veux pas qu'il voit le mien non plus, j'ai suffisamment pleuré devant lui pour toute une vie.

— Quand je t'ai appelé…, je suspends mes mots, hésitante.

Peut-être qu'il va penser que je me faisais des films avec Monsieur Profit ? Malgré tout, je continue cette fois d'une traite, relatant ce qu'il s'était passé avec mon patron. Je sens son corps se crisper, pourtant il attend que je finisse mon monologue avant de me répondre.

— Viens travailler avec moi.

Je redresse la tête, intriguée. Son affirmation me prend de court, on peut dire que je ne m'attendais pas à cette réaction.

— Ton patron est un salaud Zahra. Et non tu n'es pas fainéante, tu ne peux juste pas travailler autant, ce n'est pas une vie. Je sais à quel point trouver du travail peut être compliqué, alors pars. Viens travailler au *Maria*, juste le temps de retrouver un poste digne de La *Meilleure*.

Ses mots me touchent en plein cœur et mes joues sont sûrement écarlates.

— Je suis touchée par ton offre, je commence en essayant de cacher mon état. Mais bien que Monsieur Profit soit un idiot, je suis très bien là-bas. Puis je suis dans cette boîte depuis que j'ai fini le lycée, je n'ai pas envie d'en changer.

La vérité est bien plus complexe que je n'ose lui avouer. Mon père ne me pardonnera jamais d'abandonner mon emploi pour travailler dans un bar. Mais mon père est un salaud lui aussi, alors je ne sais plus quoi penser.

— Maintenant que je suis dans ta vie, je ne compte pas partir sauf si tu me le demandes. Donc les choses vont forcément changer.

— Je vais y réfléchir, je lui promets avant de l'embrasser pour fuir cette conversation qui me déstabilise.

Peut-on tomber amoureuse en une soirée ? Le coup de foudre n'existe que dans les films et les romans à l'eau de rose, on me l'a toujours dit. Pourtant mon cœur qui bat, mon ventre qui se tord, mes pensées qui se brouillent, mais surtout l'euphorie qui m'emplit et ce sentiment d'apaisement me font douter. Je n'ai jamais été amoureuse alors il est impossible pour moi de nommer ce sentiment inconnu qui me submerge, peut-être est-ce cela ?

Sous la douche, alors que Nath cuisine notre petit déjeuner, je constate que cette journée ressemble étrangement à notre première rencontre. Cela ne me dérange pas, tout est parfait. Si elle pouvait se répéter en boucle, tout irait bien.

Une petite voix dans ma tête me dit que tout va trop vite, mais je préfère l'ignorer. Pour le moment, je veux être heureuse, je penserai aux conséquences plus tard. Cette pensée résonne étrangement comme celle d'une droguée. Suis-je devenue addicte à la dopamine qui se déverse dans mon corps à chacun de ses regards ou bien est-ce simplement sa présence qui me réconforte ?

Je le rejoins sans prendre la peine de me vêtir par-dessus mes sous-vêtements. Son rire résonne par-dessus la musique que j'ai mise à fond dans les enceinte tandis qu'il continue de s'affairer derrière le comptoir. Il m'a avoué que c'était une passion qui lui venait de Maria et je lui ai confessé que j'étais capable de faire cramer des pâtes.

— Heureusement que je suis au dernier étage et que je n'ai pas de vis à vis, j'en serais jaloux, me lance-t-il en me dévorant du regard.

Je l'ignore, trop occupée à sauter, danser et chanter, bougeant mes cheveux humides dans tous les sens, répandant de mini gouttelettes sur tout ce qui a le malheur de croiser mon chemin. Une vague d'euphorie m'envahit.

— Je respire ! je crie à bout de souffle en pleine transe. Il m'observe dans un coin de la pièce en se mordant la lèvre inférieure parce que j'ai eu le malheur de dire que cela me faisait craquer quand il faisait ça.

— Je respire ! je répète avant de lui sauter dessus, m'agrippant à lui, mes bras autour de sa nuque et mes jambes croisées sur le haut son jogging dont le gris s'assombrit à certains endroits à cause de mes cheveux. Je fourre mon nez dans son cou pour le chatouiller et enfin il explose de rire avec moi.

— Je respire ! crie-t-il, beaucoup trop près de mon oreille, mais ce n'est pas grave car moi aussi je respire.

MAEVE ADJ

12

Je repose mes pieds à terre, reculant d'un pas avant de le reluquer de haut en bas grossièrement. Je laisse mes yeux vagabonder sur son torse nu, revenant toujours à ses iris qui ont le malheur de m'hypnotiser à chaque fois. Pour finir, je me mords la lèvre de façon exagérée.

— Viens manger au lieu de te moquer de moi, lance Nath avec amusement

Je saute à moitié sur le tabouret devant le bar, débordant d'énergie. Ça sent divinement bon, surtout lorsque j'étale une couche épaisse de chocolat fondu sur mes pancakes dorés.

— Ferme les yeux, continu-t-il comme un enfant qui voudrait montrer son nouveau dessin.

Je m'exécute avant de sursauter, les rouvrant subitement. Il vient de m'étaler du chocolat sur le nez ! Instinct de vendetta oblige, je lui lance du chocolat par-dessus le comptoir, qui lui arrive directement sur le torse.

Un silence que Nath veut sûrement menaçant s'ensuit, mais qui me déclenche surtout un fou rire. J'essaie de me retenir en me mordant l'intérieur de ma joue. Il me rejoint de l'autre côté du comptoir avant de m'attraper par les hanches et de m'asseoir dessus.

D'un geste furtif, il trempe son doigt dans le chocolat et tente de me l'étaler sur la joue mais je l'esquive et cela arrive directement dans mon cou. Lorsqu'il vient lécher la tâche que j'avais sur le nez, je ne retiens plus mon rire. Alors que j'ai la tête basculée en arrière, je sens quelque chose dans ma bouche. Je stoppe net mon fou rire, et un goût acidulé me parvient, *une framboise.*

Je m'arrête, surprise, mon cœur rate un battement. Nath en profite alors pour enfouir sa tête dans mon cou dévorant le chocolat qu'il avait étalé plus tôt tandis que je dévore le fruit. Après n'avoir rien laissé sur son passage à part une marque rouge, il reprend.

— Tu m'as dit hier que c'était ton fruit préféré, j'en ai fait livrer pendant que tu te douchais.

J'en attrape une poignée et la mets en entière dans ma bouche, ne résistant plus, les yeux pétillants, le cœur à l'envers. *Il a retenu ce détail.*

Après en avoir dévoré l'intégralité, je ne me gène pas pour lécher le chocolat de mon assiette jusqu'à la dernière miette, habitude que j'ai prise avec mon frère et qui énervait mon père au plus haut point. Mais Nath est hilare.

C'est étrange à quel point du positif peut venir du plus profond des mal-êtres. Finalement, j'ai peut-être de la chance dans mon malheur ?

Alors qu'il me tourne le dos pour faire la vaisselle, je me lève doucement pour le rejoindre. Je passe mes bras sous les siens, pour venir les croiser sur ses abdos qui se contractent de surprise avant de se détendre à nouveau tandis que ma tête repose sur son dos. Je me sens minuscule derrière lui mais ça a un côté rassurant.

— Merci Nath, je sais qu'on ne se connait pas depuis longtemps mais en une semaine tu as fais plus que n'importe quel homme dans ma vie, je murmure la joue en appuie contre lui.

Je reste dans cette position, apaisée, mon pic d'énergie redescendu tandis qu'il continue de laver la vaisselle. Lorsque qu'il a terminé, il se retourne et me prend dans ses bras, posant sa tête sur mon épaule.

— Merci Zahra, je sais qu'on ne se connait pas depuis longtemps mais respirer n'a jamais été aussi plaisant qu'avec toi.

— Tu penses que c'est normal ? je murmure tout contre son épaule.

— De quoi parles-tu ?

— Que mon coeur batte aussi vite pour quelqu'un que je viens de rencontrer ?

— Je m'en fiche pas mal de savoir si c'est normal ou pas. Si on doit faire tout plus vite et tout plus fort, on le fera. Je ne regretterais rien, parce qu'on aura tout vécu à fond et à notre façon. Ça sera incertain, chaotique, inattendu mais ce sera nous.

— Et si on chute ?

— Je n'ai pas peur de la chute, je veux vivre sans regret.

Il est souvent trop tard lorsque l'on se rend compte qu'on est allé trop vite, trop loin, trop fort. Pourtant, je ne crois pas que ce soit la peur qui me torde le ventre de cette manière si agréable.

La journée est déjà bien entamée lorsque je termine mon appel avec Astrid. Nath est dans le salon en train de travailler depuis son ordinateur, mais j'ai besoin de remettre mes idées en place. À présent j'en suis presque certaine, je suis amoureuse. Cependant, ma meilleure amie n'en croit pas un mot. Peut-être qu'elle a raison, que je m'accroche au premier homme qui me donne un peu d'attention, persuadée que tout ira mieux. Mon père ne m'a jamais donné l'attention dont j'avais besoin et maintenant que mon monde s'effondre, je cherche quelqu'un pour guérir mon enfant intérieur.

L'analyse psychologique de mon amie est sûrement vraie, mais je m'en fiche parce qu'au final, qu'est ce que ça change ? Je suis enfin en train de changer ma vie dans laquelle j'avais l'impression de mourir à chaque instant. Ça sera compliqué au début, mais comme elle l'a si bien dit, il faut parfois toucher le fond pour pouvoir remonter à la surface. Et puis, je ne suis pas seule.

Au fond de moi, j'ai l'intime conviction que Nath va transformer ma vie et qu'il est ma solution. Peut-être ai-je enfin ma fin heureuse, comme toutes ces princesses de contes ?

Malgré tout, lorsque je lui ai appris que j'allais quitter mon travail et que je ne m'y étais pas présenté aujourd'hui, j'ai bien cru qu'elle s'évanouissait. Finalement, cette nouvelle a fini par la réjouir, admettant qu'elle n'attendait que ça depuis des années. Il faut se rendre à l'évidence, cet emploi me pèse, mon patron est une source de stress dont je n'ai pas besoin et encore moins après toutes ces récentes révélations. Nath m'offre une porte de sortie, il ne faut pas que je la laisse se refermer. Elle m'a tout de même taquinée avec une fausse colère, car un homme aura eu plus d'influence sur moi en deux jours, qu'elle en deux ans. Elle sait au fond que ce n'est pas Nath qui m'a convaincu mais bien ce maudit journal.

Après quelques instants à profiter de la vue et du ciel

étonnamment bleu pour un mois de Février, je le rejoins enfin.

— Tu m'accompagnes ? J'ai un travail à quitter et j'ai une nouvelle vie à commencer.

Ses yeux se relèvent de son écran, un sourire en coin se dessinant sur ses lèvres. Sans qu'on ne discute plus, il attrape ses chaussures et moi mes bottes. Deux minutes plus tard, nous sommes dans sa voiture.

Le trajet s'écoule beaucoup trop rapidement à mon goût et je suis à deux doigts de lui demander de faire demi-tour en descendant de la voiture. Devant l'immeuble qui m'a vu grandir, je n'en mène pas large. Bientôt cinq ans que j'y vais presque chaque jour, que j'y passe le plus clair de mon temps, et je n'y reviendrai plus. Alors que je m'apprête à partir en courant, mon portable vibre

Sherlock: Tu es la *Meilleure*, pour que respirer soit un peu moins difficile.

Je me retourne pour lui sourire, puis je rassemble tout mon courage et entre. Devant les grands miroirs de l'ascenseur, je vois bien que la tension se lit sur mon visage. Mes sourcils sont froncés et je ne cesse de me mordre les lèvres. Lorsque j'entre dans l'open space, tous les regards sont tournés vers moi. Pour ce dernier jour, j'ai ma robe noire de la veille et mes bottes à talons, ce qui changent de mes jeans. Ils m'observent tous avec étonnement, moi qui fais toujours en sorte de me fondre dans la masse, toujours la première et la dernière au bureau, ce n'est pas habituel. Je ne me démonte pas et me dirige immédiatement vers le bureau de mon patron.

Si je pensais être stressée jusque là, ce n'est rien comparé à l'anxiété qui me parcourt actuellement. Je finis par toquer à la porte, préférant écourter ce moment.

— Entrez ! tonne sa voix derrière qui me suffit à me donner des frissons.

— Mademoiselle Fleury, me dit-il d'un ton enjoué alors que j'entre dans le bureau.

Je le salue à mon tour mais ma voix est tremblante. *De l'assurance Zahra, de l'assurance.*

— Venez vous asseoir, je voulais vous voir.

Je m'exécute en silence, la porte se refermant d'elle-même m'emprisonnant dans cette cage. J'essaie de respirer, j'ai envie de pleurer, mon corps tremble, mais je fais illusion. Ceux qui ne veulent pas voir ton angoisse ne la verront jamais, on ne voit que ce que l'on veut.

— Vous allez bien Mademoiselle ? reprend-il de son ton doucereux

J'acquiesce, rendue muette par l'inquiétude.

— Je n'ai pas entendu, vous savez avec l'âge. Vous allez bien Mademoiselle ?

Je prends une grande inspiration puis je souffle, morte de peur.

— Oui Monsieur, je vais bien.

Soudain, son visage se crispe, ses sourcils se froncent et son ton se durcit.

— Alors pourquoi cette absence ? Vous voulez être renvoyée ? Prévenir est le minimum avant de ne pas venir. Je vous ai déjà accordé un jour de congé. Vous vous foutez de la gueule du monde, petite gamine prétentieuse ! Ce n'est pas parce que vous êtes arrivée dans cette boite avant moi que vous pouvez vous permettre ce genre d'écart, je reste votre patron !

Les larmes me montent aux yeux, je me revois petite, mon père me hurlant dessus. J'ai besoin de partir, il faut que ce rendez-vous se termine. Je toussote pour m'éclaircir la gorge avant de dire le plus clairement possible,

— Monsieur Profit, je démissionne.

Dans un silence plombant, il se lève, me surplombant, puis fait tourner mon siège pour me mettre dos au bureau. Il se penche et son bras presse mon poignet gauche contre l'accoudoir. Ainsi, il m'empêche de partir.

— Maintenant j'en ai assez d'être gentil. Arrête un peu de faire ta prude. Une femme en couple ne passerait jamais autant de temps au bureau. Je ne sais pas ce qu'il s'est passé dans ta vie pour que tu deviennes encore plus insolente que les femmes de chez toi le sont, mais tu ne partiras pas d'ici. Quand tu quitteras ce bureau, tu vas sagement rentrer chez toi. Demain tu reviendras ici avec ton ordinateur, tu vas t'asseoir comme d'habitude et faire ce que je te demande. J'ai des contacts dans tout ce monde, je peux facilement ruiner ta carrière. Qui voudrait dans son équipe une jeune qui n'a que le bac ! Surtout si je dis que tu es une bonne à rien.

Et alors que je pensais déjà qu'il m'avait achevé, il abat le coup de grâce.

— Puis regardes toi, tu n'es ni française ni algérienne, même les bougnoules ne voudront pas de toi. Alors maintenant tu vas t'excuser et on fera comme s'il ne s'était rien passé.

Des images d'enfants tenant les mêmes propos dans la cour de récré me reviennent. Je ne suis jamais allée en Algérie, je ne parle pas couramment arabe ou kabyle, mes cheveux ne sont pas assez bouclés, ma peau est trop claire. Je ne suis pas assez kabyle. Mes cheveux ne sont pas lisses, j'appelle ma grand-mère *Djida*, et un accent qu'elle m'a elle-même transmis m'échappe parfois. J'ai grandi dans son petit bout d'Algérie, celui qu'elle a ramené chez elle en quittant son pays. Je m'appelle Zahra. Je ne suis pas assez française. Je ne suis à ma place nulle part. Ce sentiment de solitude et d'incompréhension qui m'a suivi toute ma vie me revient de plein fouet.

Sans que je ne m'en sois aperçue, le genoux de mon patron s'est immiscé entre mes jambes, bloquant tout mon corps. Je ne veux pas paraître faible devant lui, je ne veux pas pleurer et lui prouver que ses propos m'affectent. Mais je suis seule dans ce bureau, personne ne viendra me sauver cette fois. Pas de beau prince charmant pour voler à ma rescousse.

Je me focalise sur la douleur que me procure mes dents enfoncées dans l'intérieur de ma joue et sur le goût de fer qui se mélange à ma salive, stoppant ainsi mes tremblements. Il faut que je me concentre.

Cette fois-ci, je ne suis pas bourrée, il n'est pas minuit passé, je ne suis pas au bord de l'évanouissement. Alors pourquoi mon corps ne m'obéit pas ? Je repense à toutes ces femmes qu'on accuse de ne pas s'être défendue, mais comment bouger lorsque c'est votre esprit qui est emprisonné ?

Soudain, mon corps se met à agir seul, je hurle. Pris par surprise, il recule et je profite de ce moment d'inattention pendant lequel il desserre sa prise pour m'enfuir à toute vitesse.

Je fonce jusqu'à la sortie, dévale les escaliers, me précipite dans la voiture qui m'attendait de l'autre côté de la rue avant de me laisser tomber sur le siège passager.

— Démarre, je demande calmement.

— Est-ce que ça va ?

— Démarre ! je m'exclame plus fort, comme au bord du gouffre.

Nath ne se fait pas prier et nous roulons de longues minutes tandis que mon cerveau fait le vide.

— Zahra, tu as le droit de pleurer.

Cette simple phrase a pour effet de remettre mon cerveau

en marche et je m'effondre. Je me sens humiliée. Et si je n'avais pas réussi à bouger ? Comment vais-je faire pour retourner dans le monde de la photographie qui me passionne tant s'il détruit ma réputation ? Il est tellement plus compliqué de trouver du travail lorsque tu viens du mauvais côté de la Méditerranée, pourtant qu'est ce que j'aime ce pays.

Mes larmes s'écoulent à toute vitesse, je ne peux plus m'arrêter et bientôt je sanglote. Je pleure ma peur, je pleure mon humiliation, je pleure son racisme, je pleure tous ces mois à endurer ça, je pleure ce qui aurait pu m'arriver, je pleure ces femmes qui n'ont pas réussi à bouger et à qui on l'a reproché.

Je me libère de ma tristesse, de toutes ces émotions, parce que c'est enfin fini, plus rien ne sera jamais pareil. Je commence une aventure dont je ne connais pas l'issue, c'est effrayant, mais en restant dans ma réalité je n'y aurais pas survécu.

— Tu as tout ce qu'il faut ? je finis par demander lorsque j'arrive enfin à articuler.

— Oui, tout est enregistré, j'appelle mes avocats dans la soirée et on ira porter plainte ensemble, ne t'en fais pas.

— Tu es certain que je ne vais pas être accusée pour l'avoir enregistré à son insu ?

— C'est ce qu'il va tenter pour se défendre mais mes avocats sont bons et il a fait pire que ce à quoi on s'attendait, tout ira bien.

Je m'autorise à le croire.

13

Ce n'est qu'après quelques secondes que je me rends compte qu'on est arrivé en bas de chez moi. Comme Astrid est à la fac, je lui propose de monter prendre un café, il monte même si il doit bientôt retourner au *Maria*.

Dans les escaliers qui mènent dans la pièce à vivre, je l'entends rigoler.

— Toi qui m'a dit être impressionnée par mon appartement, tu n'es pas trop dépaysée.

J'ai envie de lui dire que j'ai grandi dans un HLM. Je partageais ma chambre avec mes deux sœurs et mon frère. J'ai dû travailler beaucoup trop jeune pour payer les addictions de mon père et compenser son chômage qu'il lui arrivait de ne pas toucher. J'ai envie de lui dire que quatre enfants à sa charge et un seul salaire suffisent rarement. Manger au restaurant n'arrivait jamais, que je n'ai même jamais connu les fast food. J'ai envie de lui dire que je restais chez Astrid pour que mon père et ma grand-mère aient une bouche de moins à nourrir, mais les mots se meurent. Je sais que je ne devrais pas mais j'ai honte. Honte de ne pas être aussi riche, honte de ne pas être assez française, honte de ne pas être assez algérienne, honte de mon passé, honte de moi. Je me contente d'un rire qui, je l'espère, fait illusion.

— C'est la maison du père d'Astrid. Je ne paye même pas de loyer, uniquement les factures. Je lui tiens compagnie parce qu'elle ne veut pas rester seule.

Je marque une pause. C'est ce qu'elle m'a toujours dit et il y a sûrement une part de vérité. Mais maintenant que je dispose de toutes les pièces du puzzle, je comprends qu'elle m'a juste offert la possibilité de fuir mon enfer tout en me permettant de rester proche de mes sœurs. Certains me diront que ma vie était horrible, mais, au fond de moi, je sais que j'ai de la chance, je suis entourée de personnes en or. Finalement je reprends,

— Mais oui, j'ai passé la plupart de mon adolescence ici donc je ne suis pas trop dépaysée, j'avoue à contre-cœur.

Je finis par lui proposer de s'installer dans le canapé le temps que je nous prépare des cafés. Quelques secondes plus tard, je sens son corps derrière moi qui m'enlace de ses bras. Je laisse retomber ma tête sur son épaule. Immobile, profitant de la présence de l'autre alors que l'odeur du café nous embaume, j'essaie d'ancrer le moment dans ma mémoire.

Face à nos tasses fumantes, je n'arrête pas de me rejouer la scène dans ma tête. Nath a l'air de s'en apercevoir car il commence à me poser des questions sur ce que j'ai prévu de faire ce soir. Je sais que c'est pour m'aider à me concentrer sur autre chose car il connaît déjà mon programme. Mais mes pensées sont trop nombreuses, trop opaques, elles me submergent, me déconnectant de la réalité si bien que je ne le vois pas finir son café. J'entends sa voix me parvenir mais elle est comme étouffée.

— Tu devrais te reposer avant d'aller chercher ta sœur, tu as l'air épuisée.

Je sens ses lèvres se poser rapidement sur mon front, je sens encore la chaleur de son baiser quand la porte claque mais je suis incapable de bouger. Mon cerveau tourne en boucle et repasse toute la journée d'hier, puis celle d'aujourd'hui, sur-analysant chaque détail sans savoir réellement ce que je cherche. Je repense à ces derniers jours, et je passe en revue chaque minute dont je me souviens.

Lorsque je sors de ma bulle, je suis seule devant mon café froid et une tasse vide. Je secoue énergiquement la tête me focalisant sur la musique qui résonne en fond. Je crois que j'ai ressenti tellement de choses en si peu de temps que mon cerveau a disjoncté.

Il me reste quinze minutes pour reprendre mes esprits et me préparer pour ce soir. J'enfile un jogging lâche et un débardeur près du corps, délaissant ma robe qui commençait à m'étouffer et mes collants qui ont par miracle survécu à la soirée alors que je finis toujours par les filer. Je constate que c'est la première fois depuis des années que je suis habillée comme ça un soir de semaine. *Je n'ai plus de travail.* Cette pensée m'effraie mais je la chasse aussitôt.

Après un coup d'œil dans la glace je grimace, deux tâches rougeâtre parsèment mon cou. Mince. Je me brosse les dents, rêveuse, un sourire béat sur les lèvres, avant de m'appliquer une couche d'anti cernes puis de fond de teint et de quitter mon appartement. J'ai l'impression d'avoir fumé quelque chose d'étrange alors qu'il ne s'agit que de mon corps qui décharge tout le stresse que j'ai accumulé. Tout me parait faux, irréel, hors du temps, comme si mon corps n'était pas le mien. Je suis déconnectée.

Arrivée à la bibliothèque, je scanne la pièce du regard et repère rapidement une tête surmontée par des anglaises parfaitement définies. Je m'avance doucement avant de poser subtilement mes mains sur ses épaules ce qui ne manque pas de la faire sursauter et de pousser un petit cri étouffé me faisant rire silencieusement. Léna rassemble rapidement ses affaires et nous partons en direction de chez *Djida*.

Pendant le trajet, je parviens à m'ancrer de nouveau, concentrée sur ce que ma sœur raconte. Elle me parle de son cours de français qui la passionne tant et des analyses linéaires dont elle raffole.

— J'ai l'impression de décrypter un message caché. Comme si tu arrivais à lire le secret dissimulé des auteurs du passé dont peut-être même eux n'avaient pas conscience. Chaque mot, chaque ponctuation a son importance et change parfois tout le sens. J'espère un jour réussir à écrire aussi bien et être étudiée au lycée. T'imagines ? J'espère qu'on arrivera à trouver mes secrets les mieux dissimulés à travers un texte simple ainsi que ce que ceux que mon inconscient a essayé de transmettre sans que je ne m'en aperçoive.

Léna est discrète, ne se fait jamais remarquer tout en faisant toujours tout pour qu'on l'aime. Mais il suffit de l'entendre parler de ce qui la passionne pour que ses yeux se mettent à briller, qu'elle ne voie plus les heures passer alors que vous êtes suspendu à ses lèvres et qu'elle puisse débattre avec n'importe qui. Finalement elle est comme ces messages cachés dont elle parle. Quand on creuse un peu, on découvre la magie. La passion qui l'anime la rend magique.

Lorsque nous arrivons devant la porte de chez ma

grand-mère, je me surprends, rêveuse, toujours absorbée par ses récits alors même que je n'ai jamais aimé les cours de français.

— D'ailleurs *Nana*, est-ce que tu pourras me donner tes cours de première ? J'aimerais les comparer avec mes cours actuels vu que le programme a changé. Je suis certaine que je trouverais des informations que je pourrais utiliser au bac.

— Oui bien sûr, normalement *Djida* les a rangés au grenier, je vais aller voir.

Ma soeur me remercie et nous rentrons saluer notre grand-mère et Maya, déjà sur place. J'en profite pour leur dire que je dors ici ce soir, ce qui les ravit toutes les trois.

— Alors ton rendez-vous avec ce fameux Nath, Zahra ? demande ma cadette joueuse, qui a réussi à soutirer des informations à Astrid lorsque nous terminons le repas.   Mon visage s'empourpre immédiatement tandis que trois paires d'yeux me fixent, visiblement mes sœurs n'ont pas su tenir leurs langues. J'aurais préféré attendre que cela soit plus sûr pour en parler mais tant pis.

— Tout se passe bien, il est très gentil. On continue de se voir et j'espère, si cela devient plus sérieux, que je pourrais vous le présenter officiellement.

Je ne précise pas que j'ai quitté mon travail sur un coup de tête mais je suppose que ce n'est pas grave. Je le leur dirai quand j'aurais retrouvé une situation stable, pour ne pas les inquiéter.

Si jamais mon père l'apprend, il va me tuer. Un frisson parcourt ma colonne, ce frisson si familier. Il ne m'a jamais quitté, toujours présent lorsqu'on évoquait mon géniteur. pourtant maintenant il fait sens et étrangement cela m'enlève un poids.

Je ne suis pas folle, je n'ai rien inventé.

— C'est une bonne chose que tu fasses de nouvelles rencontres, me dit Léna que je remercie d'un sourire.

— Fais attention à toi, ajoute ma grand-mère, toujours inquiète pour nous.

— Moi je ne l'aime pas, lance Maya, ce qui nous fait tourner la tête.

— Pourquoi ça ? je demande intriguée.

— C'est un homme, répond-elle d'un air évident, ce qui fait rire tout le monde autour de la table.

Heureusement, la conversation dérive rapidement. Maya est particulièrement de bonne humeur aujourd'hui, ce qui me rassure. Pas une seule réflexion ou un seul regard de travers, et même si elle ne parle presque pas, c'est une petite victoire.

Tout le repas, je sens le regard insistant de ma grand-mère, elle sait que je cache quelque chose. Alors seulement, je me rends compte qu'on ne s'est pas parlé depuis ce fameux appel. Elle n'est pas du genre à fuir la conversation, ce soir je ne pourrais pas y échapper.

— Place au dessert, chantonne cette dernière enjouée.

Je souris lorsque je vois un tiramisu arriver, mon gâteau préféré. *Djida* est le genre de personne qui aime guérir vos maux par ses petites attentions culinaires. Nos assiettes sont rapidement remplies de parts généreuses et je dévore la mienne à une vitesse qui fait rire ma famille.

— Tu ne veux pas savourer ? me lance Maya tandis qu'elle me regarde lécher mon assiette entre dégoût et amusement.

— Mais je savoure ! Je savoure juste vite, c'est mon talent caché.

— Fous toi de ma gueule, se moque-t-elle, toujours aussi

polie.

Pour seule réponse, je lui tire la langue, preuve de ma grande maturité qui prône lorsque je suis avec mes sœurs.

— T'es vraiment une gamine, dire que tu as neuf ans de plus que moi ! Parfois on se demande qui est la grande sœur.

— Moi aussi je t'aime Maya.

Et je rigole franchement, peut-être un peu trop pour cette taquinerie que ma sœur me lance souvent. Mon rire semble fissuré, je le sens résonner en moi et je suis bien forcée de constater qu'il sonne faux. Personne n'a l'air de l'avoir remarqué, ou alors personne ne veut le remarquer. La nausée me gagne et je m'excuse avant de m'éclipser aux toilettes. L'oxygène n'atteint de nouveau plus mes poumons. Recroquevillée, adossée contre la porte verrouillée, je tente d'inspirer en vain.

《 *Tu ne sers à rien* 》

《 *Quelle utilité une fille comme toi* 》

《 *Tu me fais honte* 》

Je couvre mes oreilles de mes mains tremblantes, voulant faire taire ces voix, sa voix. Je tente d'enfouir mon passé, pourtant il est là, tapi dans l'ombre, remontant à la surface de temps à autre pour me rappeler qu'il existe.

Après un temps que je n'arrive pas à définir mais qui m'a semblé durer des heures, mon père arrête de hurler, mes poumons se gonflent d'un coup et mon corps arrête de trembler. Tout redevient silencieux aussi rapidement que c'est arrivé. La vague repart comme si de rien n'était.

Essoufflée, je tente de calmer ma respiration, mais chaque bouffée d'air me brûle de l'intérieur, comme si mon corps me punissait. Je me lève doucement, m'appuyant à la porte en bois, et lentement je parviens à atteindre le lavabo. Mon visage est strié de coulées noires que je tente tant bien que mal d'effacer à l'eau glacée. Je fixe mon reflet, cherchant ce qui a déclenché ma crise. Plongée dans mon propre regard j'y vois des yeux océans, et je réalise, *me voilà dans l'œil du cyclone.*

14

Je n'ai jamais osé monter au grenier, sûrement par peur de ne rien ressentir et de ne pas avoir de souvenirs devant tous ces objets. Pourtant, m'y voilà pour récupérer mes anciens cours. L'odeur du vieux bois me réconforte, mais je sens des émotions indescriptibles naître à mesure que j'avance parmis des cartons qui renferment mon passé.

Rien n'appartient à mes sœurs, leur mère garde tout contrairement à mon père. Je m'approche d'une première pile de carton 《 **ZAHRA 6 ANS** 》 Ce n'est pas ce que je cherche, mais je ne résiste pas à la curiosité et l'ouvre. La réalité me rattrape immédiatement. J'ai l'impression que ces objets ne m'appartiennent pas. Je n'ai aucun souvenir avec cette robe de princesse que je tiens à bout de bras. D'un geste vif, je la remets à sa place, et lui tourne le dos. *Bon Zarah, on se concentre et on n'ouvre que le bon carton.*

Au bout d'une bonne dizaine de minutes durant lesquelles le temps semble suspendu, je tombe sur un carton où est inscrit, 《 **ZAHRA COURS LYCÉE** 》. Intérieurement je remercie ma grand-mère d'avoir si bien étiquetée ces boites, sinon je ne m'en serais jamais sortie aussi vite. Agenouillée au sol, je sors mes livres, classeurs et autres affaires scolaires. Je mets de côté tout ce qui touche de près ou de loin à la littérature et qui passionne ma sœur. Après avoir fini mon tri, un carton au fond du grenier m'interpelle, 《 **LEYLA** 》. Effectivement, ça parait logique, pourtant jamais je ne me suis douté qu'il restait ses affaires. Après réflexion, même si on ne parle jamais de ma mère, je vois mal ma grand-mère jeter les affaires de sa fille, aussi lâche soit-elle.

En voyant le nom de ma génitrice inscrit au marqueur noir, la colère me tort le ventre. Pourquoi *Djida* ne m'a jamais parlé de tout ça ? Enfant cela m'aurait fait tellement de bien d'avoir accès à ces affaires, me donnant l'impression que je la connaissais un peu. Mais je me serais accrochée à un mirage. Cette femme n'est pas ma mère, même si elle reste la fille de ma grand-mère.

La curiosité l'emporte encore une fois sur la raison. Je me lève doucement et m'avance vers le fond du grenier. Sur les dizaines de cartons collés au mur sans nom apparent, seul celui que j'ai aperçu plus tôt est étiqueté. J'en déplace un vierge 《 **LEYLA LYCÉE** 》, un deuxième 《 **LEYLA 3 ANS** 》. En réalité, ils sont tous étiquetés mais l'inscription masquée, côté mur. Sûrement pour ne pas attirer l'attention. Ma grand-mère ne voulait pas que je les vois. *Alors pourquoi ce carton était retourné ?*

De la pulpe de mes doigts, j'effleure la boite, pensive. Peut-être que si je voyais des affaires lui appartenant, elle deviendrait un peu plus humaine dans mon esprit ? Un peu moins monstrueuse ? Je trouverai peut-être la raison de son abandon ? Ce fameux carton est le seul qui ne soit pas couvert de poussière, si je l'ouvre ma grand-mère n'en saura rien. Je m'autorise à y jeter un œil, juste celui-ci. Lorsque je soulève le premier rabas la voix de ma conscience résonne dans ma tête,

Zahra, tu n'as pas eu ta dose d'aventures pour l'année ?

Si, mais peut-être que je trouverais des réponses à toutes ces questions qui me hantent depuis des années et que j'ai essayé d'étouffer avec le temps. Tous mes efforts sont restés vains, elles sont toujours là, j'ai besoin de réponses. Si je les trouve, cela m'aidera sans doute à aller mieux, il le faut. Je soulève le deuxième rabas.

Tu devrais attendre le retour de Dada pour faire ça.

Ma conscience a raison, mais je ne sais pas quand mon frère reviendra et j'ai besoin de savoir maintenant. Je soulève le troisième rabas.

Tu as attendu ces réponses toute ta vie, tu n'es pas à un mois près.

Cette fois je ne trouve rien à redire, pourtant mon corps continue et soulève le dernier rabat. Ma vision est trouble. Je me force à me concentrer sur ma respiration. J'inspire puis expire. Revenant sur Terre, je tombe nez à nez avec un monticule d'enveloppes légèrement jaunies. Je me fige, cherchant à comprendre.

Tu n'aurais jamais dû ouvrir ce carton.

Effectivement, mais ce qui est fait est fait. Je suis étrangement calme, mon cerveau réfléchit au ralenti.

Referme-le et va te coucher.

Lentement, j'attrape une des lettres, lisant le nom de ma grand-mère sur l'enveloppe suivie de notre adresse. Agrafée à cette dernière, une deuxième enveloppe. Cette fois, c'est le nom de ma mère qui est inscrit au centre, sans la moindre autre information. Je comprends vite que toutes les lettres vont de pair, la lettre de Leyla, la réponse recopiée de *Djida*.

Ce ne sont pas tes affaires.

C'est vrai, et puis j'ai eu suffisamment de révélations pour le moment. Il est temps d'écouter ma conscience et d'attendre mon frère. Je m'apprête à capituler et refermer ce carton lorsque mon regard bloque sur le nom de mon frère suivi du mien. Ma respiration profonde me berce, mon cœur bat d'un rythme régulier, mon corps ne tremble pas lorsque je prends le duo d'enveloppes déjà cachetées. Je l'ai peut-être déjà lue puis oubliée ?

Si tu vas trop loin, tu vas te noyer, insiste ma conscience.

Tel un robot, je sors le papier de l'enveloppe. L'encre a coulé par endroit, pourtant savoir que ma mère a pleuré en écrivant ces mots ne me fait ni chaud ni froid. J'ai pleuré aussi, en écrivant toutes les lettres que je lui ai adressées dans mon carnet. J'ai tant rêvé d'avoir une lettre d'elle, qu'elle cherche à me contacter. J'ai refait cette scène tant de fois dans ma tête. Mon visage couvert de larmes de joie face à ces dizaines de pages où elle m'explique tout, elle me dit qu'elle m'aime, qu'elle est désolée et justifie parfaitement son absence. J'ai du mal à lire ses mots tant mes mains tremblent, et au dos de l'enveloppe, son adresse et son numéro de téléphone.

J'ai cette simple page sous les yeux. Seulement quatres lignes trônent fièrement. Mon visage est sec et les mots sont parfaitement lisibles.

《 *Cher Samir, Chère Zahra,*
Je suis Leyla, je me doute que Djida a déjà dû vous expliquer qui j'étais.
J'aimerais vous rencontrer.
Bien à vous Leyla. 》

J'en suis persuadée, je n'ai jamais lu cette lettre. Je referme le carton, le corps au ralenti, posant l'enveloppe sur la pile de livres que je dois descendre à ma sœur. J'ai besoin de réponses et je vais aller en réclamer directement à ma grand-mère. Je sais qu'il s'agit bien du seul sujet qu'elle fuit depuis toujours, mais de là à me cacher des lettres de ma propre mère ?

Je descends au premier étage, tapant du pied contre la porte de la chambre de mes sœurs, les mains prises. La porte s'ouvre sur Léna et je dépose mes trouvailles sur un coin du bureau.

— Tiens ma grande, je lui dis tandis qu'elle me remercie mille fois.

Je n'ai pas dissimulé les enveloppes qui surplombent en évidence le haut de la pile et je les récupère sous le regard interloqué de mes sœurs.

— Qu'est ce que c'est ?

— Une lettre de ma mère adressée à *Dada* et moi.

Je ne veux plus mentir. Je ne veux plus rien cacher. Je n'en ai plus la force. On m'a dissimulé trop de choses et voilà où j'en suis aujourd'hui. Après une pause pour assimiler l'information, Maya qui est affalée dans son lit prend la parole.

— Mais depuis quand êtes-vous en contact avec elle ? Je pensais que plus personne n'avait eu de ses nouvelles depuis ta naissance.

Un rire sarcastique s'échappe de ma bouche

— Je le pensais aussi, mais visiblement *Djida* à des choses à me dire. Vous pouvez nous laisser seules dans la cuisine le temps qu'on en discute ?

— Bien sûr, courage *Nana*, me répond Léna avant de me

faire une dernière étreinte.

Je me retrouve dans la cuisine où ma grand-mère s'active à nettoyer la table bien que nous l'ayons fait après avoir débarrassé. Elle n'a toujours pas remarqué ma présence, lorsque je laisse tomber les lettres devant ses yeux. Je réalise seulement ce que je viens de faire et jamais je n'oublierai son regard, à cet instant précis où son éternel sourire s'est effacé.

15

Un silence pesant suit mon geste, pendant lequel ni elle ni moi ne détournons le regard de celui de l'autre. Par peur que mon aplomb ne quitte mon corps face à son regard si différent et impossible à décoder, je brise le silence.

— Je mérite des explications.

Inspire ; Expire ; Inspire ; Expire. Je vais gérer.

Un hochement de tête silencieux me répond alors je continue.

— Ai-je déjà lu cette lettre ?

Il y a quelques semaines, je n'aurais jamais douté d'elle. Pourtant aujourd'hui si, et cette constatation fend un peu plus mon coeur déjà trop amoché. *Elle pourrait me mentir.* Malgré tout, je choisis de lui faire confiance. En lui mettant la vérité devant les yeux, j'ose espérer qu'elle ne sera pas aussi lâche que sa fille et qu'elle assumera. Elle tourne la tête de droite à gauche, puis elle se racle la gorge.

— Je vais faire du thé, assieds-toi ma fille.

Inspire ; Expire ; Inspire ; Expire. Je vais gérer.

Je répète ce mantra en boucle, me persuadant qu'il est réel. Je n'ai pas envie de thé mais d'explications. J'en ai plus que marre qu'elle repousse le sujet, j'ai suffisamment attendu. Après toutes ces années de mensonges et de secrets je ne suis même plus certaine de connaître la femme qui me fait face. Cependant, j'ai trop de respect pour celle qui m'a élevée, qui a toujours été là pour moi, celle qui a séché mes larmes, soufflé sur mes bobos, m'a apaisée après mes cauchemars. Je résiste donc à l'envie de lui déverser ma colère et toutes les horreurs qui me traversent l'esprit, me contentant de l'observer faire ce thé à la menthe qui m'a réconfortée à chaque insomnie, chaque crise. Ce soir tout me parait irréel, même cette cuisine dans laquelle j'ai passé le plus clair de mon enfance me paraît fausse. Je ne sais plus où se trouve la limite entre la vérité et le mensonge.

Mon cœur bat contre mes tempes. Chaque inspiration est douloureuse. *J'ai mal, terriblement mal, affreusement mal.* J'ai peur de ce que je vais apprendre, mais je veux savoir.

Après un temps qui me semble durer une éternité, elle me fait face. Seuls deux petits verres et une théière nous séparent. Est-ce la meilleure idée de mettre de l'eau bouillante face à moi en ce moment ? Je vais sûrement connaître une des pires trahisons de ma vie, par une des personnes qui compte le plus pour moi. Je réprime un rire sarcastique.

— Comme tu as pu le voir, je suis restée en contact avec ta mère.

— Ce n'est pas ma mère, je crache, tentant malgré tout de rester calme.

Inspire; Expire; Inspire; Expire. Il faut que je gère.

— Je suis restée en contact avec Leyla. Elle demandait de vos nouvelles à Sam et toi, je lui répondais, avoue-t-elle d'un air fautif.

— Bah oui ! C'était beaucoup trop compliqué de nous les demander directement !

Je crois que je me sens orpheline. Est-ce ce sentiment que l'on ressent lorsque l'on n'a ni père ni mère sur lesquels s'appuyer, à qui demander des conseils ou pour nous réconforter ? Celle qui a toujours été mon seul parent m'a menti pendant des années, spectatrice de ma souffrance et de ma solitude. Si elle m'avait donné ces lettres, Leyla aurait peut-être obtenu ma garde. J'aurais pu être épargnée.

Les émotions que j'avais bloquées depuis que j'ai découvert ces cartons raflent tout sur leur passage. Dans l'œil du cyclone, tout est calme, mais certaines rafales m'abîment plus que prévu. Un bourdonnement sourd résonne contre mon crâne. je l'entends de loin,

— J'ai copié chacune de mes réponses pour ne pas perdre ces échanges. Tu peux les lire si tu veux.

— Non je n'en ai aucune envie, je ne veux rien savoir d'elle.

J'entend à peine ma voix et un blanc suis ma phrase.

— À tes dix-huit ans, elle a tenté de vous contacter mais je n'ai pas voulu te donner cette lettre. Tu allais passer le bac quelques semaines après, je ne voulais pas te perturber.

Inspire; Expire; Inspire; Expire. Je ne gère pas.

— C'est certain que je n'étais pas du tout perturbée par son absence ! je m'exclame, sarcastique, alors que la tempête arrive.

— Je ne voulais pas plus te perturber que tu ne l'étais déjà, corrige-t-elle.

— Et après tu n'as jamais songé à me donner cette foutue lettre ? Ou au moins à me prévenir de son existence ? J'ai passé le bac il y a six ans ! haussais-je la voix

— Je suis désolée Zah....

— Je m'en fous de tes putains d'excuses ! je crie de nouveau en la coupant.

La colère prend le pas sur le respect. Je ne supporte pas qu'elle m'ait caché la vérité. Malgré le ton exécrable que j'emploie, elle continue, aussi calme qu'une brise d'été, alors qu'un ouragan se déchaîne en moi. Je perçois malgré tout quelques tremblements qu'elle ne parvient pas à cacher qui me compriment le cœur.

Mais j'ai besoin que quelqu'un s'écorche avec moi. Elle m'a fait mal, je veux qu'elle souffre aussi. J'ai toujours culpabilisé parce qu'elle avait perdu sa fille à ma naissance. Persuadée que si je n'étais pas née, elle serait encore dans sa vie. Mais elle n'a jamais perdu sa fille, et ma souffrance était un mensonge. Si elle me disait qu'elle l'avait vu la semaine dernière, je ne serais même pas choquée.

— J'en ai parlé avec Sam lorsque je l'ai reçu et ensemble on a pris la décision de ne pas t'en parl...

Stupéfaite, je la coupe, avec un ton calme qui prévient l'explosion.

— Sam était au courant ?

Inspire; Expire; Inspire; Expire. Je ne gère plus rien.

— Oui, mais on était sûr que...

De nouveau je ne la laisse pas terminer et je me mets à rire, toujours sarcastique et abasourdie.

— Mais tout le monde se fout de ma gueule depuis toujours en fait.

Les mains dans les cheveux retenant ma tête, je fixe le bois brut de la table. Un nouveau ricanement m'échappe avant que je ne reprenne.

— Depuis le début, tout le monde est au courant de ce qu'il s'est passé avec papa. On me laisse passer pour une idiote, qui oublie toute sa vie. Et maintenant même Samir, qui, je suppose, est au courant pour papa, sait que ma génitrice de merde a essayé de me contacter. Je perds la tête.

Je vois son visage se déformer lorsque je réduis sa fille au therme de ⟪ *génitrice de merde* ⟫ pourtant c'est ce qu'elle est.

— Zahra, on savait très bien que tu refuserais de la voir.

Je n'arrive plus à inspirer ni à expirer. Mon souffle se bloque par la pression douloureuse que les émotions exercent. Mon cœur est empli de cette haine épaisse et sombre. Il la répand dans mon sang à chaque pulsation. Très vite, cela atteint mon cerveau et je perds pied. Je me sens couler, couler, couler.

— C'était à moi de décider ! je hurle. Personne n'avait à décider pour moi ! C'était mon choix et vous l'avez prit à ma place ? Mais de quels droits ? Cette lettre m'était adressée à moi aussi, je méritais de savoir !

Je fonds en larmes après avoir crié comme jamais auparavant sur quelqu'un. La vie est injuste. Celle qui n'a jamais haussé le ton sur moi se prend la haine que tous les autres ont semé en moi. Peut-être que c'est moi qui suis injuste finalement.

De nouveau, je suis tentée de prendre mes affaires et de m'enfuir. Je reste, me contentant de sangloter telle une enfant ayant perdu sa maman au supermarché. Après quelques minutes, les larmes cessent et je me calme. *Djida* n'a pas bougée, m'observant en silence. Elle sait pertinemment que si elle avait essayé de me prendre dans ses bras, je l'aurais repoussée. Elle attend que je sois calmée avant de reprendre. Mais je ne peux être calme, je suis simplement beaucoup trop épuisée pour crier ou ressentir quoi que ce soit d'autre qu'une profonde tristesse.

— On attendait que tu sois au courant pour ton père. On avait peur que rencontrer ta mère te fasse un choc émotionnel qui te ferait sortir de ton amnésie traumatique. Les psychologues et psychiatres que l'on a vu à ce sujet nous avaient explicitement dit de ne pas déclencher les souvenirs et de les laisser revenir lorsque ton cerveau serait capable d'assimiler l'information.

Elle marque une pause, s'attendant sûrement à ce que je la coupe ou que j'ai quelque chose à redire. Mais je la laisse continuer, muette.

— Tu as eu un déclencheur, ton journal. J'avais caché tout ce qui pouvait te ramener à ton passé pour te préserver le plus longtemps possible, mais je ne connaissais pas l'existence de ce carnet. Lorsque j'ai reçu cette lettre, on a décidé avec ton frère qu'on allait t'en parler, mais pas tout de suite. J'allais bientôt t'en faire part, après que tu aies digéré tout ça.

Je rigole doucement, soufflant,

— Finalement j'apprends les deux en moins d'un mois.

Elle s'excuse avant de me tendre les enveloppes me proposant de les lire.

— Non merci, je pensais ce que j'ai dit tout à l'heure, je ne veux rien savoir d'elle. Je ne veux plus rien avoir à faire avec elle.

Ma voix n'est qu'un murmure, trop fatiguée par mes propres émotions pour parler. Je pose tout de même cette question qui me brûle les lèvres.

— Pourquoi m'as-tu toujours dit que tu n'avais plus de contact avec elle ?

— Leyla ne voulait pas que ton père sache que j'avais encore de ses nouvelles et je ne souhaitais pas que tu aies à cacher la vérité à ton père. J'ai pris la décision de mentir moi-même. Tu as grandi et tu ne voulais pas entendre parler d'elle alors je n'ai pas jugé nécessaire de te prévenir.

J'acquiesce en silence, n'ayant plus la force de riposter. J'ai laissé toutes mes forces en criant sur la seule qui ne veut que mon bien. La culpabilité me pique les yeux mais je lui en veux toujours.

— Je suis désolé de t'avoir menti et caché ça. Elle essayait de me protéger, pourtant mon cœur a un bleu que même ses excuses ne réussiront pas à panser.

— Tes émotions sont légitimes.

Je bois mon thé devenu tiède d'une traite. Je suis de nouveau au centre de la tornade, jusqu'à ce que j'essaie d'en sortir à nouveau. puis que je capitule, écorchée et épuisée. Ma grand-mère s'approche pour entourer ses bras autour de moi. J'ai envie de la repousser mais j'ai besoin d'un peu d'amour.

— Je t'aime, me souffle-t-elle.

Je l'aime aussi mais je reste muette. Ce soir je la déteste un peu.

MAEVE ADJ

16

Je monte les escaliers, épuisée par cette bataille inutile. Je n'attends qu'une chose, mon lit. J'arrive enfin devant la porte de ma chambre mais j'entends un ricanement dans mon dos

— Eh beh, merci.

J'arque un sourcil devant la réflexion de Maya que je peine à comprendre.

— Normalement c'est moi qui passe pour une hystérique mais là tu viens de me dépasser, et de loin.

Si cette observation venait de quelqu'un d'autre, mon poing lui aurait sûrement cassé le nez avant même que mon cerveau ait assimilé l'information. Mais je sais que c'est la façon maladroite qu'à ma sœur pour me montrer son soutien, alors je lui offre un sourire timide.

— Tu as encore beaucoup à apprendre avant de dépasser le maître.

— Franchement Z, laisse moi le rôle de l'enfant raté. Je le joue mieux que toi, même si je l'avoue, tu as frappé fort. Si tu pouvais hurler comme ça sur papa, ça m'aiderait grandement dans ma rébellion.

J'ébouriffe ses cheveux par-dessus son bonnet, comme si ce qu'elle venait de dire n'avait pas de nouveau comprimé mon cœur. Mais je n'ai aucune énergie pour reprendre ma sœur, sachant que j'aurais beau lui dire qu'elle n'est pas l'enfant raté, elle n'y croira pas un mot. En contrepartie, je me jure qu'un jour, j'exaucerais son souhait.

Dès lors que la peur ne me paralysera plus à l'unique entente de son prénom.

Après avoir souhaité bonne nuit à mes deux sœurs, j'entre enfin dans ma chambre. Un frisson me parcourt l'échine. La dernière fois que je suis venue, ma vie a basculé pour toujours. J'observe le lit impeccable de mon ainé. Malgré mon épuisement, un mélange de colère et de tristesse que me cause son absence, s'entremêle en moi. J'en veux à Samir de ne pas être là, alors que j'affronte une des pires épreuves de ma vie. Il a fui, comme toujours. Maintenant je me souviens - ou bien est-ce seulement des souvenirs que je me suis créés de toute pièce à partir de mon journal - de toutes les journées où il partait pour éviter les coups me laissant seule dans l'enfer. J'étais trop jeune pour sortir et dû à mon âge et mon sexe nous n'avons pas eu les mêmes restrictions. Maintenant je trouve ça paradoxal, je n'avais pas le droit de sortir parce que mon père voulait 《 me protéger des dangers du monde 》 alors que le plus grand danger c'était lui. Peut-être voulait-il juste garder son punching-ball à portée de main ? Je préfère imaginer qu'il lui restait une once d'empathie pour ne pas exposer à la violence d'autrui, la sienne étant suffisante.

Mes pensées reviennent à Sam. Je l'observais partir avant que mon père ne se réveille et ne rentrer qu'une fois que ce dernier fut couché. Une fois de retour, il me laissait pleurer dans ses bras. Je m'endormais recroquevillée contre son corps, persuadée que cela me protégeait de la terreur du monde. Il n'était qu'un gamin aussi après tout. Pourtant aujourd'hui, rien n'a changé. Dès qu'il a pu, il a choisi le travail qui l'éloignait le plus de nous et de la cruelle vérité que cache notre belle vie de famille. Il est sûr qu'en ne se confrontant à la réalité que deux fois par an, c'est plus simple de l'oublier, de laisser le déni prendre le pas, de se persuader que tout va bien.

Pendant qu'il voyage à travers le globe, loin de nous et nos problèmes, il ferme les yeux. Il savait qu'un jour, tout me reviendrait en pleine face. Il redoutait sûrement d'être là au moment où j'exploserais. Mais je le déteste encore plus d'avoir laissé mes sœurs avec ce monstre en connaissance de cause. Sam a préféré s'échapper et ignorer pour se préserver. Il ne voulait pas se jeter dans la bataille, parce qu'il savait qu'il n'en sortirait pas indemne. Il a choisi l'égoïsme et la survie, espérant sûrement que la chance soit avec lui et que tout se résolve tout seul. *Raté Dada, plus rien ne va et tu n'es pas là pour ta famille.*

Pourtant ce soir, j'ai beau lui en vouloir, je donnerais cher pour pleurer contre son torse tandis qu'il me serrerait si fort que je peinerais à respirer. J'aimerais que ma difficulté à fournir de l'oxygène à mon cœur soit dû à un surplus d'amour et pas à une carence profonde en la matière. J'aimerais m'endormir dans ses bras, embaumée de son odeur familière. J'aimerais retrouver ma naïveté persuadée que ce bouclier humain me protégera de tous mes soucis. J'aimerais revoir ses boucles brunes tomber devant ses yeux, devoir lever la tête pour apercevoir son sourire contagieux. J'aimerais le frapper à l'épaule après qu'il se soit moqué de moi et voir le contraste de sa peau, beaucoup plus mat que la mienne. J'aimerais l'écouter me raconter son voyage, la dernière blague qu'il a entendu, ou encore ce que contient son prochain article.

Pendant que mon imagination m'envoie des images bien trop tentantes et inatteignables, je me rends compte que je n'ai pas bougé. Je pleure pour la troisième fois de la journée et je suis étonnée d'avoir encore de l'eau dans mon corps. *Au bout de combien de larmes versées la douleur se noie ?*

Ereintée, je me déshabille, ne parvenant pas à arrêter mes glandes lacrymales qui n'ont de cesse que de me rappeler leurs existences. Je fixe le lit face à moi et ne résiste plus à mon caprice de petite sœur en manque de son grand frère. Sous sa couette, son parfum m'enveloppe. Je l'imagine là, à mes côtés, cela ne fait que redoubler mes pleurs silencieux. Même la notification de Nath me souhaitant bonne nuit ne parvient pas à combler le trou béant de mon cœur causé par ce manque cruel d'amour. Je ne parviens même pas à lui répondre, secouée par des sanglots, tandis que j'imagine mon frère me caresser les cheveux. *Pourquoi me fais-je du mal comme ça ?*

Je n'ai pas le temps de me raisonner à quitter ce lit qui guérit mes blessures autant qu'il les rouvre, je sombre dans les bras de Morphée.

Lorsque je me réveille, une affreuse douleur me transperce le crâne me ramenant immédiatement aux événements de la veille. Depuis quand penser à mon grand frère me fait à ce point souffrir ? À quel moment notre relation a-t-elle basculé ? J'enfouis cette réflexion au fin fond de mes pensées. J'attrape mon téléphone et vois l'heure. Je me lève en sursaut m'habillant à la hate avec mes vêtements de la veille qui jonchent le sol, *Monsieur Profit va me tuer il est midi passé.* À cette pensée je me fige, ah oui, *je n'ai plus de travail.*

Je m'assoie de justesse avant que mes jambes ne lâchent. Entre l'euphorie de la veille et cette fameuse lettre, cela m'était totalement sorti de la tête. Je n'ai plus de travail, plus de revenu, plus rien pour occuper mes journées.

Avec difficulté je me concentre. J'ai fait des économies, assez pour subvenir à mes besoins pendant quelques mois et je dois commencer au *Maria*. Je n'ai aucune idée du salaire que j'aurais et à quel moment Nath s'attend à me voir commencer, mais cela devrait aller. L'idée que mes journées ne seront pas vides me rassure. Je connais l'endroit et quelques employés.

Après avoir rationalisé la situation, je suis de nouveau calme. Je me félicite d'avoir su gérer cette crise, pour une fois. C'est peut être le signe que les choses vont commencer à s'arranger. Je sors de ma chambre, lorsqu'une odeur de gâteau m'emplit les narines. Je presse le pas jusqu'à la cuisine où j'y trouve ma grand-mère assise avec un livre.

— Bonjour *Djida*, je murmure ne sachant pas trop comment me comporter après les événements de la veille. Ma grand-mère se lève et me prend dans ses bras comme si rien ne s'était passé.

Je suis abasourdie de la voir se comporter comme si rien n'était arrivé. Je constate à quel point ma famille est douée pour les faux semblants. Cela me laisse un goût amer dans la bouche que je tente d'ignorer.

— Je t'ai fait un gâteau pour ton petit déjeuner, m'informe-t-elle avec un grand sourire.

— Mais *Djida* il est midi, rigole-je, tentant d'être la plus sincère possible, sans parvenir à oublier.

— Avant, ça ne te dérangeait pas de prendre un petit déjeuner à midi, ma fille.

Je me revois dix ans plus tôt, assise à cette table blanche, un samedi midi, face à mon bol de céréales entamé. Une seconde après je me retrouve face à une énorme part de gâteau au chocolat que je dévore avec plaisir.

— Les filles sont déjà parties ?

Ma grand-mère me rappelle qu'on est jeudi, face à cette information ma réflexion paraît idiote.

— Bon alors ma grande, qu'est ce que tu fais ici ?

— Je n'ai plus le droit d'être ici ?

Je feins l'innocence sachant pertinemment où elle veut en venir.

— Bien sûr que si, cette maison est la tienne et tu le sais. Mais tu ne rates jamais un jour de travail. Même après ces révélations, cela m'étonne que tu ais posé des jours, bien qu'ils soient mérités, ajoute-elle.

Le mensonge me tente, cela serait bien mérité. Elle m'a bien caché la vérité pendant tant d'années. N'ayant ni l'énergie pour une vendetta puérile, ni le cœur à ça, je me ravise. Je lui raconte donc tout dans les grandes lignes. Je lui explique aussi pour mon travail au *Maria*. Je m'étais promis de faire le point avec Astrid avant de l'ébruiter mais ce n'est pas grave.

Ma grand-mère semble totalement sous le choc. Il faut dire que cela ne me ressemble pas. J'ai toujours parfait mon image au travail et je n'ai jamais fait un seul faux pas. La photographie est ce que je réussis le mieux dans ma vie, ma fierté. Elle me partage son étonnement.

— *Djida*, cette Zahra n'existe plus, elle n'était qu'une illusion sans passé. J'ai vraiment besoin de lâcher prise, je regretterais plus tard. Pour le moment, je tente juste de ne pas me noyer dans toutes ces informations qui refont surface. Je n'ai jamais vraiment pris de pause et je pense le mériter. Je reprendrais la photo parce que je ne peux pas vivre sans et que j'adore ça, seulement pas dans l'immédiat. Je te déçois probablement mais actuellement, cela n'a pas d'importance pour moi.

— Zahra je suis très fière de toi, tu penses enfin à ton bien être. Tu fais bien d'enfin prendre soin de toi. J'ai toujours été la première à te répéter que ton travail ne devait jamais passer avant ta vie personnelle alors je peux te promettre que je suis la dernière que tu déçois sur cette planète, m'explique-t-elle avec un ton plein d'assurance.

Elle a toujours été de mon côté dans toutes les situations de ma vie, mais sa réaction m'étonne. *Djida* est du genre à être toujours anxieuse sur tout ce qui nous concerne ma fratrie et moi.

— Alors comme ça tu as rencontré un homme, c'est bien la première fois depuis des années. Tu fais attention, d'accord ? Je veux le rencontrer bientôt.

Je rigole, elle ne perd pas le nord. Je déballe tout sur Nath parce que j'ai besoin de son approbation. Cela me fait un bien fou de me confier à ma grand-mère. Depuis que je suis tombée sur mon journal, tout est étrange et j'ai perdu les bonnes habitudes. Même si j'ai besoin de changement, il y a certaines choses que je veux garder précieusement.

Avec ma grand-mère, les heures passent en minutes et il est déjà quinze heures lorsque je regarde de nouveau mon téléphone. Une dizaine de messages non lus apparaissent et l'un d'eux m'interpelle.

Sherlock : Rendez-vous 20h en bas de chez toi

17

Lorsque j'arrive devant chez moi, il est déjà seize heures. Astrid finit assez tôt le jeudi, je vais donc devoir lui débriefer mes deux derniers jours. Dans quatre heures, je retournerais voir celui qui a chamboulé ma vie quand celle-ci s'est mise à tanguer. Après notre conversation, Astrid avait l'air de se réjouir que je me déride un peu, mais je sais que très vite son instinct de futur psychologue l'a rattrapée.

Je trouve ma meilleure amie assise sur le canapé me regardant de haut en bas, prête pour la grande discussion. Je lève les yeux au ciel, fatiguée d'avance. Je lui dois bien ça, alors je résiste à l'idée de m'enfermer dans ma chambre. Un colis prend place à côté d'elle et sur le dessus, une enveloppe noire mat avec mon nom inscrit de lettre d'or. *Bon sang encore des lettres.* Je me doute qu'elle sera bien plus agréable à lire que celle de la veille. Astrid voit sûrement mon regard se poser dessus, déduisant rapidement que je n'ai absolument aucune idée de ce que contient ce carton.

— Je n'y ai pas touché par respect pour ta vie privée, mais sache qu'il a fallu que je me batte avec ma curiosité. Bien que je meurs d' envie de savoir ce qu'il contient, aucune de nous deux ne touchera au présent de ton bel Apollon avant qu'on ait parlé toi et moi.

Son ton froid me fait vite redescendre sur terre et me fait réprimer un début de sourire. Elle me désigne la place en face d'elle et me fait signe de m'asseoir. Je rougis à l'entente de ce surnom qui lui va étrangement bien. Sachant que je n'y échapperais pas, je m'assois sur le fauteuil sans rechigner.

— Je te donne deux heures de mon temps pour m'analyser, me sermonner et me questionner, après j'ai rendez-vous avec Apollon, je lui dis d'un air taquin.

Je vois son visage se crisper, preuve qu'elle désapprouve.

— Zahra, est ce que tu te rends compte que depuis presque dix ans tu te bats pour ce travail ?

J'opine silencieusement, sachant qu'elle part dans un monologue.

— Travail que tu viens d'abandonner pour un mec. Un mec Zahra ! Je comprends que tu sois perturbée par ta sortie d'amnésie. On n'apprend pas tous les jours de telles choses, l'histoire d'un père dont personne n'a chassé la violence est dure à assimiler mais...Un mec Zahra ?

J'encaisse le coup de ses mots aiguisés, des flèches qui visent mon cœur pour tenter de rivaliser avec celles d'Apollon. Pour la première fois, on ne me parle pas avec délicatesse. On ne me traite pas comme si j'étais en porcelaine prête à me briser à tout moment. Astrid ne cherche pas à me protéger de la vérité, elle l'énonce aussi cruelle soit elle. Puisque je vais devoir l'accepter et vivre avec toute ma vie, la fuir ne servira à rien. Cela fait un bien fou d'entendre ses mots qui entaillent mon cœur, guérissant mon âme.

— Une fois que tu auras encaissé le coup, tu vas regretter

tes décisions hâtives. Évidemment si tu me dis dans quelques mois que tu décides de lâcher ce travail parce qu'il ne te plait plus, je serais la première à te soutenir. Mais là, tu prends une décision impulsive due au surplus d'émotions. Si tu as besoin d'une pause, mets toi en arrêt maladie mais pour l'amour du ciel, ne quitte pas ton travail ! Zahra réfléchit ! Tu t'es battue pour ce travail, pour en arriver là où tu es maintenant. Un joli minois débarque, t'accorde un peu d'attention masculine et tu le suis jusqu'au bout du monde ? Tu fais tout ce qu'il te demande ? Tu n'as jamais eu d'attention de ton père, et ton frère te manque, alors tu t'accroches à la moindre miette d'amour. Je peux le comprendre. Sauf que tu ne peux pas tout sacrifier de cette façon. Tu vas travailler dans un bar, toi, Zahra, la femme qui ne vit que pour la photographiee et qui ne boit jamais ? Tu te rends compte de ce que tu viens de prendre comme décision ? Tu vas mal, les morceaux de ton cœur brisé sont si aiguisés qu'ils te déchirent toujours plus de l'intérieur à chaque battement. Je le sais, je le vois bien. Je t'entends pleurer le soir, je vois tes yeux bouffis et tes cernes. Je vois la crainte dans ton regard, la colère et la peine. Tu as besoin de renouveau, de nouvelle rencontre, d'une nouvelle routine, de repos, très bien je suis d'accord. Mais tu n'es pas seule, on peut trouver des solutions ensemble.

Je me permets enfin de répliquer, ne retenant plus les réponses qui fusent dans mon cerveau.

— Ce n'était pas toi qui me suppliais de quitter ce travail parce que tu trouvais que Monsieur Profit m'exploitait ?

— Si ! bien sûr que si je déteste ton patron et encore plus depuis que tu m'as dit qu'il était raciste ! Sauf que là, tu es partie et tu n'as absolument aucune bouée de secours, aucun plan B. Si tu avais quitté ce travail sur un coup de tête, il y a trois mois je t'aurais soutenue. Là, je sais que c'est dû à ta mémoire qui revient et quand la vague sera passée, tu vas regretter.

— De toute façon comme tu dis, j'ai besoin d'une pause. J'ai toujours les missions que mon père me donne si j'ai besoin d'argent.

— Si tu avais besoin d'une pause et que tu avais attendu qu'on en parle en face à face, on aurait trouvé un psychiatre pour te faire un arrêt maladie. J'en connais des supers.

— Ce qui est fait est fait, je ne retournerais pas là- bas. Je ne suis pas au chômage non plus, je vais avoir de quoi occuper mes journées avant de retrouver un travail dans la photo.

Elle soupire et mon coeur se fend un peu plus. Je sais qu'elle a raison, j'aurais dû me mettre en arrêt le temps d'être apte à prendre une décision. Sauf que, pour une fois, j'ai réussi à faire taire ma raison, ce n'est pas pour qu'on me fasse la leçon.

— Je vais quand même me renseigner pour te trouver une psy.

Je roule des yeux mais elle continue.

— C'est essentiel que tu en vois une avec ce que tu traverses.

— Astrid. Tu n'es pas ma mère ok ?

Mon ton est un peu trop cassant alors je tempère.

— Je sais que tu essayes de m'aider mais je ne veux pas de psy, pour le moment je gère totalement la situation. Je ne vois pas ce qu'une inconnue aurait à me dire de plus que toi. N'essaie pas de me convaincre car ma décision est prise.

— D'accord. Je ne suis pas ta mère et tu ne veux pas de suivi. Dans ce cas là, laisse moi t'aider.

— Si tu veux m'aider enlève ta casquette de psy et de maman trois minutes, j'ai besoin de parler avec ma meilleure amie

Elle souffle de nouveau mais finit par céder.

— Vas-y, je t'écoute

Je lui raconte en détail mon rendez-vous avec Nath, de ma crise à l'enregistrement de Monsieur Profit. Elle sourit. m'encourage, mais ne peut s'empêcher de soupirer et de m'affirmer qu'un psy m'aiderait pour mes crises. Même si elle essaie de dissimuler son inquiétude, je la connais trop bien pour ça. Je finis par lui promettre d'y réfléchir. Elle met presque totalement sa raison de côté pour redevenir une adolescente qui parle avec sa meilleure amie de son premier rencard.

Je voulais lui faire part de ma découverte de la veille mais le temps me manque, il est déjà dix-huit heures. Je n'ai pas envie de me remettre à pleurer alors que je suis sur un petit nuage à force de ressasser mes rendez-vous passés et de penser à celui de ce soir.

Nous concluons qu'il est temps d'apaiser notre curiosité qui, malgré notre conversation, ne fait que grandir depuis que je suis arrivée.

— Allez, plus vite ! m'encourage-t-elle.

J'ouvre enfin l'enveloppe et lit,

《 *J'ai besoin d'aimer respirer ce soir. Tu m'as dit que tu ne t'offrais que peu de chose et que tu économisais tout le temps par peur d'un jour tout perdre. Laisse-moi y remédier en t'offrant ceci à ta place. Avant de refuser, vois le comme une rédemption après t'avoir de t'avoir poussé à démissionner.*

~ Sherlock. 》

J'ouvre de grands yeux, me demandant comment il a retenu un si petit détail sur moi parmi tous ceux que je lui ai dis hier. Astrid, qui lisait au-dessus de mon épaule, m'ordonne d'ouvrir le colis aussi impatiente que moi. Je m'exécute et soulève le couvercle. Je tombe des nues, heureusement que je suis assise parce que sinon je serais sûrement tombée

Un tissu doré reflétant parfaitement la lumière de la pièce est plié à la perfection. Je sors délicatement ce qui me semble être une robe, pour la suspendre au bout de mes doigts et la déplier de toute sa longueur.

— Waw, laisse échapper ma meilleure amie tandis que les mots me manquent. Essaye la ! on discutera après.

De nouveau j'obtempère. Abasourdie, je retire mes vêtements pendant qu'elle m'aide à enfiler cette robe que je n'aurais jamais pu m'offrir.

Le tissu fluide recouvre mes pieds, tombant parfaitement sur mes hanches, mettant ma taille en valeur. Le plus impressionnant est ce dos nu qui est accompagné d'un drapé qui frôle mes reins. Deux fils d'or reliés au nœud sur ma nuque longent ma colonne vertébrale, mettant en valeur la couleur de ma peau. Le décolleté légèrement lâche plonge et finit de sublimer la beauté de cette tenue.

Aucun mot n'arrive à passer la barrière de mes lèvres. Astrid, dos à moi, fixe mes yeux dans le reflet avant de poser ses mains sur mes hanches et de me souffler.

— Fonce. Au pire si tu finis aussi brisée que ton cœur, je serai là pour recoller les morceaux. Si tu ne tombes pas amoureuse de lui, tu le regretteras toute ta vie.

Sa remarque a le don de me sortir de mon état de choc me donnant un sourire béat.

— C'était déjà ce que j'avais prévu de faire même avant que j'entende tes conseils de croqueuse de diamants.

Elle rigole me faisant tourner sur moi-même. Je vois de la fierté dans son regard. La psychologue en elle se doit de me dire de ralentir, mais ma meilleure amie n'attendait que ça, que je prenne enfin mon envol et que je sorte de ma routine.

— Ça, c'est une robe digne de toi Z. Ton cœur se réparera forcément dans des tenues aussi belles.

— L'argent et les jolies robes, c'est ce qui répare ton cœur à toi As.

Elle ignore ma réplique en reprenant,

— Je sens que ce mec va atteindre ton coeur, il va te faire vivre à nouveau !

Ma meilleure amie choisit toujours des hommes riches prêts à acheter son amour, ou son corps selon les points de vue. Elle les abandonne une fois qu'elle s'est lassée. Elle est comme ça, elle laisse l'argent panser les plaies purulentes de son cœur infecté, persuadé que de toute façon, elle ne trouvera pas l'amour.

Je n'ai jamais approuvé alors je sais très bien que ses répliques sont ironiques. Tandis qu'elle y voit le prix, moi j'y vois son attention. Il s'est rappelé de mon incapacité à m'offrir des choses. À mes yeux, c'est plus important que la robe en elle-même.

— Allez, allez! prépare toi Z ! Il est tant que cette robe sublime ta beauté, parce que là c'est toi qui sublimes la robe avec ces cheveux emmêlés.

Me voila en serviette, Astrid s'activant sur mes cheveux, les rassemblant de nouveau en chignon afin de mettre en avant mon dos nu. Lorsque l'heure fatidique arrive, j'enfile des escarpins alors que la sonnette retentit, je reprends mon souffle.

Je le vois, sur le pas de la porte, sublime dans sa chemise et son pantalon noir. Seule la ceinture Hermès au H doré contraste avec sa tenue monochrome. Ce détail est parfaitement assorti à ma robe, je sais que rien n'est laissé au hasard. J'aperçois son regard qui analyse toutes les cellules de mon corps, faisant s'embraser chaque parcelle de ma peau.

L'expression « *dévorer du regard* » prend tout son sens à cet instant.

Il s'avance pour m'embrasser sur la commissure des lèvres joignant nos mains. Je manque de m'évanouir quand je remarque la limousine blanche qui prend place dans ma ruelle. J'étais tellement absorbé par lui que je ne l'avais même pas remarquée !

— Passez une bonne soirée !

Le cri aigu de ma meilleure amie penchée à la fenêtre de sa chambre me fait rire malgré moi.

— Si tu lui brises le cœur, je viens te broyer les couilles ! s'empresse-t-elle d'ajouter lorsque mon cavalier la salue, riant à son tour, promettant de prendre soin de moi.

18

Me voila assise dans une limousine, moi, Zahra Fleury. Je n'en reviens pas. Une vague de stress me parcourt. *Et si je faisais quelque chose de mal ?* Je ne sais pas comment me comporter dans ce monde qui n'est pas le mien. Nath doit ressentir mon angoisse car il vient presser doucement ma cuisse où il laisse reposer sa main. Cela me rassure instantanément.

— Nath tu es mon meilleur anxiolytique.

— Je peux être un anxiolytique, un antidépresseur, ou tout ce que tu veux. Tant que je suis à toi, tout me va.

Sa réflexion me fait rougir jusqu'à la racine des cheveux. Avec lui, je me transforme en collégienne face à son premier amour, ce qui est terriblement terrifiant et assez humiliant.

— Tu rougis *La Meilleure,* me taquine-t-il.

J'essaie de le nier mais son rictus en coin augmente la chaleur déjà présente sur mes joues. Pour toute réponse je viens déposer un baiser chaste qui le surprend et teinte légèrement son visage.

— Tu rougis Sherlock, je rétorque sur le même ton que lui alors qu'il se mord la lèvre pour réprimer un sourire.

Un partout, match nul.

Deux secondes après, je suis assise à califourchon face à lui. Ses mains remontent légèrement le long de mes cuisses, faisant relever le tissu doré de ma robe et rougir mes joues. Il sait qu'il en faut peu pour me déstabiliser et il aime en jouer. Ne supportant plus de le voir se mordre la lèvre, je pose mon front contre le sien les yeux clos. Ses pouces traces de petits cercles sur mes jambes alors que je viens encadrer son visage de mes mains. Le monde disparaît, il n'y a plus que nous sur terre, nous ne sommes plus dans une limousine mais sur une autre planète. L'atmosphère devenue électrique devient plus calme, apaisante. Nous nous imprégnons chacun de la quiétude que nous procure l'autre, nos cœurs battant lentement à l'unisson.

J'aimerais lui parler, lui dire tout ce qui se passe dans ma tête depuis des jours. Nath fait partie de ces personnes qui donnent envie de se confier. N'ayant pas envie de plomber l'ambiance, je garde mes confidences pour moi, me contentant d'un sourire sincère.

— Merci d'avoir accepté de me revoir, souffle-t-il.

Un rire léger s'échappe de mes lèvres.

— C'est moi qui devrais te remercier Sherlock.

Ses mains quittent mes cuisses pour rejoindre mes côtes ou il vient faire de légères pressions. J'explose de rire sous ses chatouilles qui s'accentuent. Notre hilarité résonne dans l'habitacle alors que je me tortille dans tous les sens pour échapper à ses supplices. Son corps se retrouve allongé sur le mien alors que des larmes d'euphorie commencent à perler sur le coin de mes yeux.

— Nath mon maquillage ! je m'exclame entre deux rires.

Il s'immobilise quelques secondes un sourire vainqueur aux lèvres que je m'empresse d'embrasser. Soudain je sursaute à l'entente de léger coup contre la vitre. Je le repousse subitement pour reprendre une position décente, laissant malgré tout mon cœur entre ses mains.

— Zahra on se calme, c'est le chauffeur, cela signifie juste qu'on est arrivé on peut sortir de cette voiture quand on le souhaite, rigole-t-il.

Mince le chauffeur ! J'avais oublié que nous n'étions pas seuls.

— Ne me dit pas qu'il a tout entendu et qu'il nous à vu ?

Je suis sûrement de nouveau écarlate lorsque je prends mon visage entre mes mains, honteuse au possible. Pourtant Nath n'a pas l'air gêné le moins du monde lorsqu'il prend mes poignets se moquant gentiment de moi.

— Le chauffeur n'a rien entendu, c'est insonorisé et il n'a rien vu les vitres sont teintées, m'affirme -t-il alors que je réarrange ma coiffure et que j'essuie le mascara qui aurait pu couler sous mes cils. Allez viens je dois avouer que passer la soirée dans cette limousine avec toi ne me dérange pas le moins du monde mais je suis sûre que tu vas préférer la suite.

Sans que je n'ai le temps de comprendre ce qu'il se passe, Nath est dehors. Il m'attrape la main afin de m'aider à sortir de l'habitacle et à nouveau, je crois rêver. Je fais face à une péniche où trône quelques tables de restaurant.

— Je t'avais prévenue. Cela va devenir une habitude en ma compagnie, me chuchote-t-il juste à côté de mon oreille.

Mon cerveau n'a pas encore assimilé toutes les informations lorsqu'il me tire par la main. Nous marchons sur un tapis rouge, posé sur les quais de Seine.

— Monsieur et Madame Slezak, nous accueille un homme d'une soixantaine d'années avant de nous accompagner à une table.

Une fois installée la parole me revient,

— Madame Slezak ? Je lui demande avec un sourire en coin.

— Ça aussi tu devras t'y habituer me répond-il, son éternel rictus plus présent que jamais.

— Pour combien de temps ? j'insiste, mon aplomb retrouvé.

— Oh, je pensais que tu avais déjà compris *La Meilleure*. Mais je vais me faire un plaisir de mettre les choses au clair avec toi. Je ne compte pas te laisser partir.

— Seras-tu à la hauteur de ma personne ?

Mon ton joueur cache une cruelle vérité qui hante mon corps, mon cœur et mon esprit. Cela me tourmente chaque minute depuis que nos échanges ont commencé à signifier quelque chose. *C'est moi qui ne suis pas à la hauteur.* Je n'ai absolument aucune envie de le voir partir, mais si un jour l'envie lui prend, je ne pourrais même pas lui en vouloir.

— Je le serais.

Nous nous défions du regard, sachant l'un comme l'autre que nous avons perdu depuis bien longtemps. Il coupe le contact visuel, sans en paraître affecté. Il est très doué pour faire comme si de rien n'était.

— J'aime beaucoup le cadeau que je me suis fait, pas toi ?

Interloquée, je l'analyse cherchant à quoi il fait allusion. Il écourte rapidement mes recherches en caressant du bout des doigts le tissu soyeux de ma robe avant de reprendre.

— Ah parce que tu as vraiment cru que cette robe était pour toi ?

Je ne suis même pas blessée par la réflexion - qui en temps normal aurait heurté mon cœur amoché - tant je peine à comprendre où il veut en venir.

— Ma mère l'a portée à l'anniversaire de mes seize ans. Je l'ai toujours trouvée sublime et je voulais te voir dedans. C'était un geste purement égoïste de ma part. Je me suis offert la plus belle vue du monde.

Je réprime un rire sans soulever ce compliment passé inaperçu, rendant l'oxygène doux comme du coton. Nous continuons de flirter de façon plus ou moins explicite, des étoiles plein les yeux. Notre complicité me fait presque peur. Tout va trop vite mais je crois que j'aime la vitesse. Cela ne me ressemble pas, peut être est-ce comme ça que commencent les fins heureuses ?

Tout se déroule à la perfection et nous sommes comme seuls au monde. Alors que nous avons fini de manger, je m'attends à ce que nous quittions le bateau mais mon cavalier m'interrompt.

— Zahra, ferme les yeux s'il te plait.

C'est étrange de faire confiance aveuglément à un inconnu. Je serais sûrement la première à mourir dans un film d'horreur, mais je m'exécute. Me privant d'un sens, je me concentre instinctivement sur les autres. Le contact froid de ses doigts se glissant dans les miens, l'odeur des bougies, le sol qui tangue légèrement sous mes pieds. L'air se rafraîchit tandis que Nath me guide et les voix des autres clients disparaissent petit à petit pour laisser place à une douce mélodie.

— C'est bon, me chuchote-t-il à l'oreille.

Mes yeux mettent du temps à s'habituer à la lumière. Nous sommes sur la terrasse du bateau, sûrement au-dessus du restaurant. Personne n'est présent, pas même le personnel. J'en conclue rapidement que nous nous trouvons dans un espace privé. La ville lumière porte bien son nom. Bien qu'on ne puisse voir les étoiles, le spectacle est fabuleux. La Seine s'illumine de toutes les couleurs, des lueurs ondulant au gré de l'eau. Je suis sans voix tandis que mon dos repose contre son torse. Son parfum m'embaume, je n'en connais pas le nom mais il est désormais mon préféré.

Nous restons plusieurs minutes dans le silence le plus intime, bercé par la beauté du décor.

— Quand j'étais petit, commence Nath doucement, mes parents venaient souvent dîner ici avec des personnes hautes placées dans la société. Ils parlaient de travail ou de politique, des conversations superficielles accompagnées d'une politesse hypocrite. Je détestais ces dîners mais je devais venir pour polir l'image de la famille parfaite. Une fois qu'ils avaient commencé à parler d'argent, ils ne remarquaient même plus ma présence. J'en profitais pour explorer le bateau. Un jour, j'ai trouvé cet endroit et tous mes problèmes se sont noyés l'espace de quelques heures. À partir de ce jour, je me réfugiais ici dès que cela n'allait pas.

Il marque une pause, caressant de ses pouces mes hanches où sont posées ses mains.

— Je veux que tu saches que, si un jour tu as envie de noyer un peu tes problèmes, tu peux venir ici. Quand tu le souhaites, avec ou sans moi, en robe luxueuse ou en jogging. Tu peux venir ici.

Respirer devient décidément ce que je préfère au monde. Pourtant j'ai toujours su que toutes les belles choses avaient une fin. Plus la fin est loin, plus elle est douloureuse. Je me remémore notre première rencontre ; si j'avais su que me briser autant m'offrirait ce compte de fée. Ce soir-là était décidément un des pires de ma vie, celui où mon illusion s'est effondrée. Je me demande toujours ce qui a poussé Nath à m'aider, puis à rester dans ma vie. Comment a-t-on fait pour en arriver là ? Je me rejoue chacun de nos moments passés ensemble et je tombe amoureuse pour de bon. *Merde, je suis amoureuse.* Je me demande ce à quoi il pense dans son silence. Finalement, je prends une des pires décisions de ma vie. Cela fait des jours que j'y pense et cette dernière soirée à confirmer ce que je craignais. Je me permets d'humer une dernière fois son odeur, avant de prononcer d'une voix que j'espérais assurer mais qui s'avère n'être qu'un murmure tremblotant,

— Nath, il faut qu'on s'arrête là.

MAEVE ADJ

19

Son corps se crispe et je sens ses mains se resserrer autour de ma taille. Pour autant, aucune réponse n'arrive. J'ai imaginé toutes les réactions possibles mais celle ci, et c'est définitivement la pire. Pourtant je le sais, ce silence est plus éloquent que les mots auxquels je m'attendais. Je me demande ce à quoi il peut bien penser, ce qu'il va finir par dire, mais il ne se passe rien.

— Dis quelque chose, s'il te plait, je le supplie d'une voix basse.

Après de longues secondes pendant lesquelles je pense qu'il ne m'a pas entendu il me répond enfin,

— D'accord.

Sa voix est grave mais assurée, son corps ne bouge pas d'un pouce tandis que je lutte pour masquer les tremblements du mien. Pourquoi cela semble-t-il si simple pour lui ? Mon cœur se serre, confirmant que je prends la bonne décision en y mettant un terme. Soudain ses mains me retournent et me voila face à lui, son regard planté dans le mien. Très vite je baisse les yeux, sachant que je n'arriverais jamais à écouter ma raison si je lui fais face. Mais il en a décidé autrement.

— Zahra, je sais que nous ne sommes pas ensemble mais j'ai quand même l'impression de me faire larguer là. Donc si tu veux faire ça, s'il te plait regarde moi au moins dans les yeux.

Lentement, j'encre donc mes iris dans les siennes. Il n'a pas l'air aussi détaché que sa voix le laisse paraître. Une lueur triste plane dans ses yeux, mais il semble avoir accepté la sentence, comme s'il s'y attendait. Ce constat me peine alors que je commence à me justifier,

— Nathanaël, le soir où l'on s'est rencontré, tu m'as aidée, ce que j'ai trouvé charmant de ta part, mais tout ça aurait dû s'arrêter là. J'ai fait une erreur en retournant au *Maria*.

Je vois son sourcil droit s'arquer légèrement. Non, je n'aurais jamais dû y retourner. Mais dès lors où il a pris soin de moi comme aucun homme n'avait pris soin de moi auparavant, je savais déjà qu'il était trop tard, je m'étais attachée. Cependant, je le garde pour moi.

— Tout s'est enchaîné, je t'ai appelé au secours et au lieu de me raccrocher au nez, comme une personne lambda l'aurait fait, toi, tu m'es encore venu en aide. Grâce à toi, j'ai quitté mon travail, chose que j'essayais de faire depuis des mois. Tu as même entamé une procédure judiciaire contre mon connard de patron sans que je n'ai à lever le petit doigt. Maintenant cette robe, la limousine, ce restaurant.

Ma voix se casse et un ange passe alors que ses yeux s'arrondissent peu à peu d'étonnement. Nos corps se sont rapprochés, je peux sentir son souffle doux et chaud contre ma peau. Je finis ma tirade en baissant mes yeux embués de larmes, incapable de l'affronter en face.

— Je ne suis pas du même monde que toi Nath. Je n'ai pas grandi dans le luxe, je ne peux compter que sur moi même financièrement et j'aide ma grand mère tous les mois. Je ne peux ni me permettre ces tenues, ni ces restaurants où tu m'emmènes et je ne veux pas être une croqueuse de diamant ou encore te donner l'impression que je ne suis là que pour ton argent. Je préfère tout arrêter avant que tu ne te rendes compte à quel point toutes ces mannequins qui t'entourent seront plus à la hauteur. Elles sont de ton monde, peuvent arriver à un rencard sans que tu n'aies à leur fournir une tenue adaptée, elles ne se mettent pas à pleurer en plein rendez-vous, je murmure.

Cela fait plusieurs jours que je me déroule ce scénario. Je préfère abandonner avant d'être abandonnée. Cela m'évite de souffrir. Ça a toujours été mon mode de fonctionnement. C'est sûrement pour cela que je n'ai pas beaucoup d'amies et que je suis célibataire depuis presque toujours. Dès que je commence à parler à un homme, chose qui, ma foi, n'est arrivée que très rarement, je l'abandonne aussi vite que je commence à m'attacher. Normalement je n'attends même pas d'aller à un rendez-vous avec eux, pourtant, avec lui, j'ai beaucoup trop attendu. Astrid m'analyserait en me disant que c'est une réaction traumatique mais cela m'importe peu. Tout ce que je sais, c'est que j'ai mis fin à mon conte de fée toute seule. Je ne peux m'en prendre qu'à moi-même. Je sais aussi que si il y avait mis fin, sans que j'y sois préparée, je n'y aurais certainement pas survécu. Le rire de Nath me sort soudain de mes pensées.

— Sérieusement Zahra ? Je pensais que tu ne voulais pas d'une relation avec ce que tu traverses en ce moment, et que tu voulais te recentrer sur toi. Je pensais que j'étais allé trop vite, que je t'avais effrayée et que tu t'étais rendue compte que tu ne voulais pas de ça. Tu parles beaucoup quand tu es alcoolisée et je ne suis pas dupe. Tu as appris quelque chose ce soir-là, qui t'as chamboulée. Tu ne vas pas bien je le sais, et je comprendrais que tu n'aies pas de temps à me consacrer.

Il passe une main sur son visage avant de reprendre comme pour lui-même

— Dire que j'allais te laisser partir sans rien demander par peur d'être trop insistant.

Les larmes me brûlent les yeux et je prie pour qu'elles ne se mettent pas à couler alors qu'il m'attrappe les mains.

— Zahra, je m'en fiche que tu ne sois pas du même monde que moi, que tu ne sois pas née avec une cuillère en argent dans la bouche. Au contraire, tu as la valeur de l'argent, tu sais ce que signifie travailler et avoir des responsabilités. Tu n'es pas une de ces groupies qui n'en ont qu'après mon argent, je l'ai remarqué directement. Malgré tes moyens différents des miens, tu insistes pour payer, tu as même voulu me régler tes consommations le lendemain de notre rencontre alors que tu savais très bien que je gagnais bien ma vie. Tu ne me demandes jamais rien, alors que ces mêmes femmes de mon monde comme tu dis, m'auraient déjà exigé monts et merveilles car pour elles il n'y a que cela qui compte. Tu es différente et pas seulement au sujet de l'argent. Tu es honnête, tu es sensible, manger des popcorns devant un film ne te parait pas ennuyeux, tu ne contrôles pas chaque mot qui sort de ta bouche comme toutes ces filles. Je vois tes joues rougir, tes yeux pleurer, j'entends ton cœur battre, c'est pour ça que c'est avec toi que je suis ce soir. Je sais que tu n'as pas les mêmes moyens mais laisse moi te les offrir, toi tu m'offriras les popcorns et tu choisiras de prendre les sucrés même si tu préfères les salés. S'il te plaît, arrête de t'en vouloir de ne pas être superficielle comme ces mannequins que j'ai pu rencontrer. Tu es la femme la plus humaine que je n'ai jamais rencontrée. Je sais faire la différence entre une personne qui s'amusait mais qui est allée trop loin et une femme qui boit dans le seul but d'assourdir le bruit trop violent de ses pensées. Je savais que tu avais l'âme meurtrie, mais la mienne l'est aussi alors ce n'est pas un problème.

Il relève mon menton de son index, et les larmes coulent silencieusement.

— Mais Nathanaël, je crois que je tombe amoureuse de toi, je sanglote.

Je n'ai jamais été douée pour cacher mes sentiments et j'ai toujours préféré l'honnêteté, aussi moche et sale soit elle. Sûrement une des autres raisons qui fait que mon cercle d'amis se réduit à Nyx et Astrid. Nath n'a pas peur de parler de ses sentiments, de lui, de ses craintes et il me le prouve à nouveau ce soir. Je tombe amoureuse de lui, je dégringole sans fin et la sensation de chute libre est grisante. Tellement grisante que je ne pense pas à l'atterrissage.

Un long silence suit ma déclaration, pendant lequel je me perds sûrement pour la dernière fois dans son regard. De nouveau, le silence est plus clair que certains mots, c'est moi qui suis allée trop vite cette fois. Il est trop tard pour faire marche arrière. Je tente de m'éloigner de lui et sans que je ne m'y attende, ses lèvres se plaquent contre les miennes. Il me faut une seconde avant de réaliser ce qu'il se passe et d'accepter ce doux baiser qui devient vite passionné. Seuls la Lune et les étoiles sont témoins de mon amour ce soir.

Évidemment je n'attends pas de lui qu'il me réponde maintenant. Je sais très bien qu'il n'est pas aisé pour tous de mettre des mots aussi facilement et rapidement sur ses sentiments. Il a accepté ma façon de fonctionner sans fuir, j'accepterai la sienne. Finalement, je ne m'attends même pas à ce qu'il me confie son cœur en retour. J'espère seulement que maintenant qu'il est au courant, il prendra soin du mien. Un jour peut-être il me laissera en faire de même. En attendant, je me contente de son affection et de son attention, cela me convient parfaitement.

Je soupire de soulagement la tête contre son torse, emprisonnée de ses bras. La vie est pleine de rebondissements. Si moi-même je n'ai pas réussi à gâcher mon propre conte de fée, personne ne le pourra. Observant la dame de fer qui nous fait enfin face, j'en suis persuadée, tout ira bien.

— Je respire, me chuchote-t-il.

Je lui réponds cette formule magique. *Je respire. Le « Je t'aime »des âmes meurtries et des cœurs trop brisés pour aimer.*

Soudain une sonnerie coupe le silence apaisant. Nath grogne, raccrochant immédiatement sans même regarder qui l'appelle ce qui me fait sourire. Au bout du troisième, je lui intime de répondre au cas où cela serait important. Il jette donc un œil sur son écran, pour savoir qui le dérange à cette heure tardive. Son bras qui entourait ma taille se resserre sèchement, ce qui me fait tourner la tête. Malgré la pénombre, je discerne son visage livide. La seconde qui suit, il s'excuse avant de retourner à l'intérieur me laissant seule.

Le vent fait voler mes cheveux, créant une légère chair de poule sur mes bras malgré la veste de costume que Nath m'a prêtée. On est en février, pourtant jusqu'ici je ne m'étais pas rendue compte de la température en baisse, la nuit étant restée assez douce ce soir.

Je sors mon téléphone du petit sac qui accompagne ma robe, profitant de cet instant de pause pour lire mes messages reçus. Je réponds à mes sœurs et ma grand-mère avant de lire un message d'Astrid.

As' : Tombe amoureuse, je serais là pour te rattraper.

Je souris béate devant mon écran avant d'ouvrir ma boite mail. Un simple coup d'œil suffit à me rendre compte que mon père n'a pas pris de mes nouvelles depuis maintenant deux semaines. Cette pensée me retourne l'estomac et j'enfonce violemment mes ongles dans mes paumes. *Je le déteste.* Il ne fait même pas un peu semblant de s'intéresser à moi. Je me demande si il sait ? Sait-il que je sais ? La question me taraude depuis plusieurs jours mais aucune réponse ne me convient réellement. J'attends le jour où il le saura et que je recevrais un message empli d'excuses et de regrets même si au fond de moi je doute que je me berce d'illusion. *Finalement mes géniteurs s'étaient bien trouvés.*

Après dix bonnes minutes, Nath revient. Il a les joues rougies et les yeux vitreux qui ne lui ressemblent pas. Une profonde douleur s'émane de chacun de ses pores et je n'ose pas poser de question. Il se précipite vers moi pour enlacer mon corps le plus fort possible, comme si j'allais disparaître et que c'était la dernière fois qu'il me voyait. On reste de longues minutes dans cette position, pendant que mes doigts se perdent dans ses mèches blondes.

— Ne m'abandonne jamais Zahra, me souffle-t-il.

J'écarte légèrement mon corps du sien, juste assez pour pouvoir prendre son visage en coupe et faire ce que je préfère, plonger dans son regard. Ce que j'y vois ce soir me brise le cœur, la tristesse, la peine, une souffrance opaque, obscure, remplie de douleur passée et présente.

C'est à cet instant seulement, que je me rends compte à quel point il est brisé, sûrement plus que moi encore ou du moins, tout autant.

— Je te le promets Nath.

Tout est allé trop vite ce soir, sûrement à l'image de mes

craintes et de mes envies qui s'entrechoquent en permanence dans ma tête. Je m'engage dans une aventure dont je ne connais pas la fin mais je m'y sens prête car je respire.

PARTIE II

20

Comme depuis un mois maintenant, je me réveille seule dans le grand lit tandis que j'hume son odeur. À partir de notre premier rendez-vous, il ne s'est pas passé un jour sans que je ne le vois. Tout s'est fait naturellement, tellement naturellement que cela pourrait être effrayant, mais j'ai décidé de lâcher prise. Je vis au jour le jour sans me préoccuper des conséquences et tout mon entourage a l'air ravi de ce changement. Même si mon emploi au *Maria* ne me rémunère pas autant qu'avant, je ne manque de rien.

Il doit bientôt être treize heures, cependant même après avoir dormi huit heures, je sais que le service de ce soir s'annonce difficile. Je m'extirpe lentement des bras de Morphée, me demandant comment Nath fait pour suivre ce rythme : mannequin la journée, barman le soir.

Après dix bonnes minutes à fixer le plafond, je me lève enfin et comme chaque matin - ou midi selon le point de vue - des crêpes m'attendent sur le comptoir. À côté de l'assiette, un petit post-it prend place. Je pense que le moment où je lis ce petit mot est mon préféré de la journée. Aujourd'hui j'ai le droit à « *Bon courage pour ta journée, respire, tu es* *La Meilleure* ». Je souris bêtement face à ces lettres avant de prendre le papier bleu en photo et de le mettre en fond d'écran. Ce petit rituel me met du baume au cœur, rendant ma solitude matinale moins douloureuse.

Au début j'aimais bien cette routine, je me reposais enfin. Mais très vite, l'ennui m'a gagné. J'ai toujours eu l'habitude d'avoir mille choses à faire, surstimulant mon cerveau, ne lui laissant que peu de pause. Je ne sais définitivement plus passer de temps avec moi-même. Comme chaque jour, je regarde si mon père a des missions pour moi mais pour la première fois de ma vie, je n'ai rien à faire. Mon père fait le mort, je n'ai aucune nouvelle de lui depuis bientôt un mois et demi. Il sait parfaitement que je suis au courant et il préfère fuir comme à son habitude. L'ange sur mon épaule me dit que c'est pour me laisser aller à mon rythme et qu'il ne veut pas me brusquer, mais le démon qui lui fait face m'affirme qu'il n'en a juste rien à faire de moi. De nouveau j'oscille entre les deux mais pour l'instant l'ange l'emporte, je ne suis pas encore prête à le détester, j'ai encore besoin d'un peu de temps.

Ce matin, les pensées font trop de bruit. Je ne supporte pas le silence si bruyant de ma solitude malgré la musique qui pulse dans les enceintes. Il y a des jours comme ça, où avoir une vie de rêve ne suffit pas à annihiler mon cerveau. La première fois, Nath m'a retrouvée en larmes, à moitié en train de suffoquer, recroquevillée dans un coin du salon. Je me rappelle de son visage tordu par l'inquiétude, impuissant. Je ne le laissais pas me toucher, même lorsqu'il a tenté de me porter pour m'emmener sur le canapé. Il a appelé Astrid en panique, qui lui a expliqué que j'avais sûrement des flashbacks. Je ne les entendais que de loin. Ce n'était qu'un brouhaha incompréhensible, que ma meilleure amie m'a raconté en détail à ma demande.

Quelques semaines plus tôt, point de vue d'Astrid.

Je quitte à peine la fac lorsque je reçois un appel de Nathanaël, chose qui n'est jamais arrivée. Zahra a fini par nous présenter en bonne et due forme il y a quelques jours mais malgré notre bonne entente, nous ne sommes pas proches. Intriguée, je décroche,

— Allô ?

— Astrid, me répond une voix paniquée à l'autre bout du fil.

Je comprends très vite que quelque chose ne va pas.

— Nathanaël, qu'est-ce qu'il se passe ?

Je parais calme et posée malgré l'inquiétude qui pointe le bout de son nez. Mon ton de psy, comme dirait Z, me permet de masquer mes émotions à la perfection.

— C'est Zahra, je suis rentré pour me changer avant d'aller au *Maria* et je l'ai retrouvée en larmes.

Merde. Je le laisse continuer sans le couper.

— Elle est recroquevillée dans un coin du salon, elle ne me laisse pas l'approcher, je n'ai même pas l'impression qu'elle m'entende !

Sa voix est tordue par l'angoisse qui fait écho à la mienne mais que je dois étouffer. Mon cerveau tourne à plein régime pendant que j'essaie de rationaliser la situation. S'il entend que je suis tout aussi inquiète, je ne vais faire qu'empirer la situation. Il faut que je trouve une solution et vite.

— Nathanaël. Est ce que vous avez une musique à vous deux ? Une musique qui lui rappelle de bon moment, un bon souvenir.

— Euh oui.

— Tu vas la mettre mais pas trop fort. Ensuite tu vas t'asseoir à côté d'elle pour qu'elle ressente ta présence même inconsciemment, mais surtout n'essaie pas de la toucher. Par contre, tu peux lui parler, calmement, seulement une fois que tu seras capable d'avoir un ton posé. Elle n'a pas besoin que quelqu'un panique avec elle. Rassure là, dis lui que tu es là. J'arrive, je suis là au plus vite.

Pourquoi refuse-t-elle de voir un psychologue ? Son état m'inquiète de plus en plus. Même si Nath a l'air d'être une bonne personne qui se préoccupe sincèrement d'elle et que je lui ai moi même dit de foncer, je persiste à croire que débuter une relation après de telles révélations est une très mauvaise idée. Elle essaie de faire comme si de rien n'était et d'oublier, je me demande même si elle n'est pas dans le déni.

En tout cas, elle ne laisse pas le temps à son cerveau de traiter les informations pour en guérir. Au fond cela ne m'étonne pas, elle a toujours fait ça. Évidemment ça la rattrape et plus elle ignorera le problème, plus ça reviendra plus fort. Pas besoin de suivre des cours de psychologie pour savoir ça. Je cogite tout le chemin et lorsque je suis enfin face à la porte, je n'ai absolument aucun plan d'action.

Zahra a toujours fait des crises en tout genre. Des crises d'angoisse, des flashbacks, des crises de larmes. Depuis qu'on se connaît, elle en a toujours fait. Pour autant, avec les années, elle finit par s'endormir juste après et ne se souvient presque plus de rien le lendemain. Plus d'une décennie est passée, mais je n'ai toujours pas trouvé de solution miracle à part les quelques techniques d'ancrage que j'ai en ma connaissance et du soutien moral après coup.

Je trouve la porte d'entrée déverrouillée et la pousse immédiatement. Je tombe sur Zahra et le son de ses sanglots qu'elle tente désespérément d'étouffer me provoque un affreux frisson. Le beau blond est assis à côté d'elle, silencieux. Lorsqu'il m'aperçoit, il se lève subitement. Malgré mes talons, il me dépasse d'une bonne dizaine de centimètres.

— Je n'ai pas réussi à lui parler, me dit-il la voix mal assurée.

Je remarque très vite sa difficulté à respirer et les tremblements de son corps. Lui aussi fait une crise d'angoisse. Je hoche la tête avant de m'accroupir à côté de ma meilleure amie. Je gèrerai l'amoureux transi de peur plus tard. Une crise à la fois. Nath reste en retrait derrière moi. Cela me stresse et m'empêche de dire ce que je souhaite sans craindre de trahir Zahra, qui ne lui a toujours pas raconté son passé. De plus, le voir dans un état pareil ne fera qu'accentuer son angoisse lorsqu'elle reviendra sur terre.

— Bon Apollon, vas te doucher, lire un livre ou ce qui te chante, mais change-toi les idées. Je m'occupe d'elle, fais-moi confiance, je lui somme d'un ton que j'espère bienveillant.

Il hoche la tête mal assuré, mais s'exécute, nous laissant enfin seule, comprenant qu'il empire la situation malgré lui. Je retire mes chaussures, m'assoie à côté d'elle, m'adosse au mur et ramène mes jambes près de ma poitrine, comme à chaque fois. La seule différence de nos positions est sa tête rentrée dans ses genoux contrairement à la mienne qui regarde le plafond, me permettant ainsi de prendre de longues inspirations pour maîtriser mes émotions. Je commence un monologue, racontant des anecdotes en tout genre. Je lui parle de tout et de rien d'une voix détachée comme si tout était normal.

Au bout d'une quinzaine de minutes, sa respiration se

régule, ses sanglots se calment et ses tremblements cessent presque entièrement. Je ne m'arrête pas de parler, tandis qu'une mélodie tourne en boucle dans l'appartement. Sa tête se redresse et j'y découvre un visage baigné de larmes qui me fend immédiatement le cœur. Un coup vif, net, précis et profond, une entaille qui laissera une cicatrice. Elle finit par se reposer contre moi et s'endormir d'épuisement après l'épreuve que son corps vient d'endurer dûe à son esprit torturé. J'attends encore un moment, bercée par sa respiration profonde et régulière. Elle a l'air si apaisée à cet instant. J'attrappe finalement mon téléphone pour envoyer un message à Nath, lui permettant de revenir. Trois secondes plus tard, il est là, n'osant pas approcher celle qui l'inquiète autant.

— Elle s'est endormie, tu peux venir, je lui affirme d'un ton sûrement trop froid.

Il s'approche et à ma demande, il finit par la porter avant de la déposer dans ce que je suppose être leur chambre. Il revient un instant plus tard,

— C'était quoi ça ?

Il a l'air toujours aussi inquiet et je réprimande intérieurement ma meilleure amie de laisser quelqu'un qui tient tant à elle dans le flou.

— Elle a eu des flashbacks. Elle t'expliquera sûrement à quoi c'est dû, laisse lui juste le temps. Si jamais ça se reproduit, n'hésite pas à m'appeler. Mais je ne fais rien de magique, rien que tu ne puisses faire.

Il passe une main sur son visage,

— Je vois bien qu'elle va mal, depuis le début je le sais. J'aimerais seulement qu'elle m'explique sauf qu'elle ne le fait pas parce qu'elle est persuadée que je vais partir.

— Nathanaël, laisse-lui du temps, vous ne vous

connaissez pas depuis longtemps.

— Je me sens impuissant. Je ne sais pas comment l'aider.

Moi aussi Nath, moi aussi.

— Sois là pour elle, soutient la, aime la et surtout, ne l'abandonne pas.

Il hoche la tête pendant que je remets mes talons, mais je vois bien que mes mots ne suffiront jamais à calmer son inquiétude.

— Je vais vous laisser. Pas besoin d'en reparler avec elle si elle ne fait pas d'elle même, laisse la aller à son rythme.

De nouveau il acquiesce avant de me demander légèrement gêné,

— Tu veux un verre d'eau ou quelque chose avant de repartir ? Je peux te commander un taxi si tu veux ?

— Non merci prince charmant, ça ira.

Il me raccompagne tout de même à la porte, qu'il ouvre d'une main dont il essaie de cacher les tremblements. Malheureusement pour lui je ne peux pas m'en occuper. Je ne veux pas m'immiscer de trop dans leur relation. Je me contente de lui dire une dernière choses avant de partir,

— Zahra t'aime vraiment beaucoup Nathanaël, fais-toi confiance et fais lui confiance, tout ira bien pour vous.

Pourtant ces mots me laissent un goût amer en bouche.

Retour au présent, point de vue de Zahra.

Le lendemain, je me rappelais vaguement de la veille et c'est moi qui suis venue en discuter avec Nath, non sans avoir remercié et m'être excusée auprès d'Astrid qui m'a assurée que ce n'était rien. On a convenu que les jours comme ceux-là, où les pensées font trop de bruit, je ne devais pas rester seule.

Évidemment ma meilleure amie trouve que je fuis le problème et me demande d'envisager sérieusement de commencer une thérapie. Je lui dis que j'y réfléchirai mais ma décision est déjà prise.

Comme je m'y attendais, ma solution fonctionne à peu près, je n'ai pas refais d'aussi grosse crise. J'arrive à m'isoler dès que l'angoisse me submerge de trop, trouvant une excuse, que ce soit face à ma famille ou Nath. Personne n'est dupe, cependant ils comprennent le message subliminal. *Je ne veux pas en parler.* Nath n'a pas posé plus de questions même si je vois bien que cela lui brûle les lèvres. J'apprécie qu'il me laisse prendre mon temps. J'étais étonnée qu'il ne me vire pas de chez lui et mette un terme à notre relation après cet épisode mais ça n'a rien changé. Je me demande chaque jour pourquoi il décide de supporter une fille aussi compliquée que moi, je gâche toujours tout à cause de mes états d'âme.

Après avoir envoyé un message à Astrid et Nyx pour savoir si on peut se voir avant mon service, je me prépare, prête à sortir. Je dois m'aérer l'esprit. Finalement aucune de mes deux seules amies n'est disponible aujourd'hui. Je songe à rejoindre mes sœurs mais les deux sont en cours. C'est ainsi que je me retrouve en pleine séance photo. Je suis déjà venue mais cela m'intimide toujours autant. Nath passe la plupart de ses fin de matinée et début d'après-midi dans l'agence de mannequin que son père a créée.

Il m'assure que tout son argent et sa réussite sont dûs à ses parents mais je vois bien que malgré tout il ne se repose pas sur ses lauriers. Il gère plusieurs entreprises, il investit, et s'occupe de grandes équipes. J'admire sa motivation et sa détermination.

Aujourd'hui, il supervise une séance d'une modèle que je reconnais immédiatement. Un frisson agréable me parcourt lorsque la lumière des flashs m'aveugle. Je ne sais pas où donner de la tête alors que l'envie de reprendre la photographie est puissante et me désoriente. Finalement, c'est grâce à sa voix imposante que je le retrouve. Il semble énervé vu le ton qu'il emploie. Je pose ma main sur son épaule pour le prévenir que je suis arrivée mais je sursaute lorsqu'il se retourne subitement pour repousser ma main d'un geste sec et puissant en me faisant chanceler légèrement par la surprise. Ce qui me marque le plus à cet instant ce sont ses yeux, une colère sourde s'agite au milieu de ses iris. Lorsqu'il se rend compte qu'il ne s'agit que de moi, son regard s'adoucit. J'y retrouve alors cette tristesse habituelle qui ne l'a pas quittée depuis ce fameux appel sur le bateau.

21

Je l'observe quelques secondes, hébétée, mais il reprend comme si de rien n'était.

— Zahra ! Tu es enfin arrivée, comment ça va ? dit-il d'un ton trop enjoué.

Je ne réponds pas, encore perturbée par son changement d'émotion.

— Zahra ? insiste-t-il à nouveau.

— Euh oui, pardon, ça va et toi ?

— Je vais bien merci.

Pourtant ses yeux légèrement rougis le contredisent. *Nathanaël, tu as pleuré*. Je ne relève pas, me forçant à étouffer mon inquiétude et ma curiosité. Il passe sa main dans le creux de mes reins d'un geste possessif. Bien que nous ne soyons pas officiellement ensemble, il m'a demandé si cela ne me dérangeait pas d'être présentée comme sa copine au travail.

《 Certains hommes sont des requins, s'ils savent que tu es avec le patron, personne n'osera te regarder. Cela me dérangerait de virer des personnes compétentes parce qu'ils ont osé poser un peu trop longtemps les yeux sur toi 》, m'avait-il dit.

Il avait peur de m'effrayer en me demandant cela, mais ça a été tout le contraire. Mon égo le remercie toujours.

— Tu prends ton service au *Maria* ce soir ? me demande-t-il entre deux ordres donnés à ses employés

— Bien vu Sherlock.

— Tu es *La Meilleure*, me souffle-t-il avant de déposer ses lèvres sur ma joue rougie.

— Je sais, je sais, je réponds du même ton, ignorant les fourmillements qui parcourent mon corps à son contact.

— Je suis un peu occupé mais fais comme chez toi. Au besoin, tu peux aller dans mon bureau, comme d'habitude.

Je lui rends son baiser et le laisse travailler. J'erre entre les différentes personnes qui s'activent autour de moi, n'ayant pas envie d'aller m'enfermer dans son bureau. Mes pensées reviendraient à coup sûr.

J'apprécie l'agitation perpétuelle qui m'entoure. Les paroles, les conversations et les cris étouffent les voix dans ma tête. Je suis captivée par une modèle qui pose, entourée de spot lumineux et d'un photographe légèrement autoritaire. Je me rends bien compte que la photographie me manque. Même si mon entreprise était renommée, elle n'était pas mondialement connue comme celle des Slezak. Je me sens comme une enfant dans un parc d'attraction, des étoiles plein les yeux. Tout est plus grand, plus cher, plus joli, plus bruyant. Je suis perdue dans mes pensée quand une femme aux cheveux roses vient m'interrompre.

— Tu dois être Mademoiselle Fleury c'est ça ?

J'acquiesce, reconnaissant immédiatement mon interlocutrice. Je me garde de sauter de joie devant une des photographes les plus connues de notre génération.

— Enchantée, je suis Matcha, enfin c'est mon nom

d'artiste ! Monsieur Slezak m'a parlé de toi.

Je sens le rouge me monter aux joues.

— Enchantée Matcha, tu peux m'appeler Zahra.

Je ne sais absolument pas comment faire la conversation avec cette star qui n'a pas l'air de se rendre compte de sa notoriété et qui me prend au dépourvu. Pourtant ça n'a pas l'air de la déranger et elle continue de me parler avec entrain, m'emmenant dans un coin un peu plus tranquille.

— Tu sais, c'est la première fois qu'il ramène quelqu'un d'autre que Madame Slezak ici !

Mon regard devait trahir la pensée qui m'a traversé l'esprit parce qu'elle s'empresse d'ajouter qu'elle parle de Maria Slezak, sa mère. Mes muscles se détendent d'un coup me sentant idiote d'avoir douté de lui. Je laisse échapper un rire gêné.

— Madame Slezak était magnifique, je ne sais pas si tu l'as déjà vu ! Elle était modèle, ma mère était devenue sa photographe favorite et une amie.

Un éclair de tristesse - ou peut-être était-ce de la mélancolie - traverse ses iris émeraudes, mais elle se reprend très vite. Nath n'évoque jamais sa mère alors j'écoute d'une oreille attentive, captivée par les mots de la photographe.

— Quand j'ai eu l'âge de suivre les traces de ma mère, Madame Slezak m'a proposé d'être mon premier shoot ! Très vite, j'ai commencé à photographier Monsieur Slezak.

Matcha est la photographe personnelle de Nath et il n'a jamais songé à me le dire ? Pendant de longues minutes, la jeune femme me raconte des annecdotes sur Maria et sa mère, qui sont devenues très proche au fur et à mesure des années.

— Tu aimes la photo Zahra ?

— Je suis photographe aussi, je rigole.

Elle acquiesce pensive, laissant un des premiers silences de la discussion s'imposer.

— Tu es belle, tu devrais essayer d'être de l'autre côté de l'objectif ! s'exclame-t-elle.

Le rouge me monte immédiatement aux joues n'ayant pas l'habitude des compliments aussi directs.

— Je te retourne le compliment, dis-je le sourire aux lèvres, persuadée qu'il ne me quittera pas de la journée.

Notre discussion s'enchaîne sur la photographie et des modèles en tout genre alors que je prends des notes mentalement. Elle m'occupe l'esprit et sa passion se ressent tellement que je suis obligée d'oublier mes problèmes, j'adore cette fille. Je ne vois pas le temps passer et quand Nath réapparaît, il est déjà l'heure de partir. Il salue Matcha tandis que je la remercie pour cette discussion. Nous nous éclipsons rapidement car notre service commence bientôt.

— Cette fille est vraiment fabuleuse ! je m'exclame, toujours le sourire aux lèvres tandis que nous nous engouffrons dans la voiture.

Ses mains se crispent légèrement sur le volant. Je le sens batailler intérieurement entre la confidence et le silence alors je décide de l'encourager,

— Nath tu peux me parler tu sais ?

Ses yeux sont moins vitreux que tout à l'heure. Il semble être moins sur les nerfs, c'est sûrement ça qui le pousse à m'écouter.

— Je connais Matcha depuis sa naissance. C'est la fille de la meilleure amie de ma mère.

Je le laisse me parler de leurs relations, sans préciser que la tornade rose s'en est déjà occupé. Ses cheveux blonds parfaitement coiffés retombent de part et d'autre de son regard dans lequel j'ai envie de plonger.

— Bref, finalement je pense que Matcha est ma seule réelle amie. Je la considère plus comme ma petite sœur, conclut-il.

— Pourquoi elle t'appelle monsieur Slezak si vous êtes si proche ? je demande, intriguée.

Il hausse les épaule avant de répondre,

— Au travail, je suis son supérieur. Elle a toujours fait ça, tout comme sa mère le faisait avec la mienne. Ça doit faire quelques années maintenant qu'on ne s'est pas vu en dehors du travail.

C'est seulement à cet instant que je me rends compte que Nathanaël ne m'a jamais parlé de ses amis. Il ne m'avait que vaguement évoqué Matcha sans la nommer.

— Tu n'as pas d'amis ?

La phrase m'échappe et je la regrette de suite, c'était trop cru, pourtant il ne se braque pas. Il tourne sa tête vers moi, m'adressant un sourire triste.

— Zahra, quand penses-tu que j'avais le temps de me faire des amis entre le *Maria*, mes propres shootings et la direction des entreprises ?

— Tu as bien le temps pour moi, je m'exclame, étonnée de son air fataliste.

Il rigole franchement ce qui me fait rougir,

— Je n'ai pas vraiment choisi de te rencontrer. Après, je n'ai plus su me passer de toi. Tu es *La Meilleure* des addictions, j'ai été obligé de m'adapter.

— Si tu as pu t'adapter pour moi, tu aurais pu t'adapter pour te faire des amis. Pourquoi tu ne l'as pas fait ? Tu es en train de me dire que tu n'as vu personne en dehors du travail depuis des années ?

Ma question semble le faire réellement réfléchir. Je crois qu'il n'avait pas vu la situation sous cet angle-là. Après quelques minutes, il semble arriver à une conclusion.

— Peut-être que je n'en avais juste pas envie. Pour toi, j'ai eu envie de libérer de mon temps.

De nouveau, il semble réfléchir avant de reprendre.

— Toi aussi tu travaillais beaucoup. Comment as-tu fait pour te faire des amies ?

C'est à mon tour de me plonger dans mes pensées et un rire m'échappe quand je trouve la réponse.

— Je ne suis pas mieux que toi finalement.

Je le vois hausser un sourcil toujours concentré sur la route.

— Tu as pourtant beaucoup d'amies non ?

— J'ai Astrid, que je connais depuis le collège. On était dans la même classe et à cette époque, j'avais du temps à lui accorder. Puis étant donné qu'on a fini par habiter ensemble, je faisais les choses simples de mon quotidien avec elle. Ça ne me demandait pas de libérer du temps. Mais tu sais, même en habitant sous le même toit, je pouvais passer plus d'une semaine sans la voir ou répondre à ses messages.

— Laisse moi deviner. Tu rentrais tard, partais avant ou après elle, et tu étais trop occupée pour regarder ton téléphone, si ce n'est pour répondre à tes mails ?

Je confirme en lui demandant comment il me connaît si bien.

— Je faisais ça aussi. Mes amis ont fini par se lasser. Ils ont arrêté de me proposer de sortir puis de m'envoyer des messages qui restaient toujours sans réponse.

— Je t'avoue que je ne comprends pas comment Astrid ne s'est pas lassée, mais elle continue d'être là. Quand je fais la morte trop longtemps, elle vient me chercher au bureau et me fout la honte devant tout le monde parce que je ne lui réponds pas.

Je ricane en repensant à la dernière scène qu'elle a faite.

— Il y a aussi ta meilleure amie d'enfance, non ? Celle qui m'a lancé de l'eau dessus.

Je rigole franchement lorsque j'y repense

— Oui c'est ma deuxième et dernière amie. Avec Nyx on se connait depuis la crèche et on ne s'est pas lâchées. On se voit très peu et on se parle encore moins par message, mais quand on le fait, c'est comme si on s'était vu la veille.

Il acquiesce et semble de nouveau hésiter avant de répondre.

— On se ressemble beaucoup Zahra. Nyx est ma Matcha et j'ai eu mon Astrid. Mais il m'a trahi pendant notre dernière année au lycée. On était dans la même classe depuis la sixième, il a suffit d'une fille pour tout gâcher.

Ses phalanges blanchissent sous la pression qu'il exerce autour du volant. Cette trahison est encore à vif, je le sens. Alors que je m'apprête à poser plus de questions, il clôture la conversation par un« bref, c'est du passé »et augmente légèrement le son de la radio. *Ok Sherlock, le message est passé, tu ne veux pas en parler.* Il essaie de jouer l'indifférence mais je vois bien que ça lui a coûté d'en parler et que les souvenirs s'entrechoquent dans son esprit. Je suis touchée et reconnaissante qu'il se soit confié à moi. On se voit depuis seulement un mois, on a tous les deux du mal à s'ouvrir donc on en apprend tous les jours l'un sur l'autre. Pour le lui faire comprendre et lui rappeler qu'il n'est pas seul, je pose ma main sur son avant bras. Bercée par la musique, je sens ses muscles se détendre sous ma paume alors qu'il m'offre un magnifique sourire.

— Je respire.

Nous voila enfin arrivés devant le *Maria*. Il nous reste une demi-heure pour préparer l'ouverture. Comme à chaque fois, Nath me récapitule le planning pour être sûr que tout est ok.

— On fait l'ouverture à dix-sept heures tous les deux, Rayan arrive à vingt-heure heure pour nous aider pendant le rush et repars à une heure. Allan sera là à vingt-deux heures quand tu pars en pause. Tu reviens à minuit et tu fais la fermeture à trois heures avec Allan.

Globalement, nos soirs de semaines sont tous plus où moins similaires. Nos deux collègues font des services de cinq heures, Nath s'adapte selon le nombre de clients, et moi je reste de l'ouverture à la fermeture avec une pause de vingt-deux heures à minuit. Il était d'abord contre quand j'ai demandé à enchaîner deux services mais je lui ai dit qu'il me fallait minimum ça pour m'occuper l'esprit autant que dans mon ancien travail. J'ai également précisé que nos deux collègues étudiaient encore et que lui travaillait à côté, il a fini par capituler.

Quand je reviens de la réserve, j'ai délaissé mon jogging pour une robe noire en coton s'arrêtant à mi-cuisse. Elle est simple, près du corps, avec un col en V qui met ma poitrine et mes éternels colliers en valeur. Nath ne se gêne pas pour détailler de haut en bas en silence, s'attardant sur chaque détail non sans se mordre légèrement la lèvre inférieure. Mon corps s'embrase sous son regard et mes joues sont surement d'un rouge vif lorsqu'il parle enfin,

— Zahra, tu sais que tu n'es pas obligée de te changer à chaque fois. Non pas que ça me déplaise.

Il passe croise ses mains dans le bas de mon dos avant de

m'attirer à lui.

— Je sais mais je trouve que c'est plus adapté au lieu. Puis, ça me fait une excuse pour me faire belle.

— Même en jogging, tu restes la plus belle de toutes les filles qui passeront le pas de cette porte.

Je suis flattée par son compliment mais ma fierté m'empêche de le remercier.

— Tu es niais et cliché, Nathanaël.

Je le sens sourire contre ma clavicule avant qu'il me libère de son étreinte. Nous nous mettons au travail, installant les chaises que j'avais relevées sur les tables ce matin lorsque j'ai fermé.

A dix-sept heures précises, je suis derrière le comptoir tandis que Nath ouvre la porte et les baies vitrées. Ce début de printemps est doux, ce qui multiplie le nombre de clients et donc notre chiffre d'affaires. Très vite, le bar se remplit et les premières pintes sont servies. J'enchaine les cocktails sans peine, me félicitant d'avoir pris la main si rapidement et l'heure de ma pause arrive en un rien de temps.

Une grande rousse apparait et je reconnais sans peine Alina, la fiancée de Rayan. Ce dernier, déjà derrière le comptoir, vient l'enlacer après qu'elle nous ait fait la bise. Mon ventre gargouille franchement et quand Alina me propose de manger avec elle, j'accepte avec joie. Elle a l'habitude de rejoindre son fiancé, histoire de boire un verre ou deux pour prolonger le temps avec lui. J'ai profité de ces moments pour faire connaissance. Nous mangeons comme à notre habitude nos sushis préférés dans la bonne humeur.

Quand ma pause se termine, je dis au revoir à la rousse, prête à reprendre mon service. J'entends soudain des cris et je me précipite vers le comptoir. J'y trouve Nath en train d'hurler contre un homme trop éméché. Rayan essaie de calmer la situation, s'interposant entre les deux hommes. Je me dirige vers l'inconnu pour lui demander de reculer tandis que mon collègue réussit à tirer Nath dans son bureau par je ne sais quel miracle. Ce n'est que lorsque je m'approche suffisamment de l'homme que je remarque qu'il saigne au niveau de l'arcade et que son visage est rouge autour de son œil. *Faites qu'il se soit fait ça tout seul en tombant.*

— T'es sa pute c'est ça hein ? Suce le un bon coup qu'il se détende cet enculé !

Avant même que je n'ai le temps de répliquer, l'homme au crâne dégarni s'enfuit sans demander son reste. Quelques clients continuent de me fixer plusieurs secondes avant de retourner à leurs occupations, me laissant débout au milieu du bar, figée comme une idiote. Rayan réapparaît à ce moment là,

— Il s'est passé quoi ? je le questionne en cherchant toujours à comprendre la scène qui vient de se produire.

— Ce mec avait trop bu et Nath a refusé de le servir à nouveau. Ça ne lui a pas plu. Il l'a insulté de *fils de pute*. Nath a vu rouge direct, sa main est partie toute seule. Ce n'est pas la première fois qu'il se fait insulter mais habituellement, il gère toujours la situation avec calme et diplomatie. Je ne comprends pas ce qui lui est arrivé.

C'est vrai que depuis que je travaille au *Maria*, il n'y a eu aucune scène de la sorte. Les quelques personnes trop alcoolisées mises dehors ont pu parfois lâcher quelques injures et propos désobligeants, toutefois, nous savons tous que l'alcool ne rend pas tout le monde aimable. Je n'ai jamais vu Nath être violent.

— Je vais le voir. Tu peux tenir le bar avec Allan sans moi ?

— Bien sûr. Il est toujours dans son bureau.

J'y vais à la hâte, ne sachant même pas ce que je m'apprête à lui dire. Je toque trois petits coups pour prévenir de ma présence, mais un silence s'ensuit. Je réitère et au bout de la troisième fois, je me décide à actionner la poignée, inquiète. Nath est là, assis sur son bureau, regardant dans le vide et fumant d'un air nonchalant. L'odeur me prend à la gorge mais j'arrive à y faire abstraction. Il avait arrêté de fumer en ma présence lorsqu'il a su que j'avais du mal avec l'odeur.

— Nath, qu'est-ce qu'il s'est passé ?

Il m'ignore royalement, ce qui alimente mon inquiétude. Je m'approche doucement en refermant la porte derrière moi.

— Nathanaël, tu m'entends ?

Alors que je suis suffisamment proche de lui pour prendre sa main endolorie, il me repousse, me regardant enfin dans les yeux. Je n'y vois que de la colère. Je comprends très vite que quelque chose ne va pas. Mon pou s'accélère cependant je parviens à masquer mon inquiétude derrière un ton calme.

— Ok, je ne te touche pas. Je suis là pour t'aider Nath, je veux juste comprendre ce qu'il s'est passé.

— Putain Zahra arrête de me casser les couilles trois secondes et retourne bosser.

En temps normal j'aurais été blessée par son ton tranchant et ses mots blessants mais je sais pertinemment que ce n'est qu'une façon de traduire son mal-être. Ma sœur m'a habituée à la douleur qui blesse. Deux choix s'offrent à moi, soit je le laisse se calmer seul et je me préserve des mots aigres qu'il risque de me balancer au visage, soit je reste là pour lui. Le choix est vite fait et je me sens redevable de tous les sacrifices qu'il a déjà fait pour moi. Il n'est pas question de l'abandonner.

— Je ne bougerais pas. Quelque chose ne va pas. Je ne te demande pas de me faire une dissertation sur ton état mental et ce qu'il se passe actuellement dans ta tête, je veux juste être là pour toi.

Il se lève pour se diriger vers moi et naïvement je pense qu'il va me prendre dans ses bras. Il essaie d'atteindre la porte que je bloque instinctivement.

— Zahra, insiste-t-il d'une voix grave emplie d'une colère sourde.

Son regard me transperce, il n'est qu'à quelques centimètres de moi.

— Laisse-moi passer, reprend-t-il.

Une odeur me prend soudain le nez et je comprends.

— Je ne te laisserais sûrement pas sortir dans cet état-là. Je te laisse tranquille si c'est vraiment ce que tu veux mais tu ne prends pas le volant maintenant. Repose toi ici avant.

J'essaie de prendre la voix d'Astrid, calme, posée. Toutes mes angoisses sont coupées tant mon attention est concentrée sur celui qui me fait face.

— Je ne veux pas de toi ok ? T'es qu'une gosse à problème qui ne fait que chialer. Si toi, tu ne sais pas te gérer seule et que t'as besoin que je me casse le cul à te réconforter à chaque fois parce que ta mère n'en à jamais rien eu à foutre de ta gueule, ce n'est pas mon cas. Je n'ai pas besoin de ton aide et de ta pitié.

Et avant que je n'ai le temps de répliquer, ma hanche heurte le sol.

22

Surprise, il me faut quelques secondes pour accuser le choc. Cela suffit à laisser le temps nécessaire à Nath pour partir, ce qui m'inquiète d'autant plus. *Qu'est ce qu'il lui a pris ?* Avant que je n'ai le temps de sortir, la porte s'ouvre. De nouveau, ma naïveté me fait croire qu'il s'agit de lui, qu'il est venu s'excuser. Etonnamment, je me retrouve face à Rayan, inquiet. Ses grands yeux d'un noir profond s'écarquillent lorsqu'il me retrouve au sol.

Je me relève dans un silence lourd de sens, frottant ma hanche légèrement endolorie. L'inquiétude pulse dans mes veines alors que j'imagine Nath derrière le volant de sa voiture dans cet état là. J'aimerais lui courir après mais il doit être déjà loin, je sais qu'il est inutile d'essayer de le rattraper. De toute façon, je dois finir mon service et il ne veut pas me voir alors c'est mieux ainsi.

— Tout va bien ? Je l'ai vu partir à toute vitesse. Vous vous êtes engueulés ? demande finalement mon collègue.

— On peut dire ça, je souffle. Bon retournons-y, Allan ne peut pas s'occuper de tout tout seul.

Il acquiesce sans poser plus de questions et je le remercie intérieurement pour cela. Derrière le bar, je ne cesse de me rejouer la scène. *Est-il en sécurité ?* Ma hanche me fait mal, mais ce n'est rien face à mon cœur. Mes mains tremblent et je fais tomber un verre qui s'éclate au sol.

— Zahra, tout va bien ? me demande Allan.

Je laisse un blanc, ne sachant comment je vais expliquer ça.

— Tu te frottes la hanche depuis tout à l'heure, reprend-t-il insistant.

Soudain, son visage se décompose et il m'attrappe le bras.

— Bordel, vous avez couché ensemble ?

J'explose d'un rire incontrôlable face au ridicule de la situation.

— Mais non idiot ! J'ai juste perdu l'équilibre quand j'ai voulu retenir Nath pour qu'il ne parte pas énervé.

Ce n'est pas entièrement vrai, mais pas entièrement faux non plus. Mon collègue hoche la tête.

— Je ne l'ai jamais vu aussi en colère de toute ma vie, affirme-t-il. Prends une pause si tu veux. Rayan s'occupe du service et moi, je reste derrière le bar.

J'accepte sans joie, consciente que je commence à perdre le contrôle. Devant le *Maria*, je regrette le vent d'hiver. Quelques tâches viennent foncer le gris du trottoir et les clients qui profitaient de la terrasse vont s'abriter. J'inspire de grandes goulées d'air, parvenant à me calmer. Je retourne rapidement à mon poste, faisant enfin ce que je sais faire de mieux, m'activer le plus possible jusqu'à oublier de réfléchir.

Le temps s'écoule à une vitesse folle et quand j'entre enfin dans un taxi, tout remonte. Je suis en colère, blessée et inquiète.

Ce cocktail d'émotions me tord le ventre et j'hésite à demander au chauffeur de me ramener chez moi pour une fois. Cependant rien ne sert de fuir, j'ai besoin d'avoir une conversation sérieuse avec Nath, je veux aussi savoir s'il est rentré.

Pendant que la voiture roule en silence et que l'odeur du cuir des sièges m'emplit, je rejoue sans cesse la discussion que je vais avoir avec lui. Devant sa porte, je sors le double des clés qu'il m'a donné mais j'hésite à entrer. L'image de sa voiture s'encastrant dans un mur me pousse à ouvrir la porte à la volée. Je me précipite dans sa chambre ou je le trouve endormi comme un bébé, emmitouflé dans les couvertures.

L'inquiétude évanouie, la colère prend immédiatement le dessus. Je vais pour claquer la porte mais je me ravise car il est évident que si il se réveille, je ne serais pas en état d'avoir une conversation sensée avec lui. Je retourne dans le salon, réfléchissant à mille à l'heure. Sur le comptoir, je trouve un paquet de post-it, ceux avec lesquels je me réveille chaque matin. Cette fois-ci, c'est à mon tour de lui en laisser un. Sur un papier rose fluo j'inscris,《 Soit là à 15h 》. Il n'est pas question que je mette un réveil pour l'intercepter avant son départ, j'ai besoin de sommeil. Je décide enfin d'aller me coucher dans la chambre d'ami, incapable de dormir avec lui ce soir.

Lorsque je me réveille, une odeur de crêpe m'enveloppe. Je suis d'abord désorientée de me réveiller dans cette chambre mais les évènements de la veille me reviennent en tête. Je m'attendais à peiner à trouver le sommeil mais je me suis endormie sans difficultés et sans interruption. Tant mieux, il va me falloir de l'énergie. Après quelques minutes que je passe à émerger, je m'assois enfin sur le bord du lit. J'inspire longuement et prends mon courage à deux mains avant de le rejoindre. Il est avachi sur le canapé, les jambes croisées sur la table de basse, l'ordinateur sur ses cuisses, avec ce même air concentré qu'il arbore lorsqu'il réfléchit.

— Tu es là, j'affirme d'une voix blanche.

Il relève la tête de son écran pour planter ses yeux bleus dans les miens. Il est vêtu d'un simple jogging et d'un t-shirt blanc ce qui m'indique qu'il ne compte pas aller travailler aujourd'hui.

— Comme tu me l'as demandé, répond-il d'une voix posée comme s'il ne s'était rien passé. Il dépose son ordinateur à côté de lui et ramène ses jambes au sol, me prouvant qu'il a conscience que quelque chose ne va pas.

— Je n'étais pas sûre qu'un post-it suffise.

— Ce n'est pas le post-it qui m'a convaincu, même s'il aurait sûrement suffi. Tu n'as pas dormi avec moi au cas où tu l'aurais oublié.

Son ton n'est pas froid ou accusateur comme je me l'étais imaginé. Je m'attendais à une histoire d'amour clichée qui tourne mal, le beau garçon qui finit par insulter la fille qui le lui reproche le lendemain. Je suis déstabilisée face à son attitude, pourtant, la colère ne me quitte pas. Je traverse la pièce sans lui adresser un regard pour me diriger vers le balcon.

— Tu ne vas pas me parler ? me demande-t-il, intrigué.

— Je viens de me réveiller Nathanaël, laisse-moi tranquille cinq minutes.

Il obtempère en silence, retournant à son écran alors que je m'assois dans un des fauteuils d'osier. Le mois de mars est bien entamé mais le froid mord mes jambes nues, m'obligeant à me réfugier sous le plaid.

J'avais prévu tout ce qui allait se passer. Nath m'aurait insultée, j'aurais pleuré de peine et de rage en réalisant qu'il était horrible, puis j'aurais retrouvé ma vie. J'aurais eu du mal à retrouver du travail mais j'y serais parvenue. Rien ne se passe comme prévu, comment est-on censé se comporter dans ces moments là ? Je me rends vite à l'évidence, il faut que je parle avec lui.

Je traverse de nouveau la pièce en l'ignorant. Je récupère des vêtements amples avant de me diriger vers la salle de bain. Je ne peux pas avoir cette conversation si je ne suis pas parfaitement éveillée. Mon visage se décompose lorsque je retire mon short de pyjama. Ma hanche est bleutée, me ramenant immédiatement des années en arrière. L'air devient soudain si épais que j'ai l'impression de me noyer. Les larmes coulent à une vitesse folle, floutant ma vue. Avec le peu de conscience qu'il me reste, je parviens à me glisser sous la douche et j'actionne l'eau froide. Je sursaute quand un frisson glacé me parcourt le corps et que je parviens enfin à respirer. Ce n'est pas le moment de m'effondrer et mon cerveau semble le comprendre. Ma peine se transforme en une haine douloureuse. Ce n'est plus les larmes mais la colère qui m'aveugle lorsque je sors de la cabine. Je ne prends même pas le temps de sécher mes cheveux et je le rejoins dans le salon.

— Nathanaël tu as bu hier. Tu étais ivre, j'affirme essayant de contrôler ma haine. Toi qui n'a pas bu une seule goutte d'alcool depuis que l'on se connaît, toi qui m'as assuré ne pas consommer, tu étais ivre. Explique-moi.

Ses yeux fuient les miens, la honte émane de tout son corps. J'ai envie de le prendre dans mes bras, de lui dire que ça peut arriver à tout le monde de craquer. Je sais que cela serait une erreur, j'ai entendu trop d'histoires où la femme laisse tout passer et finit par mourir sous les coups. Je ne serais pas l'une d'entre elles, je ne vais pas me comporter comme si c'était normal.

— Parle-moi, explique moi ce qu'il s'est passé. Je ne te laisserai pas fuir plus longtemps. Soit tu es honnête avec moi, soit j'arrête tout.

Cela finit à le convaincre parce qu'il tousse pour s'éclaircir la gorge avant de commencer,

— Oui, j'ai bu alors que je ne bois jamais d'habitude.

Il marque une pause, hésitant, mais finit par avouer qu'il n'a aucun souvenir d'hier soir. *Il était saoul à ce point ?*

— Qu'est-ce qui t'as poussé à bafouer tes principes de la sorte ? je demande en croisant les bras alors qu'il se lève pour aller chercher de l'eau.

— S'il te plaît, raconte-moi ce que j'ai fait pour te mettre en colère à ce point. Je t'expliquerais tout ce que tu veux savoir, me répond-t-il sérieusement.

Il n'est pas vraiment en position d'exiger quoi que ce soit et il le sait. Il suffirait que je refuse et j'aurais des réponses immédiatement, pourtant j'estime qu'il doit savoir.

— Tu as dû consommer lorsque j'étais en pause parce que je ne t'ai pas vu boire. Quand je suis revenue, tu étais déjà complètement ivre en train d'hurler sur un homme. Rayan m'a expliqué qu'il avait insulté ta mère quand tu as refusé de lui servir à boire vu son état. Il n'a même pas eu le temps d'intervenir que tu avais déjà éclaté ton poing contre son arcade, d'où l'état de ta main.

Je marque une pause. Il pense sûrement que j'ai fini alors que je cherche juste comment lui expliquer la suite. Je suis toujours debout mais j'hésite à m'asseoir tant je crains que mes jambes ne me lâchent. Mais la colère est bien plus présente que l'angoisse et être debout me permet d'avoir plus de prestance.

Alors qu'il s'apprête à reprendre, je le coupe, me mettant face à lui.

— Ce n'est pas fini Nathanaël. Tu es allé t'enfermer dans ton bureau quand on vous a séparé. Je t'ai vite rejoint après le départ de cet homme, mais je n'ai pas tout de suite compris ton état. Quand j'ai voulu te parler, tu m'as dit des choses plus horribles les unes que les autres pour me repousser. J'avais remis ça sur ton mal être mais quand tu t'es approché j'ai compris que l'odeur d'alcool qui émanait de toi n'était pas uniquement liée à notre travail. Tu as voulu prendre ta voiture et il était hors de question que je te laisse conduire dans cet état de colère et d'ivresse.

Je vois son visage se décomposer alors que la colère monte en moi et que je hausse le ton.

— J'ai voulu bloquer la porte mais tu m'as poussée et j'ai perdu l'équilibre. J'ai totalement conscience que dans ton état, tu voulais juste me décaler, mais tu m'as poussé parce que tu n'as pas contrôlé ta force et je suis tombée.

En disant ça je me suis rapprochée de lui et je le fixe droit dans ses yeux fuyants. J'ai conscience de la froideur de mon ton et de ma voix qui résonnent dans l'appartement. Je n'ai pas besoin de crier pour que tout mon être exprime ce que je ressens. J'attrape sa mâchoire d'un geste sec qui le surprend,

— Arrête de fuir bordel, regarde moi. Tu m'as poussée et je suis tombée, je répète pour enfoncer le couteau dans la plaie. Que j'ai perdu l'équilibre ou que tu n'étais pas en état de contrôler ta force n'est pas une excuse. Que tu n'aies pas fait exprès ne l'est pas non plus. Alors tu vas assumer ton acte et me regarder dans les yeux quand je te dis ce que tu as toi-même fait. Que tu aies dis des trucs horribles ça je peux le supporter, mon coeur est assez accroché pour tes états d'âme. Nous avons tous les deux nos failles et je suis consciente que la douleur est le pire des venins mais il n'est pas question que j'ai des bleus par ta faute. Suis-je claire ?

Je relâche enfin ma prise et m'écarte de lui de quelques pas non sans arrêter de parler.

— Alors maintenant, tu vas m'expliquer ce qui t'a poussé à agir comme un petit con et ce qui justifierait le bleu sur ma hanche.

Il s'approche de moi lentement et je le vois hésiter à me prendre par le poignet.

— Je n'ai pas peur de toi Nathanaël, tu peux t'approcher. Par contre, interdiction de me toucher tant que tu ne t'es pas expliqué.

Il hoche la tête et me contourne pour s'asseoir sur le canapé laissant un mètre de distance entre lui et moi.

— Tout d'abord, je tiens à m'excuser mais je reviendrais sur ça juste après t'avoir expliqué, si tu es d'accord.

Je hoche la tête. Il poursuit.

— J'ai bu et comme on peut le constater je n'ai pas l'alcool dansant ou amoureux comme toi. C'est pour ça que je ne bois jamais. J'étais toujours en train de me battre pendant les soirées au lycée. L'alcool me met en colère et quand j'ai commencé à travailler j'ai vite compris que je devais arrêter. Hier soir, j'ai craqué.

Malgré mon empathie et la peine que je ressens dans sa voix, je ne décolère pas.

— Ça Nathanaël je le sais déjà, tu ne m'apprends rien. Explique-moi pourquoi tu as craqué.

Je le vois se mordre la lèvre, mais ce n'est pas pour jouer avec mes envies. Cette fois, c'est bien sa nervosité qui transparaît. J'ai envie de passer mon pouce dessus pour qu'il arrête, lui dire qu'il peut aller à son rythme, que je ne l'abandonne pas car je lui ai promis de rester. Je sais que ce qu'il a fait n'était pas voulu, si je le pousse à parler ce n'est pas parce que je veux une justification. Je ne veux pas qu'il garde ça pour lui et qu'il implose comme moi. Mais je dois être claire, laisser mes sentiments de côté. J'enfonce mes ongles dans mes cuisses dénudées pour m'empêcher de me rapprocher de lui et garde un regard froid.

— Tu te rappelles de cet appel sur la péniche ?

Enfin, je vais savoir ce que contenait cet appel. Ce qui cause la tristesse qui tangue dans ses yeux et son acharnement redoublé au travail.

— C'était un appel de la secrétaire de mon père. Il est décédé.

Sa voix reste neutre tandis que mes barrières se brisent et qu'un « oh » m'échappe.

— Je sais que tu te poses la question donc je vais te répondre parce que tu n'oseras pas la poser. C'est un arrêt cardiaque venu de nulle part. Il m'a tout légué, ses entreprises, ses économies, ses gros contrats...d'où le fait que je passe beaucoup plus de temps au travail qu'avant.

Il marque une pause mais reprend face à mon silence

— Je ne voulais pas te le dire parce que tu as déjà tes problèmes, je ne voulais pas t'imposer les miens. Je sais que tu aurais mis les tiens de côté, que tu te serais mise à justifier mes absences et à tout laisser passer.

Comment fait-il pour si bien me connaître en si peu de temps ?

— Tu as le droit de m'en vouloir de ne pas être là à ton réveil, car tu mérites que je sois présent. Tu as le droit de m'en vouloir d'avoir bu, alors que je t'avais assuré que je ne le faisais pas. Et tu dois m'en vouloir de t'avoir blessée et de t'avoir dit toutes ces choses.

Je prends enfin la parole.

— Je suis sincèrement désolée pour la mort de ton père Nath, tu aurais pu m'en parler je t'assure. Je ne t'en veux pas pour tes absences, parce que je fonctionne comme toi. Par contre, tu ne viens pas me reprocher de trop travailler, c'est du donnant-donnant. Je remarque bien que tu fais de ton mieux et je ne t'en veux pas d'avoir bu parce que comme tu le sais lorsque j'ai appris…

Je marque une pause à mon tour, me rendant compte que j'allais lui dire ce que contenait mon journal, pourtant les mots restent coincés dans ma gorge. Je ne veux pas qu'il l'apprenne comme ça et encore moins maintenant.

— La dernière fois que j'ai appris une mauvaise nouvelle, j'ai bu moi aussi. Je serais mal placée pour te le reprocher. Par contre, je t'en veux de m'avoir poussée et ça n'a pas intérêt à se reproduire.

— Je suis désolé Zahra, même si je sais que mes excuses ne changeront rien. Ça n'arrivera plus.

Il me noie alors d'excuse et je finis par le couper,

— Nath, ça va, ne t'en fais pas j'ai compris. Ton père ne décèdera pas tous les jours, je me doute que cela ne se reproduira plus.

Mes mots sont crus mais je me perds dans mes propres émotions.

— Je veux juste t'assurer que la mort de mon père ne justifie pas mon geste, parce que ce n'est pas le cas. Je n'aurais jamais dû faire ça, peu importe mon état physique ou mental. Tu essayais juste de m'empêcher de me mettre en danger et pour ça merci.

Il marque une pause pour planter son regard dans le mien.

— Je vais arrêter de boire, mais si jamais ça arrive, s'il te plait, ne m'approche pas. Je perds pied, je me noie dans ma colère et je ne supporterais pas l'idée de te faire du mal à nouveau.

Je hoche la tête. La colère est redescendue et comme à chaque fois, elle laisse place à une profonde tristesse.

— Tu aurais dû me le dire pour ton père. Je suis vraiment désolée que tu n'aies pas pu m'en parler. Tu peux compter sur moi. Je suis assez forte pour nous.

— Je n'étais pas proche de lui. Je suis triste parce que l'idée de ne plus avoir aucun parent me peine. Mais ce qui m'a fait craquer, c'est la pression de tout le travail qu'il m'a légué. Je sais que tu es assez forte, je ne voulais pas que tu te sentes obligée de te confier à ton tour en apprenant son décès. Ce n'est pas si important que ça en a l'air, le jour où tu me parleras de ce qui a causé notre rencontre, je veux que ça soit parce que tu en as envie, parce que tu me fais confiance. Pas parce que tu te sens redevable.

— D'accord, je souffle alors que j'essaie de contrôler mes émotions.

Je ramène mes genoux contre ma poitrine tandis que mes pensées forment une bulle autour de moi. De la musique se met à résonner en fond et je m'autorise enfin à pleurer, le visage à l'abri des regards. Je laisse tomber mes barrières, j'accepte ma douleur telle qu'elle est. Je pleure mon bleu à la hanche, je pleure les bleus de mon âme, je pleure les bleus de la petite fille que j'étais, je pleure le bleu de ses yeux.

J'entends le bruit d'un verre se poser sur la table basse avant de sentir le canapé s'affaisser à côté de moi.

— Je peux ? me murmure-t-il à voix basse.

Je hoche la tête entre mes genoux et des bras forts m'entourent comme pour me protéger de la cruauté du monde. Il m'attire contre lui et je me retrouve couchée, la tête contre son torse, parce qu'il sait que je n'aime pas quand il me voit pleurer. Il joue longtemps avec mes cheveux avant de m'affirmer d'une voix calme.

— Tout va bien se passer *La Meilleure*, tout ira bien.

J'étouffe un petit rire,

— Tu ne vas jamais me lâcher avec ce surnom, je me trompe ?

— Non jamais.

— Pourquoi, je demande curieuse.

— Parce que c'est à ce moment-là que je suis tombé amoureux de toi Zahra.

Je me fige, le cœur sans dessus dessous. J'ai envie de pleurer de joie, de rire aux éclats, de sauter au plafond, mais je suis trop épuisée pour ça. Depuis que je suis réveillée, je suis passée par toutes les émotions et je n'ai plus d'énergie. Je me contente d'écouter son cœur battre contre mon oreille et de sentir sa respiration régulière. Alors que je suis sur le point de m'endormir, je m'entends murmurer.

— J'aimerais beaucoup sortir avec toi.

23

Mes paupières papillonnent et je me réveille pour la deuxième fois de la journée. Cette fois-là, je ne suis pas seule. Nath n'a pas bougé, me caressant toujours les cheveux. Je décide de feindre le sommeil quelques minutes, profitant de cet instant de calme après la tempête.

— Les crêpes sont froides, m'annonce-t-il ayant compris que j'étais réveillée.

Oh oui, les crêpes, je les avais complètement oubliées. Pourtant je ne bouge pas et me rejoue notre conversation. Je me demande si je devrais partir ou bien si je n'y suis pas allée un peu fort. Mon ventre interrompt mes pensées tiraillées et je décide de faire comme je l'ai toujours fait dans cette relation, me laisser porter et lâcher prise.

— J'ai dormi combien de temps ? je demande la voix légèrement enrouée par le sommeil.

— Il est dix sept heures, tu as dormi deux heures, rigole-t-il.

Je me redresse frottant mon visage encore ensommeillé.

— Mince je pensais avoir dormi quinze minutes, trente

maximum.

— Non, mais ce n'est pas plus mal tu avais besoin de repos.

De nouveau, ma faim se fait entendre.

— Tu as aussi besoin de manger visiblement, dit-il tout en se levant pour réchauffer une crêpe.

— Bien vu Sherlock, mais laisse moi la place derrière les fourneaux pour une fois, il suffit de réchauffer.

J'ai besoin de bouger et je suis contente qu'il accepte. Je manque presque de faire cramer la première crêpe, ce qui nous fait bien rire. Pour la deuxième, Nath se glisse derrière moi pour m'aider. Nous dévorons nos crêpes dans un silence apaisant. Aucun de nous ne veut parler et cela ne me dérange pas, nous profitons juste du moment. Alors que nous avons fini de débarrasser, mon portable sonne. Je m'empresse de répondre quand je vois le nom de ma grand-mère s'afficher.

— Allô ? je décroche en sortant sur le balcon.

— Zahra *Iley tahzist*[16]. Comment tu te sens ?

— Je vais bien, juste un peu fatiguée et toi ?

Je ne suis pas étonnée de son appel. Après la découverte de la lettre de Leyla, ma grand-mère s'est remise à m'appeler une fois par semaine. C'est moins récurrent qu'avant. Je suppose qu'elle veut me laisser une certaine distance le temps que je vienne de moi même. J'ai encore du mal à étouffer mon sentiment de trahison qui m'emplit depuis cette fameuse soirée.

— Tu viens manger à la maison ce week-end ?

J'acquiesce mais cet appel est étrange, tout comme sa voix.

— *Djida* qu'est ce qu'il se passe ?

---

[16] Ma fille chérie en kabyle.

Un ange passe.

— Plus de mensonges on a dit.

Ma voix claque dans le vent. J'ai encore besoin de temps pour ne plus lui en vouloir. Même si je fais de mon mieux, une part d'aigreur résiste à ma bonne volonté. Je l'entends soupirer dans le combiné avant de reprendre,

— Cela concerne ta mère, enfin Leyla. Je ne suis pas certaine que tu aies envie de savoir.

Je ne suis pas certaine non plus mais la curiosité est définitivement mon vilain défaut alors je l'encourage à m'en dire plus.

— Leyla est atteinte d'un cancer. Elle le sait depuis longtemps mais il a violemment gagné du terrain et elle est maintenant hospitalisée.

Je n'ai pas le temps d'assimiler l'information que mes lèvres devancent mes pensées,

— Elle va mourir ?

J'entends un sanglot s'échapper de la gorge de ma grand-mère et mon sang se glace.

— Elle a décidé d'arrêter les chimios, souffle-t-elle d'une voix emplie de tremblements.

Elle, que je n'ai jamais vu pleurer, s'effondre. Je pense que c'est ce qui me choque en premier, ce qui rend tout ça réel. À cet instant, je me rends compte qu'il s'agit de la fille de ma grand-mère, une des personnes les plus importantes pour celle qui m'a élevée. Je reste le souffle coupé, tandis qu'une larme solitaire roule sur ma joue. Le froid qui s'émane du béton transperçant mes chaussettes ne suffit pas à me calmer.

— Pourquoi tu ne m'as pas dit qu'elle avait un cancer plus tôt *Djida* ? J'aurais pu t'épauler dans cette épreuve, je demande d'une voix posée qui se veut réconfortante.

— Je n'en savais rien ma fille, je n'en savais rien. J'ai reçu la lettre où elle me l'annonce il y a trois jours. Elle m'a donné l'adresse de l'hôpital pour qu'on continue d'échanger mais elle m'a fait promettre de ne pas venir la voir. Elle ne veut pas que je la vois dans cet état. Elle ne veut pas que ça soit la dernière image que j'ai d'elle après toutes ces années.

— D'accord.

J'ai conscience que ma réponse est vide de sens mais je suis abasourdie. Je promets à ma grand-mère de vite venir la voir et je raccroche. Sans avoir le temps de réfléchir à ce que je fais, je compose le numéro de ma cadette qui décroche dès la première sonnerie.

— Maya ?

— Zahra ? me répond-t-elle d'un ton étonné.

— Comment tu te sens ? je demande d'une voix que je veux la plus calme possible.

— Je vais bien. Pourquoi tu m'appelles ? D'habitude, on se téléphone tous les jours pairs, or, on est un jour impair aujourd'hui.

Je rigole face à sa réflexion mais c'est un rire nerveux.

— J'ai besoin de ton aide et ne pose pas de questions. Je te raconterais tout quand j'aurais le temps, en attendant est-ce que tu peux le garder pour toi ?

Je m'en veux de mêler ma sœur à cette histoire mais mon cerveau est en mode automatique.

— Oui, je t'écoute ? me répond ma sœur d'une voix sérieuse.

— *Djida* a reçu une lettre de Leyla, ma mère. Est ce que tu l'as vue ?

— Oui sur sa table de nuit.

J'imagine ses sourcils froncés face à l'incompréhension et

son petit nez en trompette parsemé de quelques taches de rousseur se retrousser.

— Tu peux me donner l'adresse écrite à l'intérieur ?

— Oui, se contente-t-elle de répondre.

Maya ne pose pas plus de questions et je raccroche rapidement, lui promettant de passer ce week-end. Quelques minutes plus tard, quand je reçois l'adresse, je n'ai pas bougé, totalement sonnée par les dizaines d'émotions qui se déchaînent et se contredisent en moi. Je rentre enfin dans l'appartement et Nath me fixe.

— Zahra, tu n'es pas seule, tu peux me parler.

J'en conclus que ma bataille interne doit se lire sur mon visage. J'hésite quelques instants, toujours en pilote automatique, perdue dans mes pensées. Il vient me prendre par le bras et m'entraine dans sa chambre. Il m'aide à m'asseoir sur le lit puis vient s'allonger à côté de moi après nous avoir apporté deux cafés qu'il a sûrement fait couler pendant mon appel. Je reste silencieuse, assise en tailleurs, tandis que sa main caresse ma cuisse.

— Même *La Meilleure* a parfois besoin d'aide.

— Bien vu *Sherlock*, je réponds dans un sourire que j'espère sincère.

— Allez raconte-moi ce qu'il se passe dans ta tête. Je pourrais peut-être te conseiller ou au moins t'écouter. C'est la journée confession.

Nath s'est effectivement bien confié sur son appel lui, alors je pourrais peut-être me confier sur le mien ? *Peut-être qu'il ne fuira pas ?*

— Je ne te force à rien Zahra. Je ne veux juste pas que tu restes seule avec tes pensées. Si tu préfères en parler à Astrid je comprendrais.

— Non, non, je veux et j'ai besoin de t'en parler.

Sa main émet une pression sur mon dos avant de reprendre ses va-et-vient rassurants, me permettant de rester sur terre.

— Alors je t'écoute, prends ton temps.

Après de longues minutes à essayer de reconnecter mon cerveau, je finis par expliquer d'un ton sans émotions un résumé de la situation concernant ma mère. Je parle des lettres pour finir par l'appel.

— Donc je viens d'apprendre qu'elle arrête les chimios. Même si je ne l'ai jamais considérée comme ma mère, je n'arrive pas à arrêter de me dire que…

Je marque une pause avant de formuler cette phrase qui va tout rendre réel. Ma mère était morte pour moi depuis des années, mais maintenant, elle va mourir.

— Que ma maman va mourir.

Ma voix, jusqu'ici neutre, se brise en un sanglot. En trois secondes, mes joues sont inondées. Gênée, j'essaie de les essuyer mais de nouvelles larmes viennent sans cesse remplacer les anciennes.

— Je suis désolée, je ne voulais pas pleurer devant toi. J'ai l'impression de ne faire que ça.

— Tu as le droit de pleurer, c'est normal face à cette situation. Même si tu n'as jamais connu ta mère, tu as toujours espéré que la situation s'arrange. Si elle meurt, cela ne pourra jamais s'améliorer et tous tes espoirs partiront avec elle.

— Mais je pensais que je la détestais, je parviens à murmurer.

Sa main passe sur mon visage me déclenchant un sourire timide.

— C'est toujours plus compliqué de détester quelqu'un

que l'on n'a jamais vu, avec qui on n'a jamais parlé. Cela laisse place à l'imagination. Puis c'est une erreur de croire que la haine remplace l'amour, ta réaction est normale.

Après quelques minutes à réfléchir je finis par avouer ce que j'ai en tête.

— J'ai demandé à Maya l'adresse de l'hôpital où Leyla est hospitalisée.

— Tu veux aller la voir ? me demande-t-il étonné.

— C'était l'idée oui, mais je ne suis plus trop sûre de moi.

Il réfléchit un instant avant de me répondre,

— Si tu veux mon avis, tu devrais y aller sinon tu risques de le regretter. Je ne te dis pas d'y aller pour que vous deveniez le meilleur duo mère-fille, ni même que tu la considères comme ta mère. Mais je suis certain que tu as des milliers de questions à lui poser et si tu n'y vas pas, elles resteront sans réponse pour toujours. Je m'y connais dans la mort de parents, dit-il avec sarcasme. Mets un visage sur celle qui est ta mère puis crache-lui ta haine au visage si ça peut te faire du bien. Au moins tu lui auras parlé et ta colère ne restera pas enfouie en toi pour toujours. Par contre, n'y va pas seule.

— J'aurais bien demandé à Sam, mon grand frère, mais il est toujours injoignable. Je me demande s'il ne fait pas exprès de se couper de tout. Astrid va sûrement me dire que ce n'est pas une bonne idée et suranalyser chacun de mes gestes. Leyla a ordonné à ma grand-mère de ne pas venir la voir et jamais elle ne trahira sa confiance. Pour Nyx, elle a son lot de problèmes sans que j'ai besoin d'ajouter les miens.

— Je peux t'accompagner si tu veux, me propose-t-il en me prenant les mains.

— Je ne veux pas te mettre dans une situation délicate. Tu as suffisamment de trucs à gérer pour être au cœur de mes problèmes de famille.

— Zahra, ça ne me dérange pas d'être impliqué dans ta vie, surtout si on sort ensemble. Même si tu ne considères pas Leyla comme ta mère, ça serait un honneur de la rencontrer ou de lui casser la gueule si elle te dit un truc de travers.

Mes yeux s'écarquillent, « *Maintenant qu'on sort ensemble* ». Face à ma réaction Nath ouvre grand les yeux également.

— Oh nan, tu as parlé en dormant ? s'exclame-t-il.

Il rougit à toute vitesse et c'est plus fort que moi, j'explose de rire malgré mes joues encore trempées. Il se joint à mon fou rire, mon ventre me fait mal tant il se contracte et mes joues tires. *Je ne comprends définitivement plus rien à mes émotions.*

— Je me suis endormie avant ta réponse, j'ai cru que j'avais rêvé !

Alors entre rires et larmes, c'est à son tour de me demander de sortir avec lui. Je ne comprends pas tout à notre relation, mais avec lui tout a l'air plus simple. Mes problèmes ne disparaissent pas, toutefois, ils n'ont plus l'air si insurmontable.

— Ok, on y va ensemble mais pas tout de suite, il me faut encore du temps.

— Fixe-toi une date sinon tu n'iras jamais avant qu'il ne soit trop tard.

Avant qu'il ne soit trop tard. Ces mots me glacent le sang.

— Mardi matin, comme on ne travaille pas lundi je me coucherai tôt. Je vais avoir besoin d'une bonne nuit de sommeil pour affronter tout ça.

— Alors mardi on y va.

— Mardi on y va, je répète d'un ton qui se veut plus affirmé qu'il ne l'est en réalité.

Je m'allonge contre lui, soufflant un « merci » à côté de

son oreille avant de l'embrasser. Ma tête reposant comme à chaque fois au même endroit, je profite de ce moment d'apaisement pour lui demander,

— Maintenant qu'on est officiellement ensemble, ce n'est pas étrange si je te demande de m'accompagner manger chez ma grand-mère samedi ? Mes sœurs veulent absolument te rencontrer.

— Ça serait un honneur, mais je vais sûrement mourir de stress d'ici là, rigole-t-il.

— Le grand Nathanaël Slezak stressé pour un repas de famille ? je me moque, me redressant pour le regarder.

— Il se pourrait bien, répond-t-il avec son éternel rictus en coin.

Tandis que je me prépare pour aller au *Maria*, je me rejoue ce début de journée fort en émotions. Colère, tristesse, amour, mon cœur ne survivra pas longtemps à ce rythme.

24

Je suis sur un petit nuage lorsqu'on rentre de chez ma grand-mère. Le repas s'est très bien passé et *Djida* a même autorisée Maya et Léna à venir avec nous au *Maria*. Comme dans beaucoup de bars, il y a des familles en début de soirée alors je ne suis pas inquiète.

J'aperçois très vite Astrid assise à une petite table en terrasse. Ma meilleure amie s'est proposée de rester s'occuper mes sœurs pendant mon service et m'a assuré qu'elle les ramènerait vers minuit puisque je ne finis qu'à trois heures. Il n'est pas rare que mes sœurs se retrouvent sous la surveillance d'Astrid et pour mon plus grand plaisir, elles s'entendent bien. Nath la salue rapidement avant de nous laisser pour aller se préparer.

— Coucou les filles, lance ma meilleure amie.

Mes sœurs lui font la bise avant de s'asseoir autour de la petite table ronde, puis la discussion commence. Même si la blonde arbore toujours son sourire parfait, je sens son regard peser sur moi. Lorsque je me lève pour aller commander nos boissons, je ne suis pas étonnée d'entendre sa voix résonner dans mon dos.

— Zahra, qu'est ce qu'il se passe là ?

Je la regarde, étonnée, pas certaine de comprendre où elle veut en venir. En revanche, son ton plein de reproches me prouve que je ne vais pas apprécier les prochaines minutes.

— Tu n'es jamais à la maison. Tu continues de voir tes sœurs mais cela fait des semaines qu'on ne s'est pas vues. Ce n'est pas parce que tu tombes amoureuse du premier venu que tu dois oublier tout le reste du monde, clame-t-elle en croisant les bras.

J'encaisse la remarque. Ce n'est que maintenant qu'elle le dit que je me rends compte que je me suis enfermée dans ma bulle de bonheur, excluant le reste de la terre. Devant mon mutisme, elle lève les yeux au ciel avant de rejoindre Léna et Maya. Je sais que je devrais m'excuser mais les mots restent coincés dans ma gorge et je ne la rattrape pas.

Allan, qui a entendu notre conversation derrière le bar m'adresse un regard compatissant.

— Tu as de la chance qu'elle te l'ait dit. Au moins maintenant tu peux corriger tes erreurs.

J'acquiesce et le remercie avant d'attraper le plateau qu'il me tend pour retourner à notre table. Une fois que j'ai servi les filles, je file me préparer pour commencer mon service.

Pendant que je sers les clients avec le sourire derrière le bar, je vois ma famille s'habituer petit à petit à l'environnement. Je les surprends même à hocher la tête au rythme de la musique pendant qu'elles discutent avec Astrid. Je suis contente de les voir dans un autre environnement, elles qui n'ont pas l'habitude de sortir. Elles découvrent l'endroit qui rythme désormais ma vie et cela semble leur plaire. Le reproche d'Astrid me taraude malgré tout et je me promets d'en reparler avec elle, mais pas aujourd'hui.

— Ce soir, j'oublie Leyla et son cancer. Je reste focalisée sur mon bonheur, mes sœurs, ma meilleure amie, et Nath. Je dois rester positive. À partir de cet instant, je serais plus présente pour mes amies, je me murmure à moi-même au risque de passer pour une excentrique qui parle seule.

Mes sœurs viennent souvent au bar, me racontant des ragots qu'elles ont entendus aux tables voisines, ce qui me fait bien rire. Elles s'amusent et je suis heureuse qu'elles soient venues. Ce soir, les problèmes restent hors du *Maria*. Pour ce soir, rien que pour ce soir, tout est parfait

Enfin, c'était le cas jusqu'à ce que mon problème entre en trombe dans le bar. Il ne me faut pas plus que trois secondes pour me liquéfier sur place quand je le reconnais, ses sourcils froncés. Je vois Léna et Maya se figer tandis qu'Astrid se lève pour me rejoindre. Je lui demande silencieusement de rester avec mes sœurs, ce qu'elle accepte en hochant la tête, l'inquiétude se lisant sur son visage.

Je cherche Nath mais conclut en un regard qu'il est dans son bureau. Tant mieux, si leur rencontre pouvait se faire dans un autre contexte, ça m'arrangerait.

— Toi, hurle-t-il en me pointant du doigt.

Allan qui était en train de servir une table voisine s'interpose et lui prie de reculer, mais mon père l'ignore royalement. J'espérais une conversation calme ou des excuses, visiblement c'est trop demander à l'univers. La crise pointait déjà le bout de son nez lorsque son visage est apparu dans mon champ de vision mais l'entendre me hurler dessus, du même ton inchangé qu'il utilisait dans mon enfance, fait monter un million de fourmillement dans tout mon corps. Mon souffle se fait court.

Je n'arrive plus à respirer.

— Tu as quitté ton travail pour venir faire ta pute ici et tu penses que je vais cautionner ? C'est quoi ton problème, espèce d'idiote ! T'apprends que t'as pris deux ou trois gifles et tu décides de tout faire pour me décevoir ? Putain, tu me fais honte Zahra, j'ai honte d'être ton père ! Tu étais une enfant insupportable, tu ne peux t'en prendre qu'à toi même si j'ai été obligé d'utiliser la manière forte ! Et quand enfin tu réussis un truc, quand enfin tu ne me déçois pas, tu vas jouer les catins ? Tu remercieras Maya de ne pas avoir désactivé sa localisation. Il s'est passé quoi dans ta tête pour te dire que t'emmènerais mes filles dans un endroit pareil ! Tu veux qu'elles finissent comme toi ou quoi ?

Un bourdonnement affreux résonne en moi si bien que les hurlements de mon père ne deviennent qu'un bruit lointain et difforme. Malgré ma vision troublée par les larmes, je parviens à apercevoir Nath sortir en trombe de son bureau. Il commence à hurler à son tour sur mon géniteur. Leurs voix se mélangent et je ne distingue plus rien, je suis totalement déconnectée. Tout est au ralenti, comme si je m'extrayais de mon propre corps. Je vois vaguement un coup partir, j'entends des sirènes, des lumières. On agite une main devant mes yeux avant de me prendre le poignet pour me traîner à l'écart. Je vois tout ça de loin, mon corps ne m'appartient pas.

Une fois loin de l'agitation et du bruit assourdissant, il me faut de longues minutes pour reprendre possession de mon corps et faire revenir mon esprit. Je suis totalement abasourdie et un mal de crâne intense me transperce. Petit à petit, je prends conscience de ce qu'il vient de se passer. La lumière me brûle la rétine tandis que chaque pulsation de mon cœur m'est douloureuse.

— Oh merde, je souffle, prenant ma tête dans mes mains.

Mon père est venu me hurler dessus sur mon lieu de travail devant tous les clients et je n'ai même pas réagi, Nath va me détester. Je ferme les yeux le plus fort possible pour refluer les larmes qui commencent à monter. Je me jure de pleurer plus tard, mais pas maintenant. Mes sœurs étaient là. *Mes sœurs étaient là.* Cette réflexion fait monter en moi une vague de panique et je me précipite sur mon téléphone pour appeler Astrid.

— Z ? Tout va bien ? me répond-t-elle paniquée après la première sonnerie.

Elle qui est toujours calme parle à toute vitesse ce qui me déstabilise un instant.

— Ça va, je murmure.

— Putain j'ai vraiment cru qu'il allait te tabasser. Je te jure que j'ai voulu intervenir.

— Astrid, je la coupe. Où sont mes sœurs ? Comment vont-elles ?

— On est à la maison. Léna a fondu en larmes dès que ton père est entré et Maya était prête à lui sauter à la gorge mais, elles vont bien. Je voulais rester mais Nath m'a dit qu'il s'occupait du reste. Il valait mieux que je rentre pour les petites, reprend-elle d'une voix plus posée.

— Tu as bien fait, elles en ont déjà suffisamment vu ce soir.

— C'est ce que je me suis dit. Elles sont couchées, je n'ai pas eu de nouvelle de la situation, j'attendais ton appel.

— Je ne sais pas ce qu'il s'est passé. J'ai complètement paniquée, je ne me rappelle pas de grand-chose. Je crois qu'il y a eu la police, j'explique en fouillant dans ma mémoire.

Astrid laisse échapper une injure avant de me demander de la tenir au courant.

— Je vais essayer de trouver Nath, je te rappelle après.

— Merci beaucoup, je reste joignable.

Je prends une grande inspiration avant de sortir du bureau. Mes collègues sont en plein travail et Allan est le premier à me voir. Il se précipite pour m'enlacer de ses grands bras. Je suis surprise mais touchée par son geste si spontané. Il m'attrappe alors par les épaules me disant à quel point il a eu peur pour moi. Je lui offre un sourire, lui assurant que tout va bien, mais rien ne va. Nath arrive peu après et les larmes me montent instantanément aux yeux.

— Je suis désolée, je murmure la voix aussi tremblante que ma main lorsque j'effleure sa pommette gonflée.

Il attrappe mon poignet d'un geste doux me promettant que ce n'est rien,

— Il t'a frappé Nath, je dis du même ton comme si ce n'était pas évident.

— Ce n'est pas le premier et ça ne sera pas le dernier, ça fait partie du métier.

Il me prend lui aussi dans ses bras, me serrant de toute sa force.

— J'ai eu tellement peur, je suis tellement, tellement, tellement désolée, je souffle contre son torse.

— C'est moi qui suis désolé que tu aies subi tout ça Zahra. Tu aurais pu m'en parler tu sais. Tu ne mérites rien de tout ça.

— Il y a eu la police ? Je finis par demander, sans relever ce qu'il me dit.

Je n'avais pas prévu qu'il l'apprenne comme ça et je ne suis toujours pas prête à en parler. Il me libère de son étreinte pour m'accompagner m'assoir.

— Ton père a commencé à vouloir te frapper, je me suis

interposé. Allan a très vite appelé la police qui n'a pas tardé à arriver. Ton père a été emmené au poste mais on ne leur a pas donné votre lien de parenté. Il a feint de passer pour un ivrogne habituel qui s'énervait juste contre les serveurs. Je n'ai rien démenti parce que j'estime que c'est à toi de décider. Si tu veux, on appelle le poste maintenant pour leur dire la vérité et le dénoncer.

Je secoue la tête.

— Pas maintenant, je ne veux pas. J'ai besoin de temps et d'une longue conversation avec mes sœurs.

— D'accord, c'est ton choix et je comprends. Est-ce que tu veux rentrer ?

— Quelle heure est-il ? je demande, passant ma main dans mes cheveux pour cacher leurs tremblements.

— Minuit et demi, tu es restée une bonne heure dans le bureau.

Je hoche la tête, assimilant l'information.

— Ça te dérange si je rentre chez moi ce soir ? Astrid était totalement paniquée au téléphone et j'ai besoin d'être près de mes sœurs.

— Bien sûr que non, je t'appelle un taxi, elles ont toutes besoin de te voir.

— Tu sais je peux prendre le métro, je rigole.

— Ne discute pas *La Meilleure*, déjà que j'aurais préféré te raccompagner moi-même.

Une demi-heure plus tard, je suis devant ma porte. J'ai le sentiment de ne pas être venue depuis une éternité. Je monte dans ma chambre à toute vitesse sans même prendre le temps de me déchausser. J'y trouve Léna endormie mais Maya est sur son téléphone,

— Coucou *tamchicht iw*[17], je chuchote pour ne pas réveiller notre sœur.

Elle redresse la tête puis se lève immédiatement du lit,

— Putain, Zahra j'ai eu tellement peur, me dit elle se cramponnant à moi.

Mes yeux me brûlent mais je ravale mes larmes, caressant son bonnet et ses cheveux.

— Tout va bien, tout ira bien, je lui murmure d'une voix que j'espère rassurante.

— Je ne veux plus jamais le voir, murmure-t-elle.

Je le sais, et j'aurais dû m'en occuper depuis des semaines. Ce n'est pas parce qu'il n'a jamais été violent avec elles qu'il n'en est pas capable. Mais comment retirer un père à une enfant ? Pourtant ce soir j'en suis certaine, ça ne peut plus continuer. Ce n'est pas un père.

— Je vais faire en sorte que tu ne le revois jamais, en attendant, tu vas rester chez ta mère, chez *Djida*, ou ici comme tu le veux. Je vais m'occuper de tout d'accord ?

— Merci.

On reste là de longues minutes pendant que ma chemise s'imbibe de sa douleur et de ses craintes. Demain, il ne restera que la haine et je pourrais à peine l'approcher, parce que Maya fonctionne comme ça. Quand la peine est trop lourde à supporter, la colère prend le dessus. Je profite de cette faille pour lui rappeler qu'elle n'est pas seule mais mes mots n'effaceront pas ses maux. Elle finit par retourner se coucher me disant qu'elle est fatiguée mais je sais qu'elle ne dormira pas. Chamboulée, je descends rejoindre Astrid qui m'attend dans la cuisine, un verre de vin rouge à la main.

---

[17] Équivalent de *mon petit chat* en kabyle.

— Désolée Z, j'avais vraiment besoin de ça.

— Moi aussi, je lui réponds du même ton fatigué, me sortant un verre à mon tour et m'asseyant face à elle autour de l'îlot central.

— Alors, comment ça a fini ?

— Il est chez les flics.

— Tant mieux, affirme-t-elle avant de prendre une longue gorgée de notre poison mutuel.

25

Devant l'hôpital *Hôtel dieu*, les émotions que je m'attendais à voir déferler de toute part, me gifler, me heurter, me couper dans mon entièreté sont anesthésiées. Je suis totalement calme, ce qui étonne Nath presque autant que moi.

Après avoir travaillé toute la nuit de dimanche malgré ses réticences, j'ai fini par dormir toute la journée du lundi. Mon rythme décalé, mêlé à mes appréhensions, m'ont cependant maintenue éveillée toute la nuit.

— Je me sens un peu idiote d'avoir passé la nuit à stresser pour finalement être totalement calme, je rigole.

— Il vaut mieux ça, non ? me demande Nath en me prenant la main tandis que nous entrons dans le bâtiment.

— C'est certain.

À l'accueil, on me demande de prouver que je suis bien de la famille de Leyla. Je remercie intérieurement Astrid de m'avoir conseillé de prendre mon livret de famille, car je n'y aurais pas pensé. Nous nous dirigeons vers l'étage annoncé en silence. Dans l'ascenseur, le temps est long mais toujours aucun signe d'angoisse. Je prends malgré tout une grande inspiration avant de m'engager dans le couloir.

Me voilà devant la porte 212. De l'autre côté se trouve celle qui a causé mes premiers malheurs, les premières fêlures à mon cœur d'enfant. Depuis l'intervention de mon père, le besoin de la voir est devenu viscéral. Je ne reparlerais sûrement plus jamais avec lui sauf dans un tribunal. Cette conversation officialisera l'abandon de mes deux parents, après seulement, je pourrais tourner la page et les oublier tous les deux.

Nath se tient à mes côtés, sa main toujours dans la mienne. Il me demande si je préfère qu'il attende dans la salle d'attente mais j'ai peur de ma réaction lorsque je la verrais. Si je m'effondre, j'ai besoin qu'il m'empêche de me noyer.

— Entrez, annonce une voix d'homme après que j'ai toqué.

La main de Nath se crispe subitement, me broyant les doigts. Il a l'air encore plus stressé que moi. Lentement, j'abaisse la poignée me demandant si je ne me suis pas trompée de chambre. Le regard de cette femme alitée me fait bien comprendre que je suis au bon endroit. Un malaise plane dans la chambre aseptisée. Je fixe cette inconnue, me demandant si je ne devrais pas faire demi-tour mais je me rappelle qu'aussi inconnue soit elle pour moi, elle ne l'est pas pour ma grand-mère.

— Madame Ait-Ouali, vous les connaissez ? tonne la voix de l'homme en blouse blanche qui m'a autorisé à entrer.

Son regard est fixé sur le grand blond. Ce genre de regard m'est familier au vu de la popularité de Nath. Ce dernier le défi du regard à son tour avant de couper le blanc gênant qui s'était installé,

— Zahra je vais attendre dehors, désolé.

Je fais rapidement le rapprochement que mon cerveau n'a pas daigné faire avant. Nathanaël a perdu sa mère avec qui il était proche et récemment son père. Les hôpitaux ne doivent pas lui rappeler de bons souvenirs. Je culpabilise soudain de l'avoir traîné jusqu'ici.

— Pas de soucis, je ne serais pas longue.

Lorsque la porte se referme, l'homme réitère sa question. Leyla se contente d'hocher la tête silencieusement. Je tends une main gênée pour me présenter.

— Enchantée je suis Zahra Fleury. Leyla est…

Mais ma voix se bloque. Je ne sais pas ce qu'elle est pour moi. Je n'ai pas besoin de préciser car l'homme répond sans attendre la fin de ma phrase,

— Zahra ? Vous êtes la fille de Leyla ?

J'opine silencieusement tandis qu'il me serre la main.

— Docteur Martinez, interne en chirurgie.

Je n'arrive pas à déchiffrer le regard qu'il me porte. Mal à l'aise, je dirige mon attention sur la femme allongée dans le lit qui prend enfin la parole,

— Hélios, pourriez-vous nous laisser seules, s'il vous plaît ?

— Bien sûr Madame, je reviens d'ici une heure. Si jamais vous avez besoin d'aide, appuyez sur le bouton, n'hésitez pas.

Elle acquiesce et une seconde plus tard, nous nous retrouvons seule. Chacune analyse l'autre dans un silence lourd. Un foulard couvre son crâne, ses yeux sont fatigués et entourés de cernes violettes. Elle est d'une maigreur et d'une pâleur qui rendent sa peau anormalement translucide. J'ai de la peine l'espace d'une seconde. Mes yeux descendent sur son cou et je me fige. Un œil bleu clair maintenu dans un cercle doré et au-dessus, un Amazigh s'y trouve. Je remarque qu'elle fixe également mes colliers et il n'y a plus aucun doute, nous avons été élevée par la même femme. C'est elle qui finit par prendre la parole.

— Ta grand-mère sait que tu es ici ? me demande-t-elle d'un ton que je n'arrive pas à cerner.

— Non, si elle l'apprend, elle va s'imaginer que je t'ai pardonné, je ne veux pas lui donner de faux espoirs.

Elle accuse le coup.

— Je ne m'attendais pas à te voir ici. Je ne sais pas pourquoi tu es venue, mais ça me fait plaisir de te voir.

— Je t'avoue que je ne sais pas ce que je fais ici non plus, je réponds d'une voix blanche.

C'est comme si mon cerveau n'arrivait pas à choisir quelles émotions me faire ressentir. Le temps qu'il se décide, je suis vide.

— Assieds toi je t'en prie, tu dois avoir plein de questions.

Je suis tentée de refuser mais je sens très bien que mes jambes peuvent lâcher à tout moment. Je me dirige vers le petit bureau qui trône dans le coin de la chambre et je m'assois dessus. J'aurais pu choisir la chaise mais j'ai besoin de balancer mes pieds pour rester dans la réalité et ne pas être submergée par mes pensées parasites.

— Si ça te fait plaisir de me voir, pourquoi tu n'es pas venue de toi-même ?

Un ange passe,

— Tu étais mieux sans moi Zahra.

Je ferme les yeux, attendant que la colère électrise mon corps. Rien ne vient, aucune haine, aucune émotion, juste un rire jaune qui s'échappe de ma gorge.

— Tu n'en sais rien vu que tu n'étais pas là.

Elle acquiesce les yeux pleins de larmes qu'elle se refuse à laisser couler.

— Comment te sens-tu, me demande-t-elle finalement.

C'est là que mon ventre se retourne. Cette question que ma grand-mère m'a posée si souvent sonne exactement de la même façon dans sa bouche. Pourtant je ne lui ferais pas le plaisir de le lui dire. À la place, je réponds honnêtement à sa question.

— Je ne ressens rien. Je pensais venir pour te hurler tes quatres vérités, mais rien ne vient. Tu ne m'inspire rien. Tu peux pleurer Leyla, ne te gêne pas. Ça ne me fera aucune peine.

Ça aurait été la vérité trente secondes plus tôt, avant qu'elle me pose la question. Mais les vannes ont été ouvertes, et des pieux s'enfoncent dans mon cœur lorsque ses yeux, miroir des miens, se mettent à laisser échapper des flots qui expriment une douleur que je ne trouve pas légitime.

— J'espère que tu regrettes, que tu regrettes de m'avoir laissée là-bas. Vous vous étiez bien choisi avec Franck.

J'aimerais lui expliquer dans quel enfer elle m'a laissée et à nouveau, les mots restent coincés dès lors que son premier sanglot résonne dans la pièce.

— Je suis désolée Zahra, tellement, tellement, désolée, murmure-t-elle derrière la main qu'elle plaque contre ses lèvres tentant d'étouffer ses pleurs.

Les voilà, les mots que j'ai attendus toute ma vie. Ça ne me fait pas autant de bien que je me l'étais imaginée, et je suis déçue.

— Il est un peu tard pour s'excuser, tu ne trouves pas ? je lance désabusée.

Pourtant, elle répète ce mot maudit en boucle, comme une formule magique qui pourrait tout effacer.

— J'ai lu ta lettre. Avec trois ans de retard, mais je l'ai

lue. Tu aurais pu écrire un peu plus que quatre petites lignes.

Ma voix est de nouveau dénuée d'émotions face à cette femme en pleurs qui peine à articuler des mots, alors je reprends,

— Je voulais enfin mettre un visage sur celle qui m'avait abandonnée avant même que je puisse prononcer mon prénom. Franchement, qu'est-ce que j'avais fait de mal à huit mois pour que tu ne veuilles plus de moi ? J'espère que t'excuser aura au moins permis d'apaiser ta culpabilité à défaut de m'offrir une mère.

J'entends les premiers tremblements dans ma voix. Il faut que je m'en aille. Je ne veux pas qu'elle voit à quel point je suis brisée. Je veux paraître forte. Je veux qu'elle pense que j'ai su me débrouiller sans elle.

— Heureusement que ta mère est bien meilleure que toi dans ce domaine. Ce n'est pas parce que tu as été lâche toute ta vie que tu dois continuer de l'être. Laisse *Djida* venir te voir Leyla, elle a le droit de te dire au revoir, je conclus, dos à elle et les joues trempées.

Je sors calmement de la chambre, la laissant dans sa douleur. Mais dès que la porte se referme, la mienne refait surface engloutissant tout sur son passage, me fauchant les jambes. Mon dos repose contre la paroie tandis que de violents sanglots parcourent mon corps. Ils sont tellement violents que chaque soubresaut me fait mal. De nouveau je ressemble à une petite fille qui a perdu sa maman dans un supermarché. Sauf que dans mon cas, ma maman ne m'a pas juste perdue. Elle ne sera pas là dans une heure ou deux. Elle ne reviendra jamais.

Je sens alors une présence. Nath, qui m'a entendu depuis la salle d'attente s'accroupit à mes côtés pendant que je repose ma tête contre son torse, incapable de brider d'avantage mes émotions. C'est une odeur de vanille qui m'emplit, pas celle aux notes boisées qui me réconforte tant. Je redresse la tête, le visage sûrement déformé par la peine, intriguée. Mon regard plonge dans des yeux noisettes inconnus barrés de quelques mèches brunes qui retombe devant. C'est un regard doux, où plane un mélange de pitié et d'une admiration dont je ne comprends pas l'origine.

— Zahra, vous avez le droit de pleurer, me dit-il d'une voix emplie de bienveillance.

Cela suffit à redoubler mes pleurs disgracieux que je tente de dissimuler derrière mes mains exactement comme *elle*.

— Je n'ai pas vécu votre situation, alors je ne peux qu'imaginer votre souffrance. Je connais Leyla depuis plusieurs années maintenant et même si elle n'a pas été présente comme une mère l'aurait dû, elle vous aime comme une maman aime sa fille. C'est indéniable.

— Ce n'est pas ma mère, je sanglote.

Pourtant, ses mots pansent certaines de mes plaies.

— Je ne vous dis pas ça pour que vous la considériez comme votre mère, Zahra. Je veux seulement que vous sachiez que si un jour vous êtes en manque d'amour, vous pourrez toujours en trouver dans cette chambre.

Je ne réponds rien, mais mon cerveau enregistre ses mots. Il me les répète en boucle, bercée par les pleurs qui résonnent de l'autre côté de la paroie.

— Je dois rejoindre mon copain. Il va finir par s'inquiéter, je préviens sans bouger pour autant.

Je suis vidée de toute mes forces.

Cela me fait toujours bizarre de dire « mon copain » pour qualifier Nath, mais ça me réchauffe le cœur. *Je ne suis pas en manque d'amour.*

— Votre copain est parti depuis qu'il est sorti de la chambre, il n'avait pas l'air à l'aise.

— Il a du mal avec les hôpitaux. Il a perdu sa mère lorsqu'il n'était qu'un adolescent et son père est également décédé récemment.

Je ne sais pas pourquoi je lui confie ça, mais ça me fait du bien de parler à un inconnu qui n'est pas dans le jugement. Je vois son regard s'assombrir. je me demande à quoi il pense. Peut-être a-t-il des patients qui ont vécu la même chose ? Cela aiderait peut-être Nath de parler à quelqu'un qui partage des souffrances similaires.

— Il va revenir, je reprends. On est venu avec sa voiture, il ne va pas me laisser là.

À ce moment-là, l'ascenseur s'ouvre sur lui. Il ne m'adresse pas un seul regard, toute son attention est posée sur l'interne assis à mes côtés.

— Zahra on y va, me lâche-t-il d'un ton froid m'attrappant par le bras pour m'aider à me relever.

Je salue le docteur, lui demandant silencieusement de prendre soin d'elle. Il semble comprendre parce qu'il hoche la tête sans nous lâcher du regard.

Le trajet retour se fait dans le silence, chacun plongé dans nos pensées, nos émotions et nos souvenirs. Une fois arrivés dans l'appartement, je me mets à préparer le repas du midi pour m'occuper l'esprit et Nath s'éclipse dans sa chambre. Il revient cependant quelques minutes après, m'attrapant par le bras. Il plonge son regard dans le mien, ses yeux rouges et vitreux m'informent qu'il a pleuré. Je n'ai pas le temps de démêler la tristesse de la colère dans ses iris que sa voix retentit,

— Tu m'aimes Zahra ?

Sa question me déconcerte mais je réponds malgré tout.

— Bien sûr que je t'aime Nath, sinon je ne serais pas chez toi en train de nous faire à manger, je rigole.

Mais lui ne rigole pas du tout et il reprend d'une voix grave.

— Alors pourquoi tu l'as dragué ?

— Mais je n'ai dragué personne ! je m'exclame les yeux écarquillés.

— Ah ouais ? Et ce médecin alors hein ? Me prends pas pour un con.

Sa voix tranche l'air, me faisant sursauter. *Il n'a pas pleuré, il est ivre.* Instinctivement je recule d'un pas, me rappelant de sa mise en garde, mais il resserre sa prise.

— Je ne l'ai pas dragué Nath, j'affirme sans détourner le regard malgré la peur qui commence à accélérer mon rythme cardiaque.

— Alors pourquoi t'étais avec lui hein ? Tu l'as embrassé, c'est ça ?

— Nath tu as bu, laisse moi partir s'il te plaît, dis-je d'un ton que je veux le plus calme possible.

— Tu l'as embrassé hein ! hurle-t-il tout en resserrant de nouveau sa main autour de mon bras

Je finis par hausser le ton, impuissante, sentant l'angoisse monter.

— Bordel mais Nathanaël ma mère va mourir ! J'ai vu ma mère pour la première fois et elle est mourante ! Je me suis effondrée, il était là, il m'a juste tenu compagnie parce qu'il la connaît ! Tu n'étais pas là, ce que je comprends, je n'aurais pas dû te demander de m'accompagner sachant que tu as perdu tes parents mais j'ai eu mal, j'ai pleuré, j'étais seule et lui, c'est juste un médecin qui faisait son travail ! Ma mère est mourante

Nath !

Ma voix est tremblante de peur et de tristesse, parce que mes propres mots me heurtent. Je suis tellement abasourdie par la cruelle réalité de mes propos que je ne vois pas la main s'abattre violemment sur ma joue.

26

Je n'ai peut-être pas vu la gifle arriver, mais je l'ai bien sentie. D'une telle violence que mon cou s'est tordu. Il a basculé si fort que je me suis demandée un instant si ma tête ne s'était pas décrochée de mon corps ou si il ne m'avait pas rompu une vertèbre. Un silence lourd de sens s'installe entre nous. Mes yeux se remplissent de larmes, contrairement aux siens qui restent aussi secs que son coup, toujours vitreux. Pourtant ce même mélange de souffrance et d'étonnement tangue dans nos regards. Ma joue me brûle si fort que j'aimerais hurler, mais je reste muette.

Lentement, je m'éloigne de lui à reculons, toujours sous le choc. Nath reste figé, la scène semblant se jouer sous ses yeux écarquillés. Très vite, je me retrouve hors de l'appartement, tremblante. Incapable de réfléchir, mon corps me porte de lui même jusqu'au métro. Sans que je ne m'en rende compte, je suis chez moi, dans ma chambre que je n'aurais jamais dû quitter. La maison, déserte en ce lundi après-midi, me paraît tout de suite trop grande. Astrid ne rentrera pas avant plusieurs heures, alors je me glisse sous ma couette.

Petite, j'étais persuadée que cet amas de plume me protégeait de tous les dangers extérieurs, à l'instar d'une forteresse infranchissable. Ce soir, j'ai besoin qu'elle me protège de mes pensées et de cette scène, qui se rejoue inlassablement sous mes paupières comme un vieux disque rayé. Je suis incapable de comprendre le moindre de mes ressentis, ainsi j'observe mes émotions s'entrechoquer sans savoir laquelle prendra le dessus. Je sombre petit à petit dans un sommeil profond, toujours abasourdie.

Lorsque j'émerge enfin, ma tête lourde et mes yeux bouffis par les pleurs me ramènent inlassablement à ces évènements que je préfèrerais oublier. J'aimerais les effacer, retourner en arrière, ne jamais lui demander de m'accompagner à l'hôpital. J'hésite quelques instants à rester dans mon lit mais je me rends vite compte que si je ne me lève pas maintenant, cela n'arrivera sûrement jamais. J'ai mal partout comme si j'avais couru un marathon. En descendant, je retrouve Astrid entrain de se faire à manger, se déhanchant sur de la musique.

— Coucou, je lance pour annoncer ma présence sans l'effrayer, ce qui ne l'empêche pas de sursauter, me faisant sourire.

— Bordel Z, mais qu'est ce que tu fais là ?

Cette phrase anodine me met pourtant d'un coup face à une réalité bien trop crue. Il y a encore quelques mois, elle n'aurait jamais été étonnée de me voir.

— Je crois que je suis encore chez moi, j'ai toujours les clés et mes affaires je te rappelle, je lui réponds d'une voix blanche.

— Tu es chez toi, me répond-elle du même ton.

J'attends la suite et elle ne tarde pas à arriver.

— Mais je commence à m'habituer, malgré moi, à être seule ici.

Nous savons l'une comme l'autre que nous n'avons pas besoin de nous voir tous les jours pour nous aimer, pourtant je l'ai abandonnée pour le bel Apollon. Soudain, elle s'approche de moi et attrape mon menton, me forçant à tourner la tête,

— Merde, il t'est arrivé quoi ? me dit-elle d'une voix inquiète.

— Un client du *Maria*.

J'ai répondu du tac au tac sans réfléchir et je regrette instantanément ce mensonge. Je suis la première à prôner l'honnêteté cependant je n'ai pas la force d'en parler maintenant, pas la force de l'entendre insulter Nath, qu'elle me dise de ne plus jamais le revoir, je sais déjà tout ça. Elle n'a pas l'air de croire à mon excuse mais elle n'insiste pas.

— Ton père t'as contacté depuis ? me demande-t-elle en retournant à son plat.

— Non, pas depuis l'altercation au bar. Il a juste déposé tout ce qui restait de mes affaires chez *Djida*. Je crois bien que je n'ai plus de père.

Un sourire triste s'affiche sur mon visage, miroir au sien, tandis qu'elle pose une main sur la mienne.

— Parfois il vaut mieux ne pas avoir certains parents, lance-t-elle pensive avant de reprendre. Avec ta mère, ça s'est passé comment ?

Je laisse un souffle m'échapper. Je n'y ai même pas réfléchi, tout s'est enchaîné si vite aujourd'hui.

— Ça c'est bien passé je crois. Elle a pleuré et je lui ai fais des reproches, au moins les choses sont claires.

— Tu lui as dit pour Franck ?

Je secoue la tête et repense à la réaction du médecin.

— Je crois qu'elle parle de moi. L'interne en chirurgie a su qui j'étais juste en entendant mon nom.

Un rire sarcastique résonne dans la pièce, ce qui me surprend.

— Tu ne vas pas croire à toutes ces histoires, j'espère ? Reviens sur Terre, je vois très bien ce que tu es en train d'imaginer mais ce n'est pas ta mère et elle va bientôt crever. Ne t'attaches pas, ne te berce pas d'illusion. C'est normal que face à la mort elle éprouve des regrets, mais elle n'a jamais été présente. Elle t'a abandonnée, ne la laisse pas revenir comme si tout était normal.

Ses mots me font au moins aussi mal que la gifle de tout à l'heure, me laissant de nouveau sous le choc. *Elle va bientôt crever.* Je vois bien qu'Astrid s'en veut d'avoir parlé aussi crûment, mais elle a beaucoup trop de fierté pour s'excuser d'avoir dit ce qu'elle pensait. N'ayant plus la force de faire semblant, je prends l'assiette de pâtes qu'elle me tend, retournant m'enfermer dans ma chambre.

Je ne pensais pas avoir faim mais je dévore mon repas, me rappelant que je n'ai pas eu le temps de manger à midi. J'abandonne ma vaisselle sur mon bureau pour me brosser les dents mais alors que mes émotions n'étaient qu'un brouhaha constant incompréhensible, tout explose face à mon reflet.

Ma joue rougie est striée de ses doigts, me ramène de nouveau des années en arrière. Ma respiration se bloque et la crise arrive vite, sans prévenir. D'une violence si forte et si soudaine que je m'effondre au sol. Écroulée sur le carrelage froid, je me cramponne au bord du lavabo, cherchant désespérément mon oxygène, les yeux figés sur les larmes qui s'accumulent au sol. Ma douleur est d'une telle puissance qu'elle résonne dans tout mon corps, brûlant mes poumons, martelant mon crâne, comprimant mon cœur.

Je cherche à crier à l'aide, mais les mots restent coincés dans ma gorge. Astrid est juste en dessous, toutefois, seuls mes sanglots et mes suffocations résonnent dans le silence de cette salle de bain. Des images atroces se jouent sous mes yeux, et constater que ce sont mes propres souvenirs me brisent encore un peu plus. J'ai envie d'hurler ma peine, cependant elle est bien décidée à rester à l'intérieur de moi.

Je vais mourir.

Comme si ce n'était pas suffisant, la voix de mon père résonne dans la pièce. Je couvre mes oreilles mais cela ne change rien. À chaque fois que je commence à avoir des vertiges dû au manque d'oxygène, je parviens à respirer. Juste une fois, pour que le supplice puisse continuer. C'est étrange à quel point on peut se sentir seul dans ces moments-là, peu importe à quel point on est entouré.

Je ne sais pas combien de temps s'est écoulé lorsque les larmes se tassent et que l'air m'est de nouveau accessible de façon à peu près fluide. Cela m'a paru une éternité, mais je ne serais pas choquée d'apprendre que ça n'a duré que dix minutes. Quand on a l'impression de mourir, les secondes passent en minutes, les minutes en heures.

Petit à petit, les tremblements se calment et je peux de nouveau bouger. Je reste allongée à même le sol, à bout de force, incapable de me relever. Je sombre de nouveau dans les bras de morphée, éreintée par ce que mon propre cerveau me fait vivre, apaisée par le froid du carrelage contre mon dos.

J'émerge quelques heures plus tard, le corps endolori, toujours autant épuisée. Je me redresse difficilement, ma gorge sèche me brûle et se serre subitement. Il faut que je boive. L'angoisse me colle à la peau, puisant toute mon énergie. Elle m'observe dormir, attendant paisiblement mon réveil pour revenir à l'attaque.

Avant de me laisser de nouveau submerger, je me dépêche de boire une grande goulée d'eau et de me réfugier sur le balcon. Comme à chaque fois, les étoiles m'étonnent de leurs présences. Elles sont peu nombreuses, mais ici, elles existent malgré la pollution lumineuse de Paris. Je les contemple en silence, toutefois il s'agit du silence le plus bruyant que je n'ai jamais entendu.

Lorsque le soleil débute son ascension, je n'ai pas bougé, étant à la merci de mes pensées. Le bruit de la porte vitrée s'ouvrant à l'étage du dessous me fait sursauter et le temps que je me relève, Astrid est déjà installée sur un fauteuil de la terrasse, emmitouflée dans un pled. De là haut, je ne vois que son chignon décoiffé qui lui va si bien, tandis qu'elle observe le ciel se teinter de couleurs crépusculaires. Je ne signale pas ma présence et me contente de l'observer. Elle a l'air si fragile, elle qui est toujours sans faille et d'une perfection à toute épreuve. J'ai l'impression de ne plus vraiment la connaître. Je ne sais jamais ce qu'il se passe dans sa tête, j'ai oublié des années de notre amitié alors qu'elle me connaît sous toutes mes coutures. Je finis par toussoter légèrement parce que je n'aimerais pas être regardée alors je pense être seule. Je ne sais pas pourquoi, mais je m'attendais à voir ses yeux humides. Je me suis trompée et son regard étonnamment froid me surprend. Il s'adoucit lorsqu'il croise le mien.

— Tu es matinale, me lance-t-elle.

— Toi aussi, je constate.

— J'ai toujours été du matin contrairement à toi.

C'est vrai. Astrid est toujours réveillée avant moi, alors que j'aime dormir jusqu'à midi quand je le peux et que mon cerveau me le permet.

— J'ai eu du mal à dormir vu que je me suis reposée hier après-midi.

Elle hoche la tête avant de reprendre pensive.

— Je vais aller courir, tu veux venir ?

Je ne suis pas de nature sportive contrairement à elle, mais étrangement cette idée me tente bien.

— Astrid Karev qui invite quelqu'un à faire du sport avec elle ? Serais-tu en train de me demander en mariage ? je rigole.

— Tais toi avant que je change d'avis, souffle-t-elle en exagérant son exaspération.

Je mime une fermeture qui scelle mes lèvres entre elles avant de refermer ma fenêtre pour la rejoindre dans la cuisine.

— Je te laisse cinq minutes pour te préparer et te mettre en tenue de sport sinon je pars sans toi, me lance-t-elle du tac au tac me tendant un verre de jus d'orange fraîchement pressé.

Je rigole en vidant mon verre d'une traite avant de remonter me changer à toute vitesse. Je la rejoins dans l'entrée, avec mon seul ensemble de sport. Elle a un legging bordeaux assorti à une brassière dont les bretelles se croisent dans le dos.

— Tu ne vas pas avoir froid ? je demande fixant ses bras nus.

Elle brandit comme un trophée son gilet crop top assorti au reste, avant de l'enfiler. L'air glacé de l'aube nous revigore immédiatement, mais après quelques foulées je commence à avoir chaud. Nous trottinons en silence parce que nous n'avons pas besoin de mots pour savoir que nous nous excusons l'une l'autre. Le fait que je sois venue partager ce moment avec elle alors que je déteste courir est ma plus grande preuve d'amour. De son côté, en plus de m'avoir invitée à la rejoindre dans son défouloir, elle adapte même son rythme à moi ce qui me touche indéniablement. Parfois, les actions ont plus de poids que les mots.

Je suis ma meilleure amie qui est habituée à notre quartier. Elle connaît bien mon rythme parce que lorsque sa boucle est finie et que l'on fait de nouveau face à la porte d'entrée, je suis à bout de souffle.

— Je n'aurais pas été capable de faire un pas de plus, je souffle entre deux grandes inspirations.

Décidément, respirer est vraiment une épreuve quotidienne. La métaphore qui berce ma relation avec Nath m'a paru trop réelle ces dernières vingt-quatre heures, alors je me concentre sur mon souffle pour ne plus y penser. Astrid rigole gentiment.

— Arrête d'agoniser et va boire de l'eau, je te rejoins d'ici vingt minutes.

— Pourquoi toi on a l'impression que tu es juste allée chercher le pain en marchant alors que moi j'ai couru un marathon ?

Son rire franc résonne tandis qu'elle repart, me laissant assise sur le perron, épuisée et en sueur. Lorsqu'elle revient, je n'ai pas bougé, trop perdue dans mes pensées pour voir le temps passer. On remonte ensemble dans la cuisine et je bois l'équivalent d'un litre d'eau avant de filer sous la douche. L'eau chaude qui détend mes muscles endoloris par ma courte nuit et ma course me fait un bien fou. Une fois sortie, je descends prendre mon petit déjeuner et un post-it m'attend sur l'îlot central,《 Je suis à la fac, n'oublie pas de manger 》. Je suis ramenée à ces dernières semaines et mes post-its quotidiens. Je me rends compte que la première à avoir commencé ce rituel, c'est elle. Elle est la première à avoir pensé à moi et je l'ai délaissée.

Je suis assise sur le canapé face à mon téléphone et je le fixe depuis au moins cinq bonnes minutes. Trois messages de Nath me font face, « Je suis désolé », « Où es tu ? » et   « Prends soin de toi ».

Après un dilemme infini, je lui réponds que je suis chez moi, ignorant le reste. J'attrape ensuite mon ordinateur pour travailler un peu sur des missions que je me suis trouvées depuis que j'ai quitté mon travail mais les heures passent et je n'arrive pas à me concentrer. Je dois bouger, parler avec des gens et les écouter en retour, pour surpasser le bruit de mes pensées. Je finis par prendre mes affaires en vitesse et je file au *Maria*, presque au pas de course. J'arrive pile au moment de l'ouverture où je trouve Allan et Rayan retournant les dernières chaises.

— Zahra ?

— Salut les garçons, je lance tout sourire.

— Mais qu'est ce que tu fais là tu n'es pas d'ouverture si ? reprend Allan.

— Non mais je viens faire des heures sup avec vous j'ai besoin de m'occuper l'esprit.

Je vois leurs regards me fixer intensément, me rappelant subitement que ma marque n'est pas partie en une nuit. J'ai évité les miroirs ce matin, laissant la buée après ma douche pour ne pas voir la réalité en face. À force de la fuir, la réalité finit toujours par nous rattraper. Je ne sais pas à quoi je ressemble, mais ça ne doit pas être beau à voir vu comment mes collègues me dévisagent. Finalement, ils ne posent pas de question et me laissent les aider comme si de rien n'était.

Les heures passent à toute vitesse, les clients s'enchaînent, les rires, les débats mouvementés accoudés au comptoir, les danses sensuelles sur la piste en contrebas. Le monde est enfin plus rapide et plus bruyant que mon cerveau. Je n'ai pas le temps de ruminer tant je suis stimulée.

Minuit pointe le bout de son nez et j'ai refusé de prendre une pause, ne supportant pas l'idée de repenser à nouveau. Des cheveux blonds que je remarquerais parmi tous se distinguent, je ne m'arrête pas pour autant. Je continue mon service en ignorant royalement mon patron. Je sens tout de même son regard brûler mon épiderme et malgré toute la force mentale dont je fais preuve, ce n'est pas suffisant pour l'ignorer plus longtemps. Je tente un coup d'œil dans sa direction mais c'est un coup d'oeil de trop car je me retrouve incapable de me détacher de l'océan. Le temps se suspend et mon corps s'immobilise malgré moi,

— Va en pause Zahra, je gère, me lâche Rayan qui est toujours là lui aussi.

Je hoche la tête et me dirige vers la sortie. J'ai besoin de prendre l'air. Quelques minutes plus tard, comme je m'y attendais, Nath me rejoint.

— Zahra ?

Muette, je me contente de le regarder. D'un coup, son visage se décompose et au fond de ses yeux, l'océan se déchaîne.

27

Sa voix sans émotion est étonnamment grave. Elle se répercute contre mon crâne, tandis que je le regarde, hébétée. Dans un premier temps je me demande s'il se moque de moi mais son inquiétude est bien réelle. Le silence est parfois plus honnête que des mots.

— Oh non, c'est moi ? C'est moi qui t'ai giflé Zahra ?

Sa voix tremble tout comme ses mains lorsqu'il veut prendre mon visage en coupe mais il se ravise. Il est effrayé mais je le suis aussi. Je ne comprends pas ce qu'il se passe. Comment est-ce possible ? Il recule d'un pas, comme si son simple contact formerait des équimoses sur mon corps. Son visage reflète une horreur que je n'ai jamais vue auparavant tandis que je nage en pleine incompréhension.

— Je suis désolé. Zahra je suis sincèrement désolé. Je vais partir. Je vais déposer tes affaires chez toi demain. Tu n'as plus besoin de revenir travailler, je continuerais de te payer le temps que tu retrouves un travail. Je comprendrais que tu veuilles porter plainte.

Exactement comme la dernière fois, il se perd dans ses

excuses à profusion. Dans ma tête, une seule phrase tourne en boucle, m'empêchant d'écouter la suite.

《 *Je vais partir.* 》

Tout me revient en mémoire et se rejoue inlassablement sous mes yeux. Notre rencontre, nos nuits sur son balcon, mes services au *Maria* qui se terminaient toujours par des discussions en tout genre avec mes collègues... Mais les images ne sont pas seules, je ressens mon cœur qui s'emballe à son touché, le poids de mes épaules qui se volatilise lorsqu'il me regarde, ma facilité à respirer lorsque je suis dans ses bras.

《 *Je vais partir.* 》 Je ne peux pas le perdre.

Pourquoi aurait-il le droit de décider à ma place ? De toute façon j'ai vécu dans la violence toute ma vie, j'y suis habituée maintenant.

Je l'interromps d'un baiser, m'offrant une bouffée d'oxygène immédiate. Cette décision risque de me valoir un sermon bien mérité de la part de mes amies, mais cela me fera gagner un peu de temps pour choisir si je le laisse rester dans ma vie ou non. Une larme solitaire perle le long de ma joue et ma souffrance se fait annihiler par son simple contact. Suis-je maudite pour que celui qui me blesse soit aussi celui qui me guérit ? Mais il n'est pas la seule cause de ma souffrance. Sans lui, je vais devoir retourner à ma réalité trop hideuse.

— Nathanaël, tu ne m'as pas giflée, je souffle d'une voix enrouée.

Son corps se fige alors que je me détache de lui.

— Qui t'as fait ça alors ?

L'excuse d'un client du *Maria* ne fonctionnera pas. Il serait capable de refuser que je travaille à nouveau ici pour me protéger et ira sûrement questionner Rayan et Allan. Mon cerveau fonctionne à plein régime. Soit je trouve une excuse crédible maintenant, soit je ne le reverrai plus jamais et je ne sais pas si j'y survivrais.

— J'ai revu mon père, je lance dans un murmure incertain. Je l'ai confronté en lui demandant de refuser la garde de mes sœurs. Le ton est monté.

Je laisse un blanc assez équivoque, la gorge nouée par les souvenirs d'enfance qui refont surface. Tout se mélange entre mon passé et mon présent, mes souvenirs et mes émotions. Nath a essayé d'aborder le sujet à plusieurs reprises après sa rencontre plus que tumultueuse avec mon père, mais j'ai toujours réussi à esquiver. Cette fois c'est moi qui met le sujet sur le tapis, ce qui à l'air de l'étonner.

— Je vais le tuer, laisse-t-il échapper, son aplomb de retour.

— Non, tu ne vas pas le tuer. Je finirais de régler cette histoire avec lui par téléphone. Je n'ai plus aucune affaire chez lui, c'est fini. Si je le revois c'est devant un tribunal.

Je ne sais pas d'où je sors cette détermination dans ma voix, sans doute de la peur. Même si d'apparence j'ai l'air sur de moi, la terreur qu'il a eue envers lui même quelques secondes plus tôt me perturbe toujours.

— Zahra il faut faire quelque chose, porter plainte, je ne sais pas.

Je le coupe vivement.

— Je n'ai pas envie d'en parler, je voudrais que tu respectes mon choix. Je t'en parlerais lorsque je serais prête.

Il passe nerveusement sa main dans ses cheveux avant de souffler.

— D'accord, mais revient à l'appartement, s'il te plait. J'ai besoin de te savoir près de moi, en sécurité. J'ai besoin de me réveiller à tes côtés.

Comment est-ce possible qu'il ne se rende pas compte que c'est lui le danger ?

— J'ai besoin de recul. Même si ce n'est pas toi qui m'as frappée, tu as bu lorsqu'on est rentré de l'hôpital. Tu le sais déjà mais lorsque tu es alcoolisé, tu es désagréable et blessant. J'ai essayé de partir comme tu me l'avais demandé si cela arrivait à nouveau mais tu m'en as empêché. Je refuse d'être ton punching ball émotionnel sous prétexte que tu vas mal Nath. Je vais rester chez moi parce que j'ai besoin de réfléchir à tout ça, à nous.

Mes propres mots me tordent le ventre, mais la vérité détruit parfois plus que le mensonge. Nath acquiesce en silence et je me sens obligée d'ajouter en lui prenant la main.

— *Sherlock*, je t'aime et notre relation ne s'arrête pas là. J'ai juste besoin de temps. Parfois quand on va trop mal, on se blesse et je ne voudrais pas qu'on aille trop loin, tu comprends.

Il se contente de m'embrasser, un dernier baiser d'adieu avant un temps indéterminé. Je rentre à nouveau dans le bar, le goût de ses lèvres toujours sur les miennes.

Une heure plus tard, j'erre dans les rues illuminées et animées. Après ma conversation avec Nath, je n'ai plus réussi à me concentrer et j'ai feint une migraine pour écourter mon service. Les derniers métros sont passés mais je refuse de prendre un taxi, préférant marcher pour m'aérer l'esprit.

J'ai conscience que je me lance sur un terrain glissant. Dès lors que je ne peux pas en parler à Astrid, je sais que ce n'est pas une bonne idée. Je vais sûrement regretter de ne pas avoir dit la vérité mais j'ai besoin de quelques jours pour savoir si je reste avec lui ou si j'arrête tout. Mon mensonge me permet juste de me laisser du temps pour réfléchir à la meilleure décision à prendre.

Une fois en bas de chez moi, je suis étonnée de voir la lumière de la chambre de ma colocataire allumée. Lorsque j'arrive devant sa porte, celle-ci est entrouverte et je trouve Astrid sur un tapis de yoga, ses jambes formant une ligne parfaite tandis que ses bras sont étendus devant elle, sa poitrine contre le sol.

— Astrid qu'est ce que tu fous, il est une heure du mat ?

— Salut, tu ne dors pas chez Nath ? me répond-t-elle, la tête redressée.

— J'ai besoin de recul, je souffle en passant une main sur mon visage.

Elle rapproche ses jambes lentement avant de se mettre en tailleur et de me désigner le canapé qui lui fait face. Je m'y installe dans la même position tandis qu'elle m'invite à lui donner plus de détail,

— Tout est allé tellement vite, je me rends compte que je ne le connais pas vraiment.

— Et tu penses que c'est en revenant habiter à trente minutes de chez lui que tu le connaîtras mieux ?

C'est vrai que dit comme ça, cela parait idiot.

— Non. Mais cette situation m'effraie, je n'ai jamais vraiment été amoureuse, je crois que cette fois je le suis.

— Z, tu es amoureuse, ce n'est pas une question. Tu n'aurais jamais quitté ton travail si tu ne l'étais pas.

— Oui, justement je crois que c'est ça le problème. Je suis amoureuse et j'ai peur. Il l'est aussi, je n'en doute pas. Mais je ne suis pas la plus stable et je me rends compte qu'il ne l'est pas forcément non plus.

Tandis qu'elle reprend ses étirements, elle confirme d'un « hmm »et m'encourage à continuer.

— Je ne sais pas comment m'y prendre et j'abandonne

tout le monde. Je vois moins mes sœurs, je t'ai délaissée et je n'ai pas eu de nouvelle de Nyx depuis presque un mois.

— Zahra c'est normal, tu es amoureuse. Ça t'est tombé dessus d'un coup, c'est violent et inattendu. C'est logique que tu ne saches pas t'y prendre. Il y a un temps d'adaptation, au début d'une relation tout est beau, tout est rose on a besoin d'être avec la personne en permanence puis l'euphorie se tasse un peu et on sort de sa bulle. J'en ai parlé avec tes sœurs la dernière fois.

Mon cœur se serre à l'idée qu'elle connaisse mieux que moi les ressentis de mes sœurs mais je la laisse continuer.

— Elles sont contentes pour toi, mais sache que tu leur manques. Après l'épisode avec ton père, je pense qu'elles ont vraiment besoin de toi. Pour Nyx, envoie lui un message et propose lui de prendre un verre. Vous avez déjà passé des mois sans vous parler, tu sais très bien que ça ne change rien à votre amitié et à l'affection que vous vous portez. Vous fonctionnez comme ça.

Les larmes montent sans même que je ne m'en aperçoive mais je ne les laisse pas couler. Astrid qui s'en aperçoit marque une pause puis continue.

— On t'a laissée plus d'un mois dans ta bulle idyllique Z, mais c'est fini. Calcule le monde, tout ne tourne pas autour d'Apollon. Tu ne peux pas abandonner tout le monde pour un seul mec. Tu as des amies, des sœurs, une famille qui t'aime. Ce qui est bien c'est que tu t'en rendes compte, mais tu ne peux pas non plus faire un mois sur deux. On n'est pas en garde alternée. Ce n'est pas un mois avec Nath non-stop puis un mois sans le voir du tout.

Je réfléchis sérieusement à ce qu'elle dit et je sais qu'elle a raison. Je suis soulagée d'avoir une conversation avec elle la dessus mais je repense à la gifle et je suis de nouveau perdue.

J'aimerais lui en parler, cependant, je sais qu'elle sera catégorique. Elle ne comprendra pas que je peux survivre à quelques gifles mais pas à son absence.

— Tu as raison. J'ai juste besoin de trouver mon rythme, je murmure en ramenant mes genoux contre ma poitrine avant de les enlacer de mes bras.

— Oui, c'est légitime et je comprends. Prends le temps qu'il te faut, je suis là si tu as besoin. Compte sur moi pour t'engueuler si tu fais de la merde.

Elle se redresse pour boire de l'eau, puis elle retire son legging et sa brassière pour enfiler son pyjama. Je ne suis pas gênée de la voir se changer devant moi, on a passé ce cap depuis des années. Je me laisse bercer par le rap calme qui tourne dans les enceintes tandis qu'Astrid se poste à la fenêtre, cigarette en main.

— Comment fais-tu pour avoir autant de cardio alors que tu es fumeuse ? je rigole.

Elle hausse les épaules nonchalamment.

— Aucune idée. Alors comme ça, Apollon n'est pas stable non plus ?

Je me cale contre l'accoudoir face à elle, ne sachant pas exactement ce que je peux dire sans qu'elle m'ordonne de le fuir.

— Nath a perdu sa mère lorsqu'il n'était qu'adolescent. Ils étaient très proches mais il ne m'en parle jamais. La soirée où il est venu me chercher ici à été une des meilleures de ma vie. C'était fabuleux, des paillettes, du champagne, une péniche, tout était parfait. Mais il a reçu un appel ce soir-là. On lui a annoncé la mort de son père.

— Au téléphone ? s'étonne ma meilleure amie entre deux bouffées de fumée.

— Oui. Ils n'étaient pas proches mais ça a tout de même eu un impact sur sa vie puisqu'il s'est retrouvé à la tête de tout le business de sa famille. Lui qui a ouvert un bar sur un coup de tête et qui jouissait juste des plaisirs de la vie entre ses shootings et ses services, se retrouve en costard toute la journée à devoir se lever tôt, se déplacer dans tout Paris et prendre des décisions plus qu'importantes.

— Bienvenue dans la vraie vie ! lance-t-elle me faisant lever les yeux au ciel.

— Le fait est que sa vie a changé du tout au tout et qu'il a du mal à tout gérer. Je me réveille seule et on se voit peu. Je ne sais pas si c'est la vie que je souhaite avoir. Un mari riche mais jamais présent.

— Zahra, laisse le trouver son rythme à lui aussi. Tout comme toi, il a besoin de temps. Tu as raison quand tu dis que tout est allé très vite entre vous, ne lui demande pas la lune dans l'immédiat. C'est normal qu'il te manque et que ça t'attriste de moins le voir mais attends encore quelques semaines.

Elle avale encore de la fumée avant de cendrer sur le rebord de la fenêtre.

— Tu fais bien de prendre une pause. Vous allez tous les deux pouvoir réfléchir à cette relation, parce que vous n'avez jamais pris ce temps. Mais j'ai une question. Est-ce que tu lui en as parlé ?

Je réfléchis quelques instants avant de me rendre à l'évidence.

— Non, je ne me vois pas comment je pourrais lui reprocher de ne pas être là alors qu'il fait de son mieux.

— Parler ce n'est pas forcément reprocher. Tu peux lui expliquer que tu comprends les raisons de son absence et que tu le remercies de tous ses efforts, mais que toi tu aimerais te réveiller à ses côtés. Dis lui qu'il te manque.

— Tu as raison, j'admets.

— Je sais.

Mais ce qu'elle ne sait pas c'est que si j'étais vraiment honnête avec lui, il m'abandonnerait. Il le ferait pour mon bien selon lui, mais je ne suis pas certaine que cela soit une bonne solution. Tant qu'il ne boit pas, je vis mon conte de fée. Je dois juste l'aider à soigner son addiction, mais la question est, en ai-je la force ? Je ne suis pas dupe, je ne vais pas y arriver seule, il faut que je me confie, alors j'admets.

— Il m'a fait une crise de jalousie.

— Raconte, me demande-t-elle en haussant un sourcil.

— A l'hôpital lundi, il m'a accompagnée voir Leyla.

Je marque une pause, hésitant un instant. Les mots blessants qu'elle m'a dit la dernière fois que j'ai évoqué cette entrevue me reviennent mais je continue.

— Lorsqu'on est entrés dans la chambre, il s'est braqué et est sorti. Ses deux parents sont décédés j'aurais dû me douter que voir une femme à l'article de la mort n'allait pas lui faire du bien.

Je repense à Leyla qui avait l'air si fatiguée dans ce lit et ma gorge se serre.

— Vu la situation, c'est logique que tu n'aies pas pensé à ce qu'il aurait pu ressentir. Tu étais assez prise par tes propres émotions. Quand il t'a proposé son aide, il savait à quoi s'attendre. C'est normal que tu aies accepté une main tendue dans ta situation. Il a essayé, c'est déjà ça, mais Nathanaël est un adulte, il doit apprendre à respecter ses limites. Si tu plonges pour sauver quelqu'un de la noyade alors que tu ne sais pas nager, vous allez juste couler tous les deux.

Sa phrase résonne en moi.

Si tu plonges pour sauver quelqu'un de la noyade alors que tu ne sais pas nager, vous allez juste couler tous les deux.

Est-ce que je sais nager ? Où sont mes limites ?

— Mais il a été jaloux de ta mère ? reprends ma meilleure amie.

— Mais non ! je rigole. D'un interne en chirurgie.

— Qu'est ce qu'un interne en chirurgie faisait dans la chambre de ta mère ? Elle n'avait pas décidé d'arrêter ?

C'est vrai que je ne me suis pas posée la question. Je me contente de hausser les épaules lui expliquant que ce n'était pas ma préoccupation principale sur le moment.

— Bref, je me suis effondrée lorsque je suis sortie et l'interne m'a vu. Il m'a parlé d'elle et est resté un peu avec moi vu que j'étais toute seule. Lorsque Nath est revenu, il nous a vu tous les deux et il a dû se faire des films. Il m'a fait une crise de jalousie en rentrant.

— Ah ! C'est pour ça que tu es revenue ici ! lance-t-elle en allumant une autre cigarette.

— Non ! Enfin en partie. Ça m'a effrayée, je bégaye.

— Il t'a effrayée ? me demande-t-elle en fixant son regard vert émeraude dans le mien.

— Non non, je réponds à la hâte. Pas lui, la situation. Je me suis rendue compte qu'on était peut être allé un peu trop vite.

Je me mords la joue si fort que le goût du sang ne m'étonne même pas. *Mais qu'est ce que je suis entrain de faire ?* Je me demande si elle se doute de quelque chose, sauf que cette fille sait parfaitement cacher ce qu'elle pense.

— Tu sais si il a déjà été trompé par le passé ? me demande Astrid de sa voix de psy.

— Non, je n'en ai aucune idée. On n'a pas parlé de ses relations passées. Est-ce qu'on se connait réellement au fond ? je demande sachant qu'elle n'aura pas la réponse.

— Je vois. Prends cette pause, je pense que vous en avez tous les deux besoin. Tu en profiteras pour voir tes sœurs. Lorsque tu t'en sentiras prête, ayez une vraie discussion tous les deux. Communiquez si vous ne voulez pas foncer droit dans le mur.

Il faut absolument que j'écourte cette conversation pour ne pas me trahir. J'ai envie de tout lui raconter, je ne peux pas, je ne dois pas.

— Tu as raison. Bon, il est deux heures du matin As', je suis épuisée je pense que je vais aller dormir.

— Oui moi aussi tu as raison, me répond-elle en ignorant mon ton hâtif.

Elle referme la fenêtre avant de se tourner vers moi, fixant ma joue. Je vois bien à son regard que cela lui rappelle des souvenirs. De mon coté, c'est le trou noir, cependant je me doute que ce n'est pas la première fois qu'elle me voit marquée de la sorte. Finalement, elle me lance,

— Tu veux dormir avec moi ? Ça fait longtemps qu'on n'a pas fait ça. On le faisait tout le temps avant.

Je me contente d'avancer et de la prendre dans mes bras, encore une fois les larmes aux yeux.

— Merci. Merci d'être toujours là même quand je ne suis un peu nulle en tant que meilleure amie.

Elle me dit de la fermer tandis qu'elle me rend mon étreinte ce qui me fait rire. Après l'avoir regardée faire sa skincare alors que je me suis contentée de me brosser les dents, nous voilà dans son lit. Sa chambre n'a pas vraiment bougé depuis son emménagement, et de nouveau des souvenirs réconfortants me reviennent par bribe.

On a allumé les LED en turquoise, comme à chaque fois

que je dors avec elle. Même si on a grandi et que ma mémoire est défaillante, dans ce lit je me sens toujours à ma place et protégée. Alors que je suis sur le point de m'endormir et que je suis persuadée qu'Astrid dort, je l'entends murmurer,

— Fais attention à toi Zahra.

Puis je sombre dans un sommeil sans rêve, apaisée.

Partie III

28

En tailleur sur mon lit d'enfance, j'observe celui de mon frère qui me fait face. On a toujours aucune nouvelle de lui et je commence à m'inquiéter. Maya est persuadée qu'il le fait volontairement, Léna pense qu'il n'a juste pas de réseau ou d'électricité. De mon côté, je me contente de lui en vouloir de ne pas être présent et d'attendre. J'en ai marre de pleurer sur son oreiller chaque soir, j'en ai marre de m'imaginer qu'à lui, j'aurais peut-être tout dit. Alors, j'attends.

Depuis un mois, je passe mes journées avec ma grand-mère, mes soirées avec mes sœurs et le jeudi je le consacre à Astrid. J'ai essayé d'appeler Nyx à plusieurs reprises mais je n'ai pas eu de réponse non plus. Je ne lui en veux pas, je sais qu'elle a une très faible batterie sociale. Puis, honnêtement, je pense qu'elle est en gueule de bois la plupart du temps.

Le stress fait parcourir des milliers de fourmillement dans tout mon corps à l'idée de bientôt le revoir. Pour la énième fois je relis son message.

《 *Salut Zahra,*

je ne t'oblige pas à te lancer à nouveau dans une relation avec moi, je te laisserais le temps qu'il te faut et je t'attendrais. J'ai conscience de mes fautes et j'en suis de nouveau désolé. J'aimerais malgré tout t'expliquer des choses pour que tu aies toutes les cartes en main lorsque tu prendras la décision de rester ou non dans ma vie. Prends soin de toi,

Sherlock 》

Mes yeux parcourent encore et encore ces lignes. Je les connais par cœur mais je n'arrive pas à m'en empêcher. Mes émotions ne sont qu'un brouhaha incompréhensible, son message, une bouteille à la mer. Je sors de ma transe quand mon portable vibre entre mes mains. Un appel de Nyx.

— Allô ? je lance incertaine.

— Salut chérie, j'ai vu que tu essayais de me joindre.

Son surnom me réchauffe le cœur, parce qu'avec elle rien n'est grave.

— Oui ! Ça te dit d'aller boire un verre ou de sortir un de ces quatres ?

— Je ne dis jamais non à un verre, ce soir vingt heure trente café *La Marguerite* place de la Bastille, affirme-t-elle, ça te va ?

Je suis prise de court mais je confirme malgré tout et elle raccroche tout aussi rapidement. Avec cette fille, tout est immédiat. Lorsqu'elle a envie de quelque chose, elle le fait sans attendre et sans se poser de questions. Je ne cesserai jamais de le dire, elle m'impressionne. Je suis plutôt du genre à y réfléchir pendant des jours et relire le même message des milliers de fois.

Je décide enfin de sortir de ma chambre où je me terre depuis deux heures maintenant, pour rejoindre ma grand-mère en bas. J'adore ma famille, mais passer mes journée à discuter ou à réfléchir va me rendre folle.

Astrid m'a déconseillée d'aller au *Maria* pendant cette pause, me disant que si je voulais prendre du recul, ce n'est pas en le voyant tous les jours que j'allais y parvenir. Je sais qu'elle a raison mais je regrette un peu de l'avoir écoutée, travailler me manque.

Je m'assoie, regardant ma grand-mère assise face à sa machine à coudre, qui me salue d'un sourire adorable. Cela doit lui faire bizarre de ne plus passer ses journées seule mais ça n'a pas l'air de la déranger, au contraire.

Comme à son habitude, elle se lève pour préparer son éternel thé à la menthe, et comme depuis dix jours maintenant on va parler de tout et de rien. Elle tentera d'aborder des sujets plus épineux que j'éviterais à la perfection jusqu'à l'arrivée de mes sœurs, j'irai les aider avec leurs devoirs, puis on finira la journée devant la télé à regarder des émissions plus ou moins intéressantes qui alimentent trop souvent la culture du vide.

J'ai le sentiment d'être bloquée dans une boucle infinie. Je sais exactement ce qu'il va se passer après chacune de mes actions, et rien ne différera le lendemain ou le surlendemain. Ma grand-mère s'en fiche, elle a sa routine et ça lui va très bien mais je n'y arrive pas. J'ai besoin de travailler mais impossible de m'y mettre et de me concentrer sur ce que je fais. Je passe des heures à fixer mon écran, le regard dans le vide. J'ai beau essayer de briser la boucle en sortant marcher, longer les bords de Seine à l'arrivée des beaux jours, je culpabilise très vite de ne pas être avec ma grand-mère et je reviens sur mes pas. L'appel de Nyx me provoque enfin un semblant de sentiment. Comme si mon cœur s'était remis à battre, ou que je commençais à émerger d'un profond coma.

— Je vois Nyx ce soir, je lance à ma grand-mère qui me sourit encore.

Ce sourire me fait mal au ventre. Je ne sais toujours pas si elle a pu aller voir Leyla, mais sa fille unique est à l'hôpital sur le point de mourir. Son sourire résonne comme mon rire. Est ce qu'avoir l'âme amochée est héréditaire ? Peut-être génétique ?

— Super, où est-ce que tu dors ?

— Chez moi je pense. En tout cas, ne m'attends pas.

Elle me regarde de ses yeux marrons profonds.

— D'accord, envoie un message aux filles pour leur dire de rentrer vite. Comme ça, on mangera ensemble avant ton départ.

Puis la boucle continue de se jouer et je m'éteins à nouveau. Le disque rayé répète les mêmes scènes qu'hier jusqu'à la fin du repas. Les crises d'angoisses qui ne me lâchent pas m'épuisent et chaque inspiration est douloureuse. C'est bien la seule sensation que je ressens.

Ma tête qui rebondit contre la vitre à chaque accoup du RER me maintient éveillée, mais je suis incapable de réfléchir. Lorsque j'arrive devant la grande tour surplombée de son génie d'or, mon cœur s'accélère. Les lumières des bars, de l'opéra et les conversations qui résonnent me ramènent sur terre. Je me dirige vers le bar que m'a désigné Nyx et je le retrouve sans peine. Je scanne la terrasse en cherchant une chevelure noire de jais, je ne suis pas étonnée de ne trouver personne. Je la préviens de mon arrivée puis me dirige vers une table libre.

Il est déjà vingt et une heure et j'ai beau être peu ponctuelle, elle l'est encore moins. Après avoir reçu un message qui m'annonce qu'elle sera là dans cinq minutes, j'observe les gens vivre. Pourquoi tout a l'air si simple pour eux ? Pourquoi suis-je la seule qui découvre son passé à vingt-deux ans ? Suis-je la seule que son copain gifle lorsqu'il a bu ?

Ce n'est qu'à vingt et une heure quinze qu'un bruit de talons réguliers résonnant contre le béton se fait entendre. Je vois bien les regards se retourner sur elle, ses cuissardes et son collant résille. Je sais bien qu'elle le voit aussi, qu'elle en joue, et que l'égo de l'adolescente terrée en elle se sent aimée par ces regards.

— Salut chérie.

Son ton insolent malgré elle ne me dérange pas. Elle embrasse chacune de mes joues me laissant surement une marque de son rouge à lèvre - écarlate comme à son habitude - que je m'empresse d'effacer. Nyx aime laisser sa trace, prouver qu'elle est passée par là, qu'elle existe. L'amnésie traumatique a emporté toute ma vie, sauf elle. Tous mes souvenirs la concernant sont à vif, me comprimant les poumons. Est-ce parce que si moi j'avais oublié, personne ne s'en serait souvenu ? Le cerveau est un casse tête que je ne comprendrais jamais.

— Un sex on the beach ! lance-t-elle au serveur que je n'ai pas vu arriver.

Il ne me calcule même pas, happé par la tornade humaine qui me fait face.

— De même, je demande sans prendre le temps de regarder la carte que j'ai eu le temps d'analyser en l'attendant.

— Alors ? On se fait désirer ? je lance en me moquant d'elle une fois que le serveur est parti.

Son rire résonne alors qu'elle balance ses cheveux derrière son épaule.

— Ma belle, je respecte juste le quart d'heure de politesse.

— On s'était donné rendez-vous il y a une heure, je me plains.

— Et bien je suis extrêmement polie, c'est dans ma nature.

Je rigole et pour la première fois depuis plusieurs

semaines, je n'ai pas la sensation d'être fausse.

— Tu as fait quoi ces dernières semaines ? je lui demande en m'attendant à tout tant cette fille est imprévisible.

— Figure toi que j'ai décroché moi aussi un petit job de serveuse !

— Ah bon ? Où ça ?

— Dans une boîte de nuit du seizième arrondissement. Pour le moment ça m'amuse, je trouve un nouvel endroit où dormir chaque soir ! s'exclame-t-elle, faussant un air de fierté exagérée.

Puis elle me questionne à mon tour alors que nos cocktails arrivent.

— Et avec le beau riche ?

Je crois que je préfère Apollon...

— On prend une pause.

J'ai balancé ça comme si c'était totalement futil, juste un petit détail. Comme si mon monde ne s'était pas arrêté de tourner depuis. Parce qu'avec elle, rien n'empêche de vivre. Mes yeux glissent sur son bras où des traits boursouflés et violacés s'éparpillent, puis je les laisse tomber sur ses mains, feignant d'admirer ses ongles.

— Ils sont incroyables ! je m'exclame, réellement impressionnée par la couleur vive et la longueur que je serais incapable de supporter.

Je me demande si elle a vu mes yeux s'attarder sur ses marques et je culpabilise immédiatement. J'ai du mal à comprendre qu'on en arrive là, moi qui ai fui les coups toute mon enfance, elle se les inflige toute seule.

— T'as vu ça ! me répond-t-elle en contemplant sa propre manucure.

Elle boit une gorgée de son cocktail, colorant le bout de sa paille sans me lâcher des yeux avant de reprendre.

— On sait toi comme moi que tu ne veux pas aborder le sujet. Qu'attends-tu de moi chérie ?

— Qu'est ce que j'attends ? je demande perplexe.

— Je ne suis pas idiote, quelque chose ne va pas. Astrid l'a sûrement aperçu aussi, ne pense pas la berner. Il ne faut pas être un génie pour savoir qu'arrêter de parler avec l'homme qui était devenu tout ton monde, ça fait un mal de chien. Maintenant qu'est ce que tu veux que je fasse ? Je te force à en parler et à m'expliquer ce que tu essaies de me cacher, puis je vais le trucider pour avoir amochée ton âme ? Ou alors on fait comme si tout allait merveilleusement bien et on boit jusqu'à oublier son prénom ?

Sa franchise me fait l'effet d'une bombe, ravageant tout sur son passage. Un blanc s'installe pendant que je la dévisage hébétée.

— Ma chérie, tu devrais prendre une décision, sinon je vais lui rouler dessus avant même que tu m'expliques ce qu'il a fait.

Je suis incapable de savoir si elle est sérieuse ou si elle plaisante. J'avale la moitié de mon cocktail d'un coup et Nyx acquiesce avant de m'imiter. Son regard est lourd de sens, mais j'ai besoin de le sortir de ma tête. Je pense Nath, je vis Nath, je me lève Nath, je m'endors Nath, je respire Nath. Ce soir, je bois Zahra.

Pour la première fois depuis cette fameuse soirée qui a changé toute ma vie, je bois sans m'arrêter. Je fais même des concours de shots avec ma meilleure amie d'enfance, qui gagne évidemment haut la main.

Autour de moi, son fameux regard vitreux est partout. Ce regard que je prenais pour des larmes emmagasinées qui n'était que le reflet de son état me hante. Le monde se met à tanguer, comme si l'océan emprisonné dans ses yeux se déchaînait sous moi. Tout tourne, je sens des ongles s'enfoncer légèrement dans mon bras tandis que je trébuche. Une voix lointaine me parvient,

— On rentre chez toi chérie, ça suffit.

Son ton n'est pas méchant mais il ne laisse pas place à la discussion.

— Non ! je m'exclame pourtant, ne parvenant plus à retenir mes larmes et mes jambes flanchant sous le poid de ma peine.

— Pourquoi ? relance la voix.

— Ca me rappelle quand il est venu me chercher pour notre premier rendez-vous, je sanglote. On peut aller chez toi ?

Un rire sarcastique résonne, mais je suis incapable de comprendre pourquoi. J'entends la voix passer un appel, puis un deuxième, alors que je n'arrête pas de penser à lui. Je revois la limousine, ma robe d'or, mais surtout nos batailles de chocolat, mes réveils dans ses bras, et je me remets à pleurer. Finalement des mains attrapent mes bras et c'est les siens, je les reconnais. Il est là, il est venu me chercher. Je me blottis contre lui alors qu'il m'installe dans une voiture. Contre ses bras, je finis par m'assoupir, le sourire aux lèvres et les joues trempées.

29

On me secoue pour me forcer à émerger. Etonnement ma tête tourne encore plus que tout à l'heure mais j'arrive malgré tout à comprendre qu'il ne fait pas encore jour.

— On n'est pas demain Nath ? je peine à articuler pendant qu'on m'aide à me redresser.

Je n'arrive pas à entendre sa réponse, trop concentrée à monter les marches, agrippée à la rampe d'une main et à lui de l'autre. *Pourquoi on monte des escaliers ? Il n'y a pas d'escalier chez Nath ?* J'essaie d'ouvrir les yeux, j'aperçois un tapis rouge de velours couvrant l'escalier de bois. Je ne connais définitivement pas cet endroit.

Incapable de m'inquièter, je me laisse guider face à une porte d'appartement qui se dévérouille immédiatement. Je n'arrive pas à identifier la personne qui me fait face, mes yeux étant fixés au sol pour m'empêcher de perdre l'équilibre. On me laisse tomber sur un canapé où je m'écroule de tout mon long. Enfin un visage familier apparaît devant moi.

— Nyx, je murmure avant de fermer les yeux.

Malgré mes paupières closes et l'étendue sombre qui me fait face, la terre tourne. Elle tourne si fort que cela me force à les rouvrir immédiatement. La lumière est éteinte, j'entends seulement des voix résonner en fond, alors que je parviens enfin à sombrer dans le sommeil opaque de l'ivresse.

Lorsque j'ouvre les yeux, mon cœur bat dans mes tempes et je gémis de douleur. Je me redresse sur ce canapé aussi dur que le sol, cherchant à repérer les lieux.

Oh merde l'histoire se répète.

Comme si j'avais pensé à voix haute une voix me répond,

— Ne t'en fais pas, tu n'es pas chez un mec inconnu. Un seul homme t'apporte suffisamment de problème comme ça.

Nyx m'apporte un verre d'eau en se moquant ouvertement de moi.

— Où est-on ? je marmonne encore à moitié endormie.

— Chez Mahana, la cousine d'Astrid. Tu ne voulais pas rentrer chez toi hier parce que cela te rappelait trop de souvenirs avec Nath donc je l'ai appelée et elle m'a redirigée ici.

Je passe mes mains sur mon visage essayant de me souvenir de ma soirée. Quelques images me reviennent et effectivement, j'ai été infernale. Je m'excuse immédiatement auprès de Nyx,

— Ma chérie, j'ai déjà fait pire, soit juste contente que je n'ai pas fini dans le même état parce qu'à deux on ne serait pas allé loin.

J'imagine ce qui aurait pu nous arriver et un frisson me parcourt l'échine. Décidément, je déteste l'alcool.

— Merci d'avoir pris soin de moi.

La porte d'entrée s'ouvre alors sur Mahana, brandissant des sachets en papier. Je l'ai déjà vue car Astrid et elles sont très proches. Puis on ne peut pas dire qu'elle passe inaperçue avec ses nattes turquoises contrastant avec sa peau métisse.

— Croissants et pains au chocolat ! Oh tu es sortie de ton coma Zahra ? s'exclame-t-elle en esquissant un sourire

Je hoche la tête, embarrassée qu'elle me voit dans cet état.

— Viens manger un truc même si tu n'as pas faim. Histoire d'absorber tous les restes d'alcool. Et bois beaucoup d'eau, m'ordonne Nyx.

Alors qu'on est assis face à nos viennoiseries, je me terre dans le silence et la honte. Mon hôte s'en aperçoit et me lance avec franchise.

— Zahra arrête d'être mal à l'aise, Nyx m'a tout expliqué, peine de cœur, besoin d'oublier, je ne bois pas mais tu n'es pas la première à qui ça arrive.

— Par contre si tu as l'alcool triste, évite de boire la prochaine fois, complète l'autre moqueuse.

J'acquiesce, étrangement détendue. Mahana illumine toute la pièce par son énergie et son débit de parole hallucinant. Je rigole toutes les cinq minutes manquant de m'étouffer avec mon croissant alors que mon amie a juste envie de partir le plus vite possible.

— Bon Zahra, mon hospitalité n'est pas gratuite, lance-t-elle, soudainement sérieuse.

— Oh oui, euh, bien sûr, je te dois combien ? bégayais-je tandis que le rouge me monte aux joues.

— Tu dois prendre une décision, m'ordonne-t-elle.

Le rire de Nyx résonne malgré sa batterie sociale à sec, ce qui ne me dit rien qui vaille.

— Soit tu le bloques, soit tu lui envoies un message. Fini le break, la boucle est bouclée. Votre histoire a commencé par une cuite, soit elle se finit par une cuite soit elle reprend par une cuite mais tu as remis les compteurs à zéro !

Effectivement, la soirée que je viens de passer a fini par me convaincre. Il me faut toutes les informations pour prendre une décision. Je suis amoureuse et incapable de vivre sans lui. La féministe en moi déteste cette situation. Si je le quitte sans avoir entendu les raisons de son comportement, je m'en voudrais toute ma vie. Alors, j'attrappe mon portable et lui envoie un message, lui donnant rendez-vous à quinze heure en bas de chez lui. Je me mets immédiatement en mode avion, avant de lancer l'appareil sur Nyx. Mahana qui a lu au-dessus de mon épaule est tout émoustillée, à l'antipode de la brune qui est excédée par notre comportement enfantin.

— Bon je n'ai pas dormi de la nuit. Chérie, je squatte ton lit quelques heures, prévient Nyx en s'adressant à Mahana avant de s'éclipser dans l'unique chambre.

Mahana me regarde étonnée et je m'empresse de justifier le comportement de mon amie,

— Je suis désolée, elle n'est pas très sociable surtout quand elle n'a pas dormi. Je peux la virer à coup de pieds si tu veux !

Le rire franc que j'entends est un des plus sincère que je n'ai jamais entendu. Pourquoi la vie a-t-elle l'air si simple pour elle ? Pourquoi son rire n'est pas fêlé comme le mien ?

— Ne t'en fais pas je comprends ! Elle peut dormir ici il n'y a aucun problème, je télétravaille. Seulement, toi tu devrais y aller, Astrid t'attend de pied ferme.

Je suis surprise par tant de bienveillance - Astrid l'aurait dégagée dans la seconde - puis je m'empresse de m'éclipser, le sourire aux lèvres tant sa bonne humeur est contagieuse.

Finalement, on n'est pas très loin du bar où l'on s'est retrouvée hier et je ne peine donc pas à retrouver mon chemin. Après plus de trente minutes de marche, je m'effondre sur le lit d'Astrid, trop fatiguée pour monter un étage de plus. Malgré le petit déjeuner, les deux litres d'eau et le paracétamol que j'ai pris au réveil, mon mal de crâne persiste, accompagné d'une nausée affreuse.

Lorsque je me réveille, le soleil est à son apogée et tape contre les vitres provoquant une chaleur agréable contre ma peau. Le mois de mai débute et je me rends compte à quel point deux mois et demi peuvent changer une vie.

Mon regard finit par tomber sur Astrid, calée dans son canapé, l'ordinateur aux genoux. Sentant immédiatement que je vais passer un sale quart d'heure, je préfère feindre quelques minutes de sommeil en plus. C'est le besoin d'aller aux toilettes qui me force à me lever et je suis immédiatement fusillée du regard par la jolie blonde,

— Je vais juste aux toilettes avant que tu ne me trucides ok ?

— Dépêche toi.

Mon reflet dans la glace me fait sursauter. Des coulées noires strient mes joues. Merde je suis sortie comme ça dans la rue ! Ni Mahana, ni Nyx, n'y ont vu un quelconque problème. Je m'empresse de me débarbouiller avant de rejoindre mon amie, m'asseyant sur son bureau qui lui fait face.

— Zahra bordel, ta dernière cuite n'a pas suffi à te dissuader de recommencer ? Ça ne t'a pas apporté suffisamment de problèmes comme ça ? Commence-t-elle avec un ton plein de reproches.

L'inquiétude se transforme souvent en colère, je suppose que c'est une réaction logique. Malgré tout cela ne me plait pas de me faire gronder comme une enfant.

— Pour ma défense, les problèmes ont commencé avant, c'est bien pour ça que j'ai bu ce jour-là.

Astrid semble réfléchir avant de reprendre,

— Soit. Cependant tu empires les choses.

— Nath n'empire rien ! je m'exclame outrée.

— Peut-être mais cela fait trois semaines que tu te lamentes sur ton sort en esquivant le sujet avec tout le monde !

Ses mots me heurtent de plein fouet. C'est étonnant à quel point la vérité peut être blessante. Mais n'est ce pas le rôle d'une meilleure amie de te la dire même lorsqu'elle fait mal et qu'elle est moche ?

— J'avais besoin de prendre du recul ! je crie malgré tout en me levant du bureau.

— Cette comédie marche peut-être avec tes sœurs et ta grand-mère, Zahra, sauf qu'avec moi, ça ne trompe pas. Je vois bien que tu es déprimée, répond-t-elle sur le même ton.

— Je ne suis pas déprimée, seulement fatiguée.

— Oui bien sûr, me souffle-t-elle ironiquement en levant exagérément les yeux au ciel, ce qui a le don de m'énerver.

On finit par se taire, laissant la tension retomber. Nous savons l'une comme l'autre que si nous continuons, nous allons finir par dire des choses qui vont dépasser nos pensées.

— Je le revois tout à l'heure, je relance, calmée et de nouveau sur mon perchoir.

— Et bah enfin quelque chose qui bouge. À quelle heure ?

— Dans trois heures. Je ne veux pas en parler, mais ça va.

— Si tu le dis, conclut-elle avant de se remettre à taper sur son clavier.

Je suis étonnée qu'elle abandonne si vite mais je ne veux pas terminer sur cette conversation alors je lui demande ce qu'elle fait.

— Je remets au clair mes notes de cours. Tu continues à bosser toi ? me demande-t-elle sans lever les yeux de son écran

— Non, je n'y arrive pas.

Je suis penaude et en colère face à mon incapacité à travailler. Elle doit le ressentir parce qu'elle pose son ordinateur sur la table basse qui nous sépare avant de se caler confortablement entre les coussins. Elle m'analyse du regard pendant que je ne cesse de balancer mes jambes dans le vide, mal à l'aise.

— C'est normal comme réaction Zahra. Tout a été intense ces derniers mois.

Avec elle, tout est normal ou logique, pourtant moi je deviens dingue. On n'entend jamais parler de femmes qui vivent ce que je suis en train de vivre.

— Dans un premier temps ton travail était ton obsession et ta vie tournait autour de ça. Du jour au lendemain, tu coupes tout. Dans un second temps, tu deviens serveuse et tu t'impliques à fond ce qui change complètement ton rythme de vie. De nouveau, tu coupes tout et ton cerveau sature.

Je ramène mon pied sur le bureau, calant mon genou sous mon menton, continuant de l'écouter m'analyser.

— Tu n'as jamais été dans la demi-mesure. Soit tu ne travailles pas, soit tu travailles vingt heures sur vingt-quatre. Soit tu n'aimes personnes pendant des années, soit un inconnu devient tout ton monde en une soirée. C'est logique que tu n'arrives pas à reprendre ton travail tant que tu ne le fais pas pleinement, tu n'as pas l'habitude.

— Mmh, je murmure songeuse

— Z, ne te mets pas la pression avec ça pour le moment. Laisse le temps à ton cerveau d'assimiler tout ce qu'il s'est passé ces derniers mois et va voir un psy,

Je la coupe en rigolant,

— Je te l'ai déjà dit, je n'ai aucune envie qu'un inconnu fouille dans mon cerveau, tu me suffit très bien.

Elle souffle ajoutant tout de même,

— Tout ça pour dire, prends une pause avec le travail. Si tu as besoin d'argent, je serai ton porte-monnaie.

Je souris mais elle sait pertinemment que j'ai assez de côté pour ne rien lui emprunter. J'ai par moment dépendu d'elle et de son père mais je les ai remboursés jusqu'au moindre centime. Je déteste me sentir redevable, cependant je le serais éternellement envers elle.

— On va manger ? Je dois partir dans pas longtemps.

La conversation continue dans la cuisine pendant qu'elle coupe des concombres et que j'émince des oignons.

— Alors ça c'est bien passé avec ma cousine ? me demande-t-elle.

— Elle est adorable, je m'en veux de m'être imposée, je suis vraiment désolée.

— Ne t'en fais pas, elle aime bien recevoir des gens. Elle se plaint tout le temps d'être toute seule et que je ne vais pas la voir assez souvent.

Je lui raconte alors comment Nyx s'est retrouvée à dormir chez Mahana. Elle explose de rire, m'expliquant que ça a dû lui faire plaisir de ne pas travailler seule. Astrid essaie comme elle peut de me soutirer des informations sur Nath mais j'esquive ses questions à la perfection. Je suis devenue une professionnelle.

Ce n'est qu'après avoir mangé et être rentrée chacune dans notre chambre que je me rends compte de l'heure qui avance. Je m'empresse de me doucher pour enlever les dernières effluves d'alcool qui se sont incrustées dans mes cheveux. Sans avoir vraiment le temps de réfléchir à ma tenue j'enfile un jean bleu assez large et un débardeur noir près du corps, puis je dévale l'escalier à toute vitesse.

Dans le métro, le stress me gagne. J'essaie tant bien que mal de me concentrer sur la musique qui sort de mes écouteurs mais mes pensées parasites prennent toute la place.

Lorsque j'aperçois son immeuble, il est là, dans un pantalon en lin et une magnifique chemise *Ralph Lauren*. Il a les yeux rivés sur son portable, si bien qu'il ne me voit pas arriver. J'en profite pour observer la scène quelques instants. Je vois bien les gens se retourner sur lui, il transpire la richesse et les films hollywoodiens, ça ne passe pas inaperçu. C'est étrange comme j'ai l'air d'être banale comparé à mon entourage si atypique. Moi qui déteste attirer l'attention des gens, mes proches ne m'aident pas.

— Salut, je lance lorsque j'arrive à côté de lui.

30

Nath m'observe comme si j'étais la huitième merveille du monde et je frissonne. Je fais tout pour enregistrer le moindre détail de ce regard, parce que c'est peut être la dernière fois que l'on me regarde comme ça. Il me fait la bise, ce qui me ramène à nos premières rencontres. Cette satanée journée où je me suis réveillée chez lui ne cesse de se rejouer chaque jour depuis que nous avons arrêté de nous parler. Je vois bien qu'il a envie de m'embrasser mais il respecte la distance dont j'ai besoin et je l'en remercie intérieurement. Je m'attendais à ce que cela soit gênant mais seulement un silence agréable nous englobe, entre la timidité et la contemplation.

— Tu préfères monter ou qu'on aille dans un café ? me demande-t-il en cassant le blanc qui s'était installé.

Après avoir rapidement pesé le pour et le contre dans ma tête, je choisis le café. Je crains d'être influencée par le sentiment nostalgique que me fera ressentir son appartement et j'ai besoin d'être la plus objective possible. Il hoche la tête et on commence à marcher sans bruit. Je profite de chaque seconde comme si c'était la dernière. Etonnamment je ne me sens pas en danger. Peut-être parce qu'il m'a apporté plus de bien que de mal ?

Il n'a pas l'air stressé non plus et l'ambiance est agréable, comme si notre simple présence étouffait un peu nos démons. Quelques fois, je surprends son regard sur moi ce qui échauffe un peu mes joues. J'aimerais lui prendre la main, sentir sa peau contre la mienne, mais je dois rester lucide.

Face à face, uniquement séparés de la petite table ronde, je prends une grande inspiration et cette fois c'est moi qui commence.

— Ça ne fait qu'un mois mais j'ai l'impression qu'on ne s'est pas vu depuis une éternité.

— Je suis d'accord avec toi, tu m'as manqué, laisse-t-il échapper comme un secret qui brûlait ses lèvres depuis trop longtemps.

J'acquiesce avant de reprendre d'un ton calme,

— Nath, tu te doutes que je ne suis pas venue parler du bon temps ou écouter Paris. Tu m'as dit que tu me devais des explications, alors je les attends.

Il ne semble pas énervé ou blessé que je coupe court pour entrer dans le vif du sujet, il se contente de poser son café et de commencer.

— Oui, tu as raison. Dans un premier temps, mes propos ont dépassé mes pensées et je m'en excuse. Je ne veux pas que tu restes près de moi si je te blesse, Zahra. Je préfère que tu sois bien loin de moi plutôt que tu souffres à mes côtés. Je ne veux pas être impuissant face à ton mal être, ou pire, en être la source. Si tu prends la décision d'arrêter notre relation, j'aimerais que tu saches que ce qu'il s'est passé est dû à un enchaînement très précis de coïncidences qui m'ont poussé à bout. Évidemment ça n'excuse en rien mes mots mais c'est uniquement pour que tu comprennes que ça ne se reproduira plus.

Je vois bien que ça lui coûte de parler. C'est comme si chaque mot lui brûlait la langue et ses doigts tapent contre la table au même rythme que sa jambe martèle le sol. Pourtant il m'en faut plus. J'ai bien conscience qu'il ne se souvient pas de la gifle, mais je mérite plus que quelques allusions au passé, je veux comprendre. Je veux être certaine que cela ne se reproduira plus.

— Quelles sont ces coïncidences ?

Il s'attendait à la question mais sa main passant machinalement dans ses cheveux me prouve qu'il n'est pas à l'aise, alors je l'encourage,

— Tu sais, même si on ne se connaît que depuis deux mois, on a tous les deux pris une place très importante dans la vie l'un de l'autre. Il faut que tu me fasses confiance. On doit se confier l'un à l'autre si on veut avancer. Si jamais je veux qu'on se revoit, il faut que tu me prouves que tu me fais confiance. On était d'accord pour se laisser du temps mais on a tous les deux des démons et cohabiter ensemble veut dire cohabiter avec les démons de l'autre. J'ai besoin de connaître les tiens pour savoir si j'aurais la force d'y faire face avec toi.

Visiblement mon petit discours fonctionne parce qu'il se racle la gorge avant de commencer,

— D'aussi loin que je me souvienne, même en maternelle, j'ai toujours fait partie des populaires. J'étais toujours très entouré, mais je me sentais étrangement seul. Sûrement parce qu'on appréciait plus mon argent que moi. C'est cliché mais l'humain est souvent avare de richesse et de reconnaissance. Puis, je détestais être chez moi, mes parents..

Il marque une pause et un élan de tristesse parcourt ses iris, fissurant mon cœur. Je m'en veux de le forcer à se confier mais il faut que je sache, il faut qu'il me rassure, alors je le laisse continuer.

— Mes parents ne s'entendaient pas. Ils hurlaient tout le temps et je détestais ça. J'avais toujours des bonnes notes parce que j'avais des facilités, mais je me battais souvent. Tout prétexte était bon à prendre pour attirer l'attention et pour me défouler.

Un jour, j'avais douze ans et je me suis fait viré de cours. Je ne voulais pas aller voir les surveillants, je m'ennuyais à mourir dans leur bureau. Je savais qu'il suffirait d'un billet pour faire effacer mon exclusion donc j'ai traîné dans les couloirs pour m'occuper. Je suis tombé sur un garçon que je n'avais jamais remarqué mais à vrai dire je ne faisais pas vraiment attention à ceux qui m'entouraient. Il était assis sur les marches du dernier étage en train de lire le plus simplement du monde. C'était comme si c'était normal, comme si il n'aurait pas dû être en cours.

J'avais beau connaître du monde, personne n'aurait séché tout seul et encore moins pour lire de la poésie. J'ai vite compris qu'il était différent et il m'a intrigué. Je n'avais rien d'autre à faire alors je me suis assis à côté de lui et je me suis senti moins seul. Étrange, vu qu'il n'a pas levé les yeux de son livre, mais je préférais qu'on ne me regarde pas du tout plutôt qu'on me côtoie seulement pour mon argent. J'en avais marre de tous ces lèches bottes et de leur hypocrisie.

J'ai commencé à sécher juste pour m'asseoir à côté de lui pendant qu'il lisait. Un jour, il a levé les yeux de son livre. Je m'en rappelle comme si c'était hier. Il lisait *Alcool d'Apollinaire* pour la énième fois. Le livre était déchiré sur les coins, les pages étaient pliées et il y avait des inscriptions de partout dans tous les sens. Lorsqu'il m'a enfin regardé, il m'a vu et on est devenu meilleurs amis.

J'écoute sans comprendre. Je me demande pourquoi il ne m'a jamais parlé de ce meilleur ami et ce qu'il est devenu. Je revois pourtant ce livre qui ne quitte jamais sa table de nuit, *Alcool d'Apollinaire*. Je me rappelle soudain d'une conversation dans la voiture, le jour où il m'a poussée.

《 *j'ai eu mon Astrid. Mais il m'a trahi pendant notre dernière année au lycée. On était dans la même classe depuis la sixième, il a suffi d'une fille pour tout gâcher.* 》

Etait-ce lui son Astrid ? Nath est plongé dans ses souvenirs, son ton nostalgique me fait voyager dans ses souvenirs et je suis touchée qu'il m'offre cette partie de lui. Mais soudain, je chute de douze étages.

— Il s'appelait Hélios. Hélios Martinez.

Je le regarde la bouche entrouverte. C'était donc ça, le regard qu'ils se sont lancés. Le Docteur Martinez n'avait pas juste vu Nath dans un magazine, c'était son ancien meilleur ami.

— Mais que s'est-il passé ? je le questionne hébétée.

Nath se ferme immédiatement. Il verrouille à nouveau ce souvenir qu'il ne s'autorise sûrement que rarement à visiter et revient dans le présent.

— J'ai retrouvé mon premier amour dans son lit après plus de deux ans de relation, depuis on ne s'est plus parlé et on ne s'était plus revu.

— Depuis combien de temps ? j'ose demander à nouveau.

— Presque sept ans maintenant.

Mon cerveau n'a pas fini d'assimiler les informations lorsqu'il conclut d'un ton plein d'aigreur que je ne lui reconnais pas.

— Quand je t'ai vu contre ce connard, j'ai cru que l'histoire se répétait.

— Et tu étais ivre, je précise parce qu'il semble avoir oublié ce détail plus qu'important.

— Je buvais beaucoup à l'époque, le revoir m'a ramené à mes anciennes habitudes. Ça n'excuse pas ce que je t'ai dit, l'alcool n'excuse rien.

Je le remercie de le préciser, puis l'observe, terrée dans mon mutisme. Seul le son de son portable vibrant contre la table depuis tout à l'heure résonne entre nous, mais il n'y accorde pas un regard. Lorsqu'il voit que je fixe l'objet, il s'excuse et le met sur silencieux,

— Oh ce n'était pas pour que tu le coupes. Je me demandais juste si ce n'était pas important, je m'empresse d'ajouter légèrement embarrassée.

Il me sourit. De ce sourire que je n'avais plus vu depuis beaucoup trop longtemps, de ce sourire qui me permet de respirer.

— Zahra, pour être honnête je n'ai plus mes parents et aucun ami. Rien ne peut être plus important que toi.

Je prends de nouveau conscience de la solitude de Nath. On en avait déjà parlé mais il est vrai que les seules personnes qu'il m'a fait rencontrer sont des collègues ou des hommes d'affaires. Il n'a personne. Malgré moi, les larmes me montent aux yeux. Lui, qui m'a exprimé souffrir de la solitude avant de rencontrer Hélios, est encore plus seul qu'à cette époque. Les yeux embués et le souffle coupé, je perds pied. Je le sens m'aider à me lever avant de déposer de l'argent sur la table et de m'emmener à l'écart. Je cligne fermement des paupières, légèrement désorientée, pour revenir sur terre.

— Tout va bien ? me demande-t-il le ton plein d'inquiétude.

— Oui je suis désolée, je murmure. Est-ce que ça te

dérange si on marche un peu ?

Il accepte et nous commençons à nous balader sans but. Le temps passe à toute vitesse et il est déjà vingt heures. Je ris une énième fois aux éclats, bousculant doucement Nath de l'épaule après qu'il m'ait gentiment chariée. L'angoisse qui s'était accumulée ces derniers jours s'est dissipée au fur et à mesure que les heures passaient, laissant place à un sentiment étrange de joie. Comment peut-il à ce point contrôler mes émotions par sa simple présence ?

Me voilà de nouveau face à la porte de son immeuble, avec une irrésistible envie de l'embrasser. Je sais bien qu'il le veut au moins autant que moi, vu le nombre de fois où son regard a dévié sur mes lèvres aujourd'hui. Cependant, nous savons l'un comme l'autre que je dois prendre une décision, que nous ne pouvons pas continuer de griller les étapes.

— Tu n'es pas obligée de me donner une réponse ce soir *La Meilleure*, précise-t-il comme s'il pouvait lire dans mes pensées.

Même si nous avions utilisé nos surnoms respectifs tout l'après-midi, ça ne m'empêche pas de rougir en l'entendant.

— Bien vu *Sherlock*, mais honnêtement je n'ai plus la force de cogiter mille ans. Je l'ai déjà fait tout le mois et si je ne te réponds pas aujourd'hui je ne suis pas certaine d'y parvenir.

— Alors je t'écoute.

— Malheureusement, je n'ai pas encore la réponse. À vrai dire je n'ai pas eu le temps d'y réfléchir en prenant en compte ce que tu m'as dit aujourd'hui.

J'attends quelques secondes, bercée par le bruit de la rue, avant de demander,

— Ça te dérange si je monte ? Je vais m'isoler un peu le temps de mettre mes idées en ordre mais comme ça si je suis submergée…

— Je serais là pour t'empêcher de te noyer, ne t'en fais pas, anticipe-t-il.

Je suis un peu gênée de demander ça mais c'est selon moi la meilleure solution. Nous montons ensemble jusqu'au dernier étage et une fois à l'intérieur, je me dirige instinctivement vers mon endroit préféré de son appartement, son balcon.

— Avant de te laisser tranquille, veux-tu boire quelque chose ?

Quelques secondes plus tard, un verre d'eau prend place sur la table basse qui me fait face. Calée dans les coussins du fauteuil, j'entends la baie vitrée se refermer. Je prends une grande inspiration et me perds dans mes pensées.

C'est un flux infini qui déferle au rythme des voitures et des passants en contrebas, se fracassant contre les parois de mon crâne à l'instar d'une cascade contre des rochers. Je rejoue inlassablement notre conversation au café. Je sais pertinemment que personne ne comprendrait que je ne dise rien pour la gifle mais moi, je sais.

Je sais pertinemment que Nathanaël Slezak est un homme bien qui ne me veut aucun mal. S'il apprend ce qu'il a fait, il ne me laissera plus l'approcher et cela coupera immédiatement court à notre relation. Hors, j'estime être en droit de décider si je veux m'engager dans cette relation ou si je laisse cette gifle tout ruiner.

Après un temps infini, je me fais à l'idée que malgré ce qu'il s'est passé, je n'ai jamais été aussi heureuse qu'à ses côtés. J'ai bien été forcée de me rendre à l'évidence, je suis amoureuse pour la première fois de ma vie, et je ne pense pas que ça arrivera à nouveau. Ce sentiment me fait mal tant il est puissant et inattendu. Ça chamboule tout, comme un tsunami ravage des villages, cependant la finalité est que, je suis amoureuse et j'adore ça.

Lorsque je rouvre la porte vitrée, Nath est sur le canapé, ordinateur sur les genoux, tapant frénétiquement sur son clavier d'un air si concentré qu'il ne me voit pas arriver. Je tape légèrement contre la vitre pour signaler ma présence, ce qui le fait lever les yeux de son écran.

— Alors ? *La Meilleure* aurait-elle pris sa décision ?

Je suis incapable de déceler l'émotion qui se cache derrière son ton. Je me demande si ce n'est pas un tourbillon incompréhensible similaire au mien.

— Oui, j'ai enfin une réponse à te donner, je l'informe en m'asseyant à côté de lui.

L'envie de l'embrasser est forte mais je résiste. Je dois lui donner une réponse claire et rester sur mes positions.

— Nathanaël Slezak, je suis amoureuse de toi.

31

Les grands yeux bleus de Nath me fixent d'un air circonspect, attendant une suite qui ne vient pas.

— Mais ? finit-il par demander, visiblement stressé.

— Donc, j'affirme. Je veux que l'on reprenne là où on s'est arrêté.

Je vois son sourire éclairer son visage et ses yeux étinceler. Sa joie fait exploser la mienne au sein de mon cœur. Il s'approche pour m'embrasser mais je recule malgré moi, en tentant d'être le plus sérieuse possible et de condenser mon envie de sauter dans ses bras.

— Cependant, des conditions s'imposent.

Il se renfrogne un peu et marmonne.

— Je savais qu'il y avait un « Mais ».

Son ton ironique me décroche un rire que je réprime. Je veux que ce soit clair.

— Nath, je ne rigole pas.

Il tente à son tour de dissimuler son sourire,

— Tout ce que tu veux.

— Tu ne toucheras plus une seule goutte d'alcool, plus

jamais. Si je suis avec toi et que je vois ce que tu comptes consommer, on en rediscutera. Tu peux être certain que je ne te fais plus confiance là dessus.

— Je ne boirais plus Zahra, je te le promets, m'affirme-t-il d'un ton déterminé.

— Et pour finir, si jamais cela se reproduit, sache que peu importe l'explication que tu auras à me donner, je partirais. Sois en certain. Tu m'as dit que c'était un enchaînement de coïncidences et que ça n'arrivera plus jamais. Je décide de te faire confiance à ce sujet. Toutefois, si tu la trahis, je ne veux plus jamais entendre parler de toi.

On sait que j'entendrais parler de lui. Une fois qu'on le connaît, on se rend bien compte qu'il est partout. Je verrais son visage chaque jour et pour toujours entre les publicités, les couvertures de magazine ou encore les articles, mais il se garde bien de me le préciser.

— Je te promets de disparaître de ta vie si jamais je te fais du mal un jour.

Par réflexe, je tends mon petit doigt entre nous et il me regarde incrédule.

— La promesse du petit doigt ! je m'exclame, on ne peut plus sérieuse. Chez moi, cela scelle les promesses pour toujours. On n'a pas le droit de briser une promesse du petit doigt.

Alors il enlace son doigt au mien d'un air tout aussi solennel que moi et nous lions cette promesse. Intérieurement, je me promets de partir si jamais cela recommence. Je ne serais pas une énième femme battue, Nath n'exerce aucune manipulation sur moi. Je pourrais partir quand je le voudrais.

Nous nous permettons alors de plonger dans les yeux de chacun. Enfin, je n'y vois plus une tempête déchaînée comme précédemment, mais le bleu profond d'une mer apaisée. Je me demande ce qu'il voit dans les miens, ce qui peut l'absorber autant. Au lieu de lui poser la question, je fonds sur ses lèvres. D'abord surpris, il me rend mon baiser. Nous partageons ainsi toute la passion et la frustration emmagasinée dans la journée, toute la solitude accumulée, toute la souffrance ressentie depuis le début de notre vie. Enfin, nous respirons.

Ce n'est que plus tard, lorsque ma tête repose contre son torse nu et que nos corps sont recouverts de la couverture que je lui pose la question. J'aime nos conversations dans ses draps bleus marines, à regarder par la grande fenêtre la ville où l'on a tous les deux grandi sans se rencontrer. Ces moments précis où nous nous confions sans nous voir, avec seul Paris comme témoin, sont définitivement mes préférés.

— Que vois-tu dans mes yeux ?

— J'y vois une enfant brisée. J'y vois une femme forte qui fait tout pour la consoler et recoller les morceaux du coeur de cette petite fille. Lorsque je plonge dans ton regard, j'y vois une détermination qui me fascine, une guérison dont je suis fier, une âme que je chéris, une femme que j'aime.

— Tu recolles aussi les morceaux de son cœur, je murmure la voix pleine d'émotion.

Il dépose un baiser sur mes cheveux avant de me retourner la question.

— Moi, j'y vois un océan dans lequel j'ai envie de plonger jusqu'à m'y noyer. J'y vois des mers déchaînées, des tempêtes ravageuses et des tsunamis destructeurs. J'y vois une profonde solitude et l'amour pur d'un fils pour sa mère.

— Rien de très joyeux, conclut-il.

— Tu n'es pas heureux Sherlock, je lui souffle en laissant mes doigts parcourir sa peau.

— Avec toi, je le suis.

Je me redresse pour déposer un baiser chaste sur ses lèvres avant de reprendre ma position.

— Avec toi, je me sens moins seul, me confit-il.

— Pourquoi es-tu si solitaire ? Je suis certaine que tu pourrais te faire des amis.

Il réfléchit quelques instants avant de répondre,

— Avant j'étais sociable, bien que je me sentais seul même lorsque j'étais entouré. Au décès de ma mère, je me suis renfermé et j'ai commencé à boire. C'est peut-être pour ça que mon ex est partie dans le lit d'un autre. Je ne lui en veux pas, j'étais devenu un piètre petit ami. J'en veux à Hélios d'avoir accepté.

Une petite voix dans ma tête me chuchote quelque chose mais je la fais taire. Je n'ai aucune envie de parler de son ex ou de le voir se renfermer à force de parler de son ancien meilleur ami alors je décide de changer de sujet.

— Ma grand-mère m'a toujours dit que parler des personnes décédées permet de les faire vivre à travers nous. Est-ce que tu veux bien me parler de ta mère ?

Je sens bien que ma demande le perturbe mais après quelques secondes d'hésitation, il se lance.

— Ma mère était ma meilleure amie. Avant Hélios, c'était bien la seule avec qui je ne me sentais pas seul. Elle me traitait comme un prince, tout en m'éduquant avec amour et respect. Tout ce que mon père n'était pas capable de faire. Lorsque je faisais des cauchemars, elle se couchait avec moi jusqu'à ce que je m'endorme. Parfois elle était tellement épuisée qu'elle s'endormait avant moi, ça ne me dérangeait pas tant qu'elle était là. J'aimais bien la regarder dormir, elle était si paisible, elle avait l'air si apaisée, j'avais l'impression de veiller sur elle à mon tour.

C'était une femme magnifique, toujours élégante sans en faire trop. Elle ne cherchait jamais à éclipser les autres. Au contraire, dès qu'elle pouvait aider, elle le faisait. Je n'ai jamais rencontré quelqu'un d'aussi bienveillant et gentil que Maria Slezak. Elle me répétait qu'avec moi, elle était la plus heureuse des femmes mais je n'étais pas dupe. Plus je grandissais, plus je voyais à quel point elle souffrait, et plus je voyais les cernes se creuser sous ses yeux. Malgré tout, elle avait toujours un mot gentil pour tout le monde et me noyait sous un amour immaculé de toute négativité. Je pense que mon plus gros regret est de n'avoir jamais réussi à la rendre heureuse.

Mon corps enlacé de ses bras est secoué par mes sanglots tandis que mes larmes humidifient son corps. Nath ne pleure jamais, je l'ai vite compris, alors je pleure pour lui. Je pleure sa souffrance. Je pleure sa solitude. Je pleure la perte de sa mère. Il a l'air de comprendre car il me souffle un léger merci. Je sens son sourire brisé contre mes cheveux avant qu'il ne reprenne.

— Après son décès, je me suis éloigné de Matcha parce qu'elle me rappelait tous ces moments avec ma mère et s'en est suivi l'histoire d'Hélios que tu connais déjà. J'ai vite compris que je pouvais m'entourer autant que je le souhaitais, je me sentirais toujours aussi vide, toujours aussi seul. Alors je me suis concentré sur moi, et j'ai ouvert le *Maria* pour occuper mes journées. J'ai décidé d'être barman parce que ma mère aimait sortir et faire la fête. Je me suis dis que c'était un bel hommage.

Je voyais tous ces gens s'amuser entre amis, rigoler, danser et je les enviais un peu. Je me demandais pourquoi moi je n'y arrivais pas. Puis un jour, une jeune femme est entrée dans mon bar. Elle avait l'âme aussi amochée que moi je le voyais bien. Alors, j'ai gardé un œil sur elle toute la soirée. Elle m'a avoué sa peine et je me suis dis que finalement je n'étais pas seul. Le lendemain, quand elle s'est réveillée, elle était encore plus sublime que la veille. Elle n'a pas été gênée de me parler. Elle n'a pas été impressionnée par ma notoriété ou hypocrite pour mon argent. Elle m'a vu, elle m'a fait rire pour la première fois depuis des années et ce matin-là, je n'étais plus seul. Avec ma mère j'étais le plus heureux des garçons, avec toi je suis le plus heureux des hommes Zahra.

— Je t'aime, je lui souffle en séchant mes larmes.

— Je t'aime aussi *La Meilleure*.

Un ange passe avant qu'il ne reprenne la parole.

— Je peux te poser une question complètement insensée ?

— Notre relation est insensée *Sherlock*.

— Est-ce que tu veux m'épouser ?

32

Les jours passent et pas une seule seconde je ne regrette ma décision. Face à nos cocktails sans alcool que Nath a fait, je suis heureuse. Je contemple ma bague de fiançaille qui orne mon doigt. Il m'a fait une demande plus conventionnelle hier et je n'ai pas encore eu le temps de l'annoncer à mes proches. Je sais qu'ils vont me dire que je vais trop vite, que c'est de la folie de se fiancer après seulement quatre mois de relation mais je m'en moque. Nath tient sa promesse, j'ai recommencé à travailler au *Maria* et j'ai enfin ma fin de conte de fée.

Il m'a connue en miette et continue de me voir lutter chaque jour contre des démons invisibles dont il ne sait rien. Il se doute que mon père était violent, mais il n'a jamais su ce qui avait provoqué notre première rencontre. J'étais terrorisée d'être trop abîmée pour lui, terrorisée de mettre des mots dessus. Aujourd'hui, face à l'aube qui dépeint un tableau aux couleurs apaisantes, je me sens en confiance. Je décide qu'il est temps qu'il sache. Pour la première fois, je dis à voix haute ce qui m'est arrivé. Je n'en ai jamais eu besoin étant donné que tout le monde était au courant. Je lui raconte ma vie d'avant ce fameux jour, qui se résumait à essayer d'oublier un mal être que je ne pouvais m'expliquer dans mon travail. Je lui parle de mon journal et de mes écrits. Lorsque je décris certains passages des larmes plein la voix, ses bras se resserrent autour de moi.

— Tout le monde savait sauf toi ? me demande-t-il étonné.

— Oui, j'étais la seule à avoir oublié. Personne ne voulait briser mon illusion même si elle était imparfaite. Mais même dans le déni je n'allais pas bien, au fond de moi j'ai toujours su que quelque chose clochait, je constate autant pour lui que pour moi.

— Tu ne te rappelais de vraiment rien ? continue-t-il de me questionner, incrédule.

Il est vrai que c'est devenu mon quotidien mais que d'un point de vue extérieur cela parait assez fou.

— Tu sais, le rôle principal de ton cerveau c'est de survivre, même si pour cela tu dois oublier les trois quarts de ta vie. J'avais quelques vagues souvenirs mais je les prenais pour des cauchemars. C'était plus simple de ne pas voir la réalité en face. Malheureusement, tous les ressentis étaient encore là. Ils m'étaient juste incompréhensibles.

Il semble réfléchir quelques instants avant d'affirmer que le cerveau humain le fascine, ce que je confirme.

— Et ton frère, tu penses qu'il fuit justement cette situation ?

— C'est l'hypothèse de Maya oui. Personnellement je préfère ne pas me poser la question. Il finira bien par revenir.

Nath m'encourage à continuer en s'excusant de m'avoir interrompu. Au fur et à mesure de mon récit et des réponses que j'apporte aux quelques questions de Nath, la réalité me frappe de nouveau de plein fouet. J'ai tendance à oublier tout ça au quotidien. Les crises sont évidemment là pour me le rappeler, mes souvenirs se déroulant sous mes yeux me prouvant que tout cela n'est pas un mauvais rêve. Cependant, une fois la crise éloignée, tel l'orage qui laisse place au soleil, j'oublie presque tout. Le problème avec l'oubli, c'est que lorsque le souvenir revient, la réalité n'en est que plus forte. Semblable aux coups de mon enfance, elle me paralyse, me prend à la gorge, pour me rappeler ainsi mon passé et les blessures indélébiles de mon âme.

De nouveau, je cherche de l'oxygène, les poumons brûlants, le visage trempé et le corps parcouru de tremblements incontrôlables. La vague me submerge. Une douleur vive me transperce et je me demande si cette fois là je ne vais pas y rester.

Je me demande comment je fais pour oublier et vivre sans m'en soucier alors qu'à cet instant je suis incapable de penser à autre chose. Pourtant, je ne souhaite que ça, oublier, effacer, mais cela me parait impossible. Soudain un frisson me parcourt tout le corps et telle une apnée trop longue sous des eaux sombres, je reprends violemment ma respiration.

— Ça va mieux ? me demande Nath inquiet, tout en continuant de frotter des glaçons à l'intérieur de mes poignets

Je hoche la tête, pleurant en silence. Je me concentre sur ma respiration tout en observant les glaçons fondre petit à petit. À force, il connaît quelques techniques qui m'empêchent de couler, et je lui en suis reconnaissante. J'ai beau pleurer pour deux dans notre couple, son angoisse aussi est présente. La sienne se traduit plus par de la colère ou des tremblements qu'un contact physique affectueux réussit généralement à apaiser.

— Même *La Meilleure* a besoin de se confier sur ce qu'elle ressent. Sinon tu vas exploser, me souffle-t-il.

Ces quelques mots brisent mes dernières barrières, et pour

une fois je formule mes craintes qui se rejouent chaque jour dans ma tête.

— J'ai tellement peur, je murmure entre mes pleurs. Et si mon père revenait ? Il est bien venu au *Maria* ! Il sait où je travaille, et où j'habite ! S' il décidait de s'en prendre à mes sœurs ? Pour le moment, il a accepté de ne plus les voir mais s'il réclame la garde ? Si mes sœurs sont obligées d'y aller ?

Ma gorge est tellement serrée par les sanglots que je suis contrainte de m'arrêter. Nath me laisse le temps, m'encourageant par ses caresses sur mon bras nu à continuer.

— Si il lève la main sur une de mes sœurs, je ne me le pardonnerai jamais. Si je n'avais pas oublié, j'aurais pu prendre des mesures beaucoup plus tôt. Je m'en veux tellement. J'essaie d'aller mieux, d'effacer et d'avancer, mais dès lors que tu n'es plus avec moi, je me noie. J'ai tellement peur, j'ai tellement peur, je finis par répéter en boucle.

— Zahra il y a des solutions. Il faut que tu portes plainte, que ta grand-mère ou bien la mère de tes sœurs demandent la garde exclusive. Je ne sais pas si ton journal est une preuve juridiquement parlant mais il existe.

Je sais qu'il a raison mais ma peine est trop forte et je ne parviens pas à répondre. Comme à mon habitude lorsque les émotions me vident de toute mon énergie, ma respiration se calme d'elle-même et je m'endors.

À mon réveil, je suis seule dans les draps bleus. Instinctivement je regarde l'heure et je comprends vite pourquoi je suis seule. Il est déjà treize heures. La plupart du temps, Nath fait du télétravail maintenant que la situation s'est stabilisée mais le lundi il profite de la fermeture du *Maria* pour être sur place. Il s'arrange malgré tout pour rentrer tôt car c'est le seul soir où nous ne travaillons pas tous les deux. J'émerge petit à petit et une idée germe dans ma tête.

Il me reste sept heures avant son retour, cela peut être suffisant pour mettre mon plan à exécution. Je sais à quel point le temps peut être fourbe, alors je décide tout de même de me dépêcher. Après avoir mangé et m'être douchée, je suis dehors à la recherche de ce qu'il me faut pour organiser le plus bel anniversaire possible. Nath a eu ses vingt-cinq ans pendant notre pause, ce qui signifie que cette année encore il ne l'a pas fêté. Il m'a confié qu'il ne l'avait plus fêté depuis la mort de sa mère et comme dit le dicton, mieux vaut tard que jamais. Je me retrouve donc à épier chaque magasin pour trouver des décorations adéquates.

Il est dix-sept heures lorsque je rentre enfin à l'appartement. Je me lance dans la préparation de crêpes. D'habitude, je suis une piètre cuisinière mais finalement je ne me débrouille pas trop mal. Une heure plus tard, le repas est près. Fière de moi, je me lance dans l'installation des décorations, et je m'en donne à coeur joie.

Une table trône au milieu du salon, recouverte d'une nappe immaculée. Au sol, j'ai éparpillée des centaines de pétales de rose exactement comme dans les films. Astrid me dirait sûrement que c'est aux hommes de faire ça pour nous, mais je sais que Nath est assez à l'aise avec sa masculinité pour apprécier cette attention.

Une fois le salon près, c'est à mon tour de passer à un ravalement de façade. Le fer à boucler m'ayant donné du fil à retordre, je finis juste à temps. Nath ne devrait alors plus tarder à arriver. Pour peaufiner l'ambiance, j'allume les bougies que j'ai disposées un peu partout. Enfin, je m'assoie impatiente en écoutant le piano résonner en fond. Je me félicite pour cette idée qui, j'en suis certaine, lui fera plaisir.

Au fur et à mesure que les heures s'écoulent, mon enthousiasme s'évanouit laissant place à l'inquiétude. J'essaie d'éloigner les scènes horribles que j'imagine pour rester rationnelle. Mes appels restent sans réponse et je finis par composer le numéro de Matcha que Nath m'a fait enregistrer 《 au cas où 》. Cette dernière répond dès la première sonnerie à mon plus grand soulagement,

— Allô ? me répond une voix interloquée, ce qui me prouve qu'elle n'a pas mon numéro.

— Oui, Matcha ? C'est Zahra !

Son ton change et elle me demande immédiatement de mes nouvelles. Sa bonne humeur me fait presque oublier la raison de mon appel et me fait relâcher un peu la pression.

— Que me vaut cet appel, dis-moi ?

Mon sourire retombe immédiatement,

— Je n'ai aucune nouvelle de Nath, il devait être rentré depuis deux heures maintenant je suis morte d'inquiétude.

— Oh Mademoiselle je suis désolée, je suis à l'étranger pour le travail ! Mais nous vous en faites pas, Monsieur Slezak ne devrait pas tarder. Il est normal pour un patron que ses réunions s'éternisent.

Ses mots réussissent à me rassurer légèrement. Si il est en réunion, c'est tout à fait normal qu'il ne puisse pas me répondre.

Une heure plus tard, j'entends enfin le bruit des clés dans la serrure.

33

Je rallume les bougies à la hâte et me redresse tout en lissant ma robe dorée. Je ne lui laisse même pas le temps de se déchausser que je crie « Surprise ! » comme une enfant. Il me regarde avec de grands yeux ce qui me pousse à m'expliquer tout excitée,

— Je sais que ton anniversaire était il y a un mois mais je n'étais pas là et je voulais quand même marquer le coup ! Honnêtement je pense que tu aurais préféré un dîner dans un restaurant cinq étoiles mais je n'ai pas les moyens donc je me suis dit que j'allais organiser un dîner cinq étoiles à la maison ! Tu cuisines mieux que moi c'est certain mais j'ai tout de même fait des crêpes puisqu'on adore ça. On pourra les manger salées puis sucrées ! J'ai même mis des pétales de roses comme dans les séries que tu regardes. Puis j'ai aussi mis la robe que tu m'as offerte ! Je suis allée la récupérer chez moi et j'en ai profité pour prendre quelques unes de mes affaires. J'ai pensé qu'en mettant cette robe, ta mère serait un peu avec nous de cette façon. Oh Nath j'aurais tellement aimé qu'elle soit là ici ce soir. Je te jure que maintenant que je suis dans ta vie et que nous sommes fiancés, plus jamais tu ne fêteras ton anniversaire seul ! Je serai toujours là pour t'en organiser un encore mieux que le précédent !

J'ai parlé à toute vitesse, trop fière de ma surprise. Je sautille sur place dans mes talons. Subitement, mon corps s'écroule de tout son long et ma tête heurte violemment le parquet. Sonnée, je me redresse un peu. Le regard qui me fait face n'est plus que haine et souffrance. Un pied m'arrive alors dans l'estomac, me pliant en deux, coupant ma respiration. Ses lèvres bougent, je vois bien à son cou tendu et son visage rougit qu'il me hurle dessus mais aucun son ne me parvient. Un unique bourdonnement sourd prend toute la place dans mon cerveau m'empêchant même de penser, tandis qu'il m'attrappe par le bras pour me relever. Je ne sais pas combien de temps s'écoule alors qu'il me crache sa haine au visage. Ses phalanges s'écrasent sur mon visage. Je comprends que c'est la fin. Il faut que je parte loin et vite.

Mes sens me reviennent un à un, la douleur aussi, lancinante. Je profite qu'il ait un moment d'inattention pour me précipiter sur la porte que je ne franchirais plus jamais. Mais alors que je pose ma main sur la poignée dorée, une assiette se brise à côté de ma tête. Je sursaute et avant que je n'ai le temps de reprendre mes esprit, il m'attrappe par les cheveux et je suis subitement tirée en arrière,

— Tu crois aller où comme ça ?

Je sens les battements de mon cœur s'intensifier sous la peur. Ce n'est pas l'homme que j'aime qui me fait face. Je veux lui cracher ma haine au visage mais les mots restent coincés dans ma gorge nouée. Mon visage est noyé par les larmes qui m'aveuglent.

— N'essaie pas de partir Zahra c'est inutile. Je te

retrouverais toujours, me souffle-t-il à quelques centimètres de mon visage, m'envoyant une odeur nauséabonde d'alcool.

Je parviens enfin à lui murmurer,

— Nath, c'est fini, je t'avais dis que je partirais si tu recommençais.

Je comprends mon erreur trop tard. Je suis de nouveau projetée au sol, mon corps percutant la porte. J'échoue parmi les débris de porcelaine qui entaillent ma peau et il se remet à hurler,

— Tu ne vas pas partir. Si tu pars, rappelle toi que je sais où tu habites, je te retrouverais je t'ai dit ! Si tu pars je te tue Zahra !

Puis il verrouille la porte derrière moi, gardant les clés sur lui avant de s'enfermer sur le balcon, une bouteille à la main, me laissant là. Après de longues minutes de solitude à suffoquer à même le sol, je finis par me lever. L'entièreté de mon corps m'est douloureuse. Un filet de sang coule le long de mon bras et je ne parviens pas à en trouver la source. Chaque mouvement m'arrache des gémissements que je tente d'étouffer tout comme mes pleurs à l'aide de ma main que je plaque fermement sur ma bouche.

Je m'arrête devant la chambre d'ami. Je ne veux plus qu'il m'approche. Mais l'idée qu'il se mette encore plus en colère me fait poursuivre mon chemin. Malgré la douleur et le manque cruel d'énergie, je réussis à me débarrasser de ma robe abîmée et la laisse choir sur le sol. Je me glisse en sous vêtement sous la couette, incapable d'enfiler un pyjama, tachant surement les draps de mon sang.

Je cherche désespérément à me calmer. Je suis toujours prise de violents tremblements et mes larmes trempent l'oreiller. Mon corps sûrement trop épuisé finit par s'arrêter de lui-même après un temps indéfini. Le bruit de la porte me crispe mais je décide de feindre le sommeil tout en retenant ma respiration. Son corps s'écroule à côté de moi et son bras vient cadenasser ma taille ce qui me fait sursauter. L'alcool coule tellement à flot dans son sang qu'il n'a pas l'air de s'apercevoir que je suis encore réveillée. Il s'endort tout en caressant grossièrement mes cheveux.

C'est le moment ! hurle la voix dans ma tête.

Pars, tu as déjà vécu toute ta vie sous les coups ça ne peut pas se reproduire.

Si tu restes, tu meurs. Si tu pars, tu peux survivre.

Lorsqu'il aura dessaoulé tu lui raconteras tout, il se rendra bien compte de l'état de l'appartement et il disparaîtra. Il te l'a promis.

Quand il saura, il ne touchera plus une goutte d'alcool et il ne te fera rien.

Tu t'es promis que tu ne seras pas une femme battue.

Ton double des clés est dans ton sac, pars.

— Tu sais, *La Meilleure.*
Mon cœur rate un battement. Je le croyais endormi. Le son de mon surnom de sa voix pâteuse me donne la nausée.
— Si tu avais essayé de partir, ça aurait été idiot. Je connais le nom de tes sœurs et je sais où elles habitent.

À cet instant, mon coeur de femme se brise tout autant que celui de la petite fille que j'étais.

— Puis ça ne sert à rien de porter plainte, personne ne te croira.

Je sais qu'il a raison. Je sais qu'il est trop tard. J'aurais dû partir quand j'en avais l'occasion. Le piège s'est refermé sur moi. Je ne peux plus rien faire sous peine de mettre mon entourage en danger.

Cette nuit, je fus celle que je haïssais le plus.

Partie IV

34

Lorsque le soleil commence son ascension, je me rends compte que je n'ai pas fermé l'œil de la nuit. Assise sur le balcon, je rejoue la scène de la veille en boucle. L'appartement est dans un état pitoyable. Des débris en tout genre gisent sur le sol, la table renversée, et une cruelle odeur d'alcool et de tabac se faisant sentir, m'oblige à me réfugier dehors.

L'esprit un peu moins secoué que la veille. Je fais silencieusement le deuil de ma relation avec Nath. Lorsqu'il se réveillera, il verra l'étendue des dégâts et comprendra qu'il est trop tard. Je fais le choix de rester en sous-vêtements pour qu'il voit ce qu'il m'avait fait. Il faut qu'il ait un choc. Je me prépare psychologiquement à le voir s'effondrer quand je vais lui raconter ce qu'il s'est passé. Il ne se le pardonnera pas. Seulement, je me rends bien compte qu'il a franchi mes limites et que je me dois de les respecter. Il a tué notre relation.

Évidemment, ses menaces se rejouent dans ma tête. Si il me retrouvait ? Si il recommençait ? Ou pire, si il s'en prenait vraiment à mes sœurs ?

De nouveau, je prends une grande inspiration. Je connais Nath, il sortira traumatisé de cette soirée - tout comme moi d'ailleurs - et ne prendra plus jamais le risque de boire lorsqu'il saura les menaces qu'il a proférées. Je n'ai plus qu'à attendre son réveil. Je m'imprègne pour la dernière fois de cette vue si idyllique sur Paris, tandis que je tente d'oublier les bleus qui parcourent déjà mon corps.

Enfin, j'entends des bruits dans l'appartement. Les yeux embués de larmes, je fixe l'horizon attendant qu'il arrive, mais il ne vient pas. Je finis par me lever, étonnée. En le voyant tituber, je ne comprends que trop vite qu'il n'a pas encore désaoulé. Il ne me remarque pas alors je retourne m'assoir le temps que l'alcool disparaisse de son corps.

Les heures s'écoulent sans qu'il ne vienne. Je passe à nouveau un regard vers le salon et ce que je vois me fige sur place. Il est là, affalé dans le canapé, en train de boire au goulot d'une bouteille de *Jack Daniel*. Je fonds immédiatement en larmes de l'autre côté de la vitre, ne pouvant pas détacher mes yeux de lui. Après avoir pris le temps de regagné mon calme, j'essaie de rationaliser. Il va bien finir par être sobre à un moment, même si cela doit prendre une semaine.

Les jours s'écoulent, les insultes pleuvent, les menaces résonnent, les coups tombent. Pas une seconde il n'est sobre à la maison. Même si aucun jour n'a été aussi violent que celui de son anniversaire, mon corps est taché. Un jour, Nath m'a dit que j'étais sa plus belle addiction, aujourd'hui il a trouvé mieux.

Il part tôt le matin et rentre souvent tard le soir, ce qui me permet de feindre le sommeil. Je suis effrayée chaque seconde, je ne parviens à fermer l'œil que lorsque je suis certaine qu'il ne rentrera pas de si tôt. C'est fou comme l'addiction que l'on pensait si bien contrôler peut nous engloutir en un rien de temps. Je ne sais pas ce qui a poussé Nath à boire ce soir-là, mais il n'est plus jamais revenu. Il a dû se dire que ce n'était qu'un seul verre, l'addiction est vicieuse. Un seul verre, une seule fois, une dernière fois, cela n'existe pas. Malheureusement je l'ai appris trop tard et à mes dépends.

J'ai essayé de lui parler plusieurs fois durant les jours qui ont suivi, cependant je suis bien forcée de constater que Nath a disparu. Je ne suis que haine et peur. Cet affreux mélange détruit tout sur son passage, à commencer par moi. Je lui en veux tellement d'avoir tout gâché, je m'en veux encore plus d'être revenu. On m'a pourtant toujours expliqué qu'au moindre coup, il fallait partir. J'ai toujours prôné que jamais je ne resterais avec un homme violent, que si quelqu'un osait lever la main sur moi je prendrais mes affaires. Il faut croire qu'on ne peut rien affirmer tant qu'on ne l'a pas vécu. Il n'y a pas un jour où je ne pense pas à prendre la fuite mais ses menaces m'enchainent à lui. Je me déteste d'espérer qu'il fasse un coma éthylique ou qu'il fonce dans un mur, pourtant, c'est ma seule solution.

Mes réflexions sont soudainement interrompues par mon nom résonnant contre les parois de mon crâne. Je sursaute et un cri m'échappe, mon corps se recroquevillant d'instinct sur lui-même. Je regarde partout tel un animal apeuré et je réalise que ce n'est que mon imagination qui me joue des tours. Il n'est que vingt et une heures, je ne suis pas à la maison et Nath ne rentrera pas avant plusieurs heures. Après ce constat, mon corps crispé se détend légèrement.

Je perds la tête.

Comme chaque jour, je me suis réfugiée sur la péniche dès mon réveil pour fuir l'odeur nauséabonde de l'appartement et son bazar sans nom que je me refuse à ranger. Ma localisation étant activée en permanence, il sait très bien que je suis ici. Toutefois, cela ne lui suffit pas. Parce qu'il est certain que je le tromperais à la moindre occasion, un chauffeur privé m'y dépose et me ramène à l'appartement avant son retour. Cela m'arrange car je serais bien incapable d'affronter le regard des autres. J'ai l'affreux sentiment que ce que je vis est inscrit sur mon front.

Je regarde le soleil se coucher alors que la péniche ondule au gré de l'eau qui se colore d'un orange crépusculaire. L'endroit me rappelle le début de mon conte de fée. Je me suis renseignée sur les fins heureuses. La petite sirène se suicide, la belle au bois dormant se fait violer par le prince, Peter Pan tue les enfants perdus lorsqu'ils grandissent, Esmeralda est pendue et Quasimodo se laisse mourir de faim sur son cadavre. J'ai toujours souhaité vivre un conte de fée et c'est chose faite. Je laisse échapper un rire mauvais face à l'ironie de ce constat.

Assise à même le sol, je fixe mon portable qui me fait face et comme chaque jour, je me sermonne intérieurement. Il faut que j'appelle Astrid ou bien Nyx, quelqu'un, n'importe qui. Je dois prévenir quelqu'un. Cette fois, contrairement à d'habitude, je prends l'appareil et compose le numéro de ma meilleure amie.

35

Alors que je m'apprête à appuyer sur le bouton, je me fige. Astrid a suffisamment de problèmes comme ça dans sa vie. J'ai bien conscience de ne pas être facile à vivre et lui rajouter ce fardeau ne m'est pas concevable. Elle qui pense que je commence enfin à m'en sortir, je ne peux pas lui faire ça. Je pense à Nyx et pour des raisons similaires, il ne m'est pas imaginable de me reposer sur elle. Ma grand-mère étant ma dernière option, je compose son numéro. L'image de Leyla dans ce lit d'hôpital me dissuade. Avec toute cette histoire, elle m'est sortie de la tête. Est-elle déjà décédée ? L'idée me glace immédiatement le sang et je suis prise de vertige. *Non, si c'était le cas Djida m'aurait prévenue.*

Je perds pied dans ma propre vie. Nath m'autorise à voir mes sœurs chaque samedi et certains mercredis après-midi, mais je suis comme absente. Je n'ai toujours pas eu le courage de lancer une procédure judiciaire à l'encontre de mon père, ce qui me fait me détester un peu plus chaque seconde. Heureusement, notre géniteur ne s'est pas manifesté une seule fois depuis notre altercation. Je suis tellement honteuse de ne pas les protéger que, lorsque je suis avec elles, je ne pense qu'à ça. Je suis incapable de me concentrer sur le moment présent. Ce moment où mes sœurs ont le plus besoin de moi, ce moment où elles perdent leur père, ni Samir ni moi ne sommes présents.

Dans un dernier espoir, je compose le numéro de mon frère. Si il répond je me promet de tout lui dire, parce que lui pourrait protéger nos sœurs. Je le supplie en silence de décrocher mais comme chaque jour depuis cinq mois, je tombe sur son répondeur que je connais maintenant par cœur. Une violente envie de balancer mon portable contre le sol me traverse mais je me retiens. Si je le casse et que ma localisation n'est plus activée, je vais amèrement le regretter.

Parce que je ne peux pas être en colère, je pleure. Je suis seule, terrorisée et prisonnière. J'ai besoin d'amour mais je me refuse à me reposer sur mes proches que j'ai suffisamment fait souffrir.

《 *Je veux seulement que vous sachiez que si un jour vous êtes en manque d'amour, vous pourrez toujours en trouver dans cette chambre.* 》

Je suis cruellement en manque d'amour. Leyla est en partie responsable de mon malheur pour m'avoir abandonnée avec ce monstre non ? C'est un peu de sa faute si je suis dans cette situation. Est-ce vraiment grave si je me repose un peu sur elle ? C'est le rôle d'une mère, elle peut le tenir au moins deux heures dans sa vie.

Zahra, ce n'est pas une bonne idée de faire subir des dommages émotionnels à une personne en fin de vie, me sermonne ma conscience.

Seulement, j'ai l'impression qu'elle est ma dernière option et je décide d'être égoïste.

Un message de Kevin, mon chauffeur, vient interrompre mes pensées. Nath rentre plus tôt ce soir, je dois rentrer. Je sèche rapidement mes joues avant de le rejoindre, mais dans la voiture, mon idée se confirme. Demain, j'irai voir Leyla.

— Au revoir Mademoiselle, me lance le chauffeur une fois arrivée.

— Au revoir Kévin. D'ailleurs je ne me sens pas très bien, sûrement un début de fièvre, je préfère rester au chaud demain vous n'avez pas besoin de venir. Je préviendrais mon fiancé.

Il acquiesce et je regarde la voiture disparaître. Dans l'ascenseur je garde les yeux clos, refusant de voir mon reflet par peur de ce que j'y verrais. J'ouvre lentement la porte, terrifiée à l'idée qu'il soit déjà rentré, mais il n'y a personne. L'odeur me provoque un haut le cœur, malgré tout je me dirige vers notre chambre. Sous la couette, je sais que cette fois-ci je ne pourrais pas faire semblant de dormir. Il va encore falloir que je l'affronte.

Nath ne tarde pas à arriver et de nouveau, j'espère. Peut-être que ce soir il sera sobre ? Peut-être que ce soir mon calvaire s'arrêtera ? Il suffit d'un seul soir. Mon espoir est détruit lorsqu'il vient lourdement embrasser ma joue et que son haleine fait monter la bile dans ma gorge.

— Tu es réveillée *La Meilleure* ?

Il piétine les derniers morceaux de mon cœur brisé à chaque fois qu'il m'appelle comme cela.

— Oui, je ne me sens pas très bien.

Il se laisse tomber à côté de moi avant de me répondre d'une voix pâteuse.

— Tu devrais rester à la maison. C'est à force d'aller faire la pute sur la péniche et auprès de ton chauffeur que tu tombes

325

malade. Je suis trop gentil avec toi et tu ne t'en rends même pas compte.

Son corps se met à trembler et sa voix se brise alors qu'il se recroqueville entre les draps.

— Je suis tellement désolé Zahra, tu mérites mieux que moi je le sais. Mais tu comprends je ne peux pas prendre le risque que tu me trompes et que tu partes toi aussi. Je n'ai plus que toi *La Meilleure*, si tu m'abandonnes je n'y survivrais pas.

J'aimerais croire que c'est enfin le moment mais j'ai appris à mes dépends que si je ne vais pas dans son sens, il va s'énerver à nouveau. Je le préfère triste qu'en colère, alors je viens le prendre dans mes bras les larmes dévalant mes joues à toute allure.

— Mais non Nath, tu es le meilleur copain qui existe. Tu essaies juste de me protéger, je le sais. Je ne t'en veux pas, ce n'est pas grave d'accord ? Je vais rester à la maison demain tu as raison.

Je le console au bord des larmes.

— Tu vas rester à la maison tout le temps maintenant, d'accord Zahra ? Je connais les hommes, je sais ce à quoi ce chauffeur pense.

À chaque fois que je pense qu'il ne peut pas faire pire, il y arrive.

— On peut demander à une femme de me conduire si tu le souhaites Nath. Je serais plus à l'aise avec une femme qu'avec un homme, je tente dans un dernier espoir.

— Non Zahra, je dois te protéger. Tu es en sécurité à la maison.

Mon monde s'effondre de nouveau. Mon cerveau me laisse dormir cette nuit parce que finalement, si il me tue dans mon sommeil, ce n'est peut-être pas si grave.

Je me réveille seule dans le grand lit. Pendant quelques secondes j'oublie. Durant cet instant, je suis de retour en arrière quand tout était si parfait. Le soleil est haut dans le ciel et je me dépêche de me préparer. J'enfile des vêtements larges qui recouvrent chaque partie de ma peau. Mes manches longues sont de trop pour cette période de l'année mais je n'ai pas le choix. Je remercie intérieurement Nath d'avoir épargné mon visage et je quitte l'appartement en prenant soin de laisser mon portable.

Sur le trajet pour aller à l'hôpital, mon corps tremble et je suis à l'affût, complètement apeurée. C'est la première fois que j'affronte le monde extérieur, l'affreuse sensation que tout le monde peut voir par delà la barrière de tissu m'emplit.

Ce n'est que devant le bâtiment que je regrette mon choix. J'aimerais faire demi-tour mais mon corps se dirige tout seul vers l'entrée. Par chance, on me reconnaît à l'accueil et je n'ai pas besoin de présenter de livret de famille que j'ai oublié dans la précipitation. Si Nath apprend que je suis ici, il va devenir fou. Je dois faire vite.

Doucement, je frappe à la porte, et la voix de Leyla m'autorise à entrer. Face à elle, je ne sais quoi dire et je perds mes moyens.

— Zahra, je suis contente de te revoir, me souffle-t-elle dans un sourire.

Je hoche la tête, immobile, au bord des larmes et la gorge nouée.

— Tu veux t'asseoir ?

Sa voix est d'une gentillesse qui embaume mon cœur. J'ai pris la bonne décision. Nath ne devrait pas rentrer avant au moins cinq heures, alors malgré la peur qui me noue le ventre, je m'installe sur la chaise qu'elle me désigne. Je cherche toute la force du monde pour formuler ce que je vis, mais la honte m'envahit. Elle va me prendre pour une idiote. Elle va me dire que je n'ai qu'à partir et que je n'ai pas de dignité. Les mains cramponnées à mon jean, je fixe le sol, incapable de la regarder. Je laisse mon cœur parler parce qu'il en a besoin.

— Pourquoi m'as-tu laissée avec ce monstre ?

Ma voix est enrouée et alors que Leyla va me répondre, je décide que je ne veux pas de ses excuses, je veux juste qu'elle sache.

— Il était violent. Il me fracassait contre les murs, me lançait des objets dessus, tout était une bonne excuse pour taper dessus. Il m'insultait, me rabaissait, me critiquait, il était horrible avec moi et tu m'as laissée avec lui.

J'observe les petites taches sombres qui s'éparpillent une à une sur mes cuisses. Je me demande si je parle de mon père ou de mon fiancé. Peut-être qu'à travers mes aveux, elle saura lire entre les lignes. En parlant de mon passé, je mets des mots sur mon présent et cela m'enlève un poids. La voix de Leyla résonne enfin,

— Je suis désolée *Iley tahzist*[18], je suis désolée.

Sa voix est emplie d'une douleur et d'un regret infini. Cela me brise le cœur autant que cela me réconforte. Elle passe sa main contre ma joue et la caresse de son pouce, m'obligeant à lever les yeux vers elle. J'ai toujours pensé qu'elle savait, aujourd'hui je comprends à quel point j'avais tort. Nous restons de longues minutes à pleurer ensemble tandis qu'elle murmure des excuses,

— *Iley tahzist* je suis tellement désolée, je n'ai jamais

---

[18] Ma fille chérie en kabyle.

voulu que tu vives ça. Je suis désolée, si j'avais su, je ne serais jamais partie, ma petite fille chérie.

La sincérité dans ses mots est palpable et chaque fois qu'elle m'appelle par ce surnom kabyle que ma grand-mère me donne, mon cœur brisé d'enfant se répare peu à peu. J'ai bien conscience que ce n'est qu'un pansement sur une fracture ouverte mais ça me fait du bien.

— Je t'aime tellement, je suis tellement désolée, je t'aime tellement.

De nouveau je sais qu'elle ne ment pas, mais je ne comprends pas. Si elle m'aime tant, pourquoi est-elle partie ? Pourquoi m'a-t-elle laissée ? Je n'ai plus la force de me torturer et je décide de lui poser la question. Son visage est de nouveau parcouru par une vague de tristesse.

— Je t'aimais et je t'aime Zahra. Même après être partie je vous ai aimés un peu plus chaque jour ton frère et toi. Partir a été le choix le plus difficile à faire.

— Mais alors pourquoi ? j'insiste sans animosité, trop épuisée pour être énervée.

Je nage réellement dans l'incompréhension la plus totale. Elle sait qu'elle n'a plus rien à perdre et alors qu'elle s'apprête à me dévoiler enfin la vérité, quelqu'un frappe à la porte.

C'est lui, il m'a retrouvée.

Je fouille la pièce du regard à la recherche d'une cachette, serrant instinctivement la main de ma mère qui ne m'a pas lâchée. Mais il est trop tard et la porte s'ouvre tandis que mes yeux enfin secs s'embuent de nouveau de larmes. Je me rends compte de mon erreur lorsqu'un homme brun entre. Docteur Hélios Martinez. Je le dévisage longuement et il fait de même. Il comprend que je sais à présent qui il est. La panique revient alors de plus belle. Si Nath me voit en compagnie d'Hélios, je suis une femme morte. Je me relève subitement, regrettant de partir sans avoir toutes mes réponses, mais je n'ai pas le choix.

— Zahra ? m'appelle la voix maintenant familière de Leyla qui me ramène sur terre.

— Je dois partir, j'ai…J'ai oublié, j'ai un rendez vous, je dois partir, je suis désolée.

La panique m'empêche d'aligner correctement les mots, me faisant bégayer. Alors que je m'apprête à partir, une main me retient. Je fixe ma mère, stressée au possible.

— Éloigne-toi de ton père. Il t'aime peut-être mais son amour est défectueux, aucun amour ne doit te blesser. Ton père ne te rendra jamais heureuse, il faut que tu partes. Reviens vite me voir pour que je réponde à tes questions.

Elle lâche doucement ma main et je m'empresse de partir sans lui répondre, contournant le corps d'Hélios qui a assisté à cette scène embarrassante. J'entends une voix appeler mon nom mais je ne m'arrête pas, courant dans les couloirs de l'hôpital pour atteindre la sortie. Une fois assez loin, je m'arrête pour reprendre ma respiration. Je me rejoue ses dernières paroles qui sont exactement celles que j'avais besoin d'entendre. Je reviendrais j'en suis certaine, et cette fois, je parlerai.

Je profite d'être dehors pour aller au *Maria*. Il est temps que je reprenne ma vie en main, je ne peux pas le laisser me détruire. Je marche dans les rues ensoleillées, bercée par les « je t'aime » de cette femme. J'entends Astrid me dire que je ne dois pas la pardonner, qu'elle est partie et nous a laissé Sam et moi, tout seuls avec ce monstre. Je me berce peut-être d'illusion, mais ces illusions sont réconfortantes et j'en ai besoin. Cette balade m'a fait du bien et je suis heureuse de voir enfin le bar se dessiner sous mes yeux.

— Une revenante ! me lance Rayan de l'autre côté du bar.

Je lui décroche un sourire et il fait de même. Allan est là lui aussi, accompagné d'un autre garçon qui s'affaire avec les chaises. Sûrement mon remplaçant. Je salue tout le monde d'une bise et je vois bien que les regards des garçons sur moi sont inquiets. J'ai disparu du jour au lendemain sans donner aucune nouvelle.

— Alors, viens prendre un verre et raconte nous ce départ précipité ! s'exclame mon autre collègue.

Je couds alors un tissu de mensonge, expliquant que ma mère a un cancer et que j'ai dû rester à son chevet. Ce n'est pas complètement faux, ce qui me déculpabilise un peu. J'explique l'absence de Nath qui à lui aussi déserté le bar par des obligations au bureau et ses nouvelles entreprises dont il est à la tête.

— C'est étonnant, reprend Allan. Même lorsque son père est décédé il n'a pas manqué un seul service au *Maria*.

Je hausse les épaules, nonchalante. Le nouveau prénommé Liam passe à côté de moi avec une commande et l'odeur de bière me prend subitement à la gorge, me provoquant un haut le cœur. Mon corps se met à trembler et la peur qui s'était enfin apaisée accélère subitement les battements de mon cœur.

— Zarah tout va bien ? me demande Rayan, s'apercevant de mon état.

— Tu es devenue toute blanche et tu trembles, viens t'asseoir, confirme Allan.

Il s'approche de moi pour m'aider mais je recule apeurée.

— Je suis désolée je n'ai rien mangé de la journée, je pense que je vais rentrer.

— Tu es sûre ? Tu peux rester dans le bureau de Nath pour te reposer. Je t'apporte un truc à manger.

Je décline la proposition de mon ami ancien collègue préférant fuir l'endroit au plus vite. Je leur dis que je repasserai bientôt, mais je sais au fond de moi que c'est la dernière fois que je viendrais ici. Ma vue devient trouble pour une énième fois pendant cette journée interminable. Finalement je ne suis bonne qu'à pleurer, sécher mes larmes, et m'effondrer à nouveau.

36

Jeudi 13 Juin.
Les jours s'écoulent lentement, et les dernières paroles que m'a adressées Leyla me travaillent sans cesse. Nath refuse maintenant que je vois mes sœurs. Je ne sais plus non plus à quand remonte la dernière fois que j'ai vu Astrid mais ce n'est pas plus mal. Elle se rendrait compte du problème. Je dois partir, je le sais, mais comment ? Je passe mes journées à réfléchir, espérant qu'il rentre sobre.

La porte s'ouvre brusquement et je m'empresse de poser mon stylo, cachant rapidement mon carnet sous mon oreiller. Son temps de réaction étant ralenti par l'alcool, il ne s'aperçoit de rien. J'essaie de garder une respiration calme et régulière sachant que c'est peine perdue. L'habitude ne change rien à mon état. Je pensais que je survivrais à ses coups mais pas à son absence, cependant plus les jours avancent, plus je me rends compte à quel point j'ai eu tort. Je comprend rapidement qu'il est en colère, et cela se confirme lorsqu'il attrape mon bras me forçant à me lever du lit.

— Tu as demandé à tes petites copines de te protéger

hein ?

Je reste perplexe, cherchant à comprendre à quoi il fait allusion.

— De quoi tu me parles Nathanaël ?

Son prénom écorche ma bouche à chaque fois que je le prononce, mais j'ai besoin de me rappeler qu'il n'est plus 《 Nath 》.

— Ta connasse de pote vient de m'appeler, elle veut que tu viennes manger chez elle. Mais tu vas aller voir l'autre connard d'Hélios, je te connais salope !

Les insultes fusent mais j'essaie d'en faire abstraction. Il faut que je trouve une solution avant que ça ne dégénère.

— Non Nathanaël, je me fiche totalement d'Hélios ou de n'importe quelle autre personne. C'est toi que j'aime.

Malgré le ton posé que je prends, le tremblement se perçoit dans ma voix. Je veux être forte, lui montrer que je n'ai pas peur de lui, et comme d'habitude, c'est un échec cuisant. Sa main vient compresser mon cou me cognant contre le mur le plus proche. Ma panique monte en flèche.

— Tu m'as piégée, salope !

Je cherche à me libérer mais plus je m'agite, plus la pression sur ma trachée augmente. Alors qu'un sanglot s'échappe de mes lèvres, des taches noires commencent à apparaître. Puis aussi vite que s'est arrivé, il me lâche et se laisse tomber sur le matelas, la tête entre les mains, l'air complètement désespérée.

— *La Meilleure*, comment vais-je faire maintenant ? Si tu n'y vas pas, elle va vouloir t'arracher à moi.

Son ton est brisé lorsqu'il vient caresser ma joue. Il plante son regard qui me hante tant dans le mien. Je n'y vois que tristesse et désespoir.

— Mais je ne peux pas vivre sans toi, moi. Qu'est ce que je deviendrais ? Je t'aime trop pour vivre sans toi.

Habituée à ses changements d'humeur, je lui caresse le dos tout en le rassurant. J'ai envie de lui hurler qu'il n'a qu'à me laisser y aller, mais ça serait suicidaire.

— On peut l'inviter ici si tu es d'accord ? Elle n'est jamais venue manger à la maison.

Il acquiesce en silence et vient se blottir dans mes bras, me murmurant qu'il m'aime. Dans ces moments-là, j'ai l'impression que Nath est de retour, que l'homme que j'aime est de nouveau là. Ses yeux vitreux me prouvent le contraire. Malgré l'alcool présent, je profite de l'instant de calme et de son affection, aussi défectueuse soit elle, car c'est tout ce qu'il me reste. Il s'endort dans mes bras alors que je reste immobile. Il a l'air si paisible quand il est endormi.

Peut-être qu'il se réveillera sobre ?

Je voudrais tellement aller voir ma mère toutefois la peur m'en empêche pour l'instant. Je vagabonde dans mes pensées, regardant la baie vitrée de la chambre, nostalgique de tous ces moments passés dans ses bras à nous confier face à Paris.

Il reviendra, j'en suis certaine. Il faut juste que je sois patiente et tout rentrera dans l'ordre

Quelques heures après, lorsqu'il se réveille, il s'empresse d'aller vomir. Lui qui était si protecteur et bienveillant pendant que j'essayais tant bien que mal de fuir mes problèmes lors de ma première nuit au *Maria*. Aujourd'hui, les rôles sont inversés. J'ai de nouveau l'impression que la même journée se répète en boucle, je perds la tête dans ma cage dorée.

Pour garder la notion du temps et ne pas oublier, je décris chaque jour et chacune de mes émotions dans un carnet adressé à ma mère. Je n'ai pas tant changé en dix ans. Ma vie est un cycle qui se répète sans cesse et je ne sais comment le briser.

Une fois que les vomissements ont cessé, je m'empresse d'aller le voir, priant pour que l'alcool ait enfin quitté son corps. Je le retrouve assis contre la baignoire, une bouteille à la bouche.

Comment son corps fait-il pour supporter autant d'alcool ?

Je dois lui rappeler ce qu'il s'est passé il y a quelques heures et lui explique qu'Astrid doit venir manger ce soir à la maison. Techniquement on n'a pas fixé de date, mais comme il n'a que des souvenirs vagues, il me croit, même si ça l'énerve.

L'Amnésie, qu'elle soit due à l'alcool ou au traumatisme, est décidément ma malédiction. Je déteste le cerveau humain et sa capacité à oublier.

— Je mangerais avec vous, pas question que je les laisse te manipuler.

J'aimerais envoyer cette bouteille valser, mais il ferait de même avec moi et je subirais le même sort. L'image glauque de mon crâne fracassé comme du verre sur le carrelage me donne la nausée. Je m'empresse de me réfugier sur le balcon pour prendre l'air, le laissant seul à son addiction.

Une fois calée entre les coussins, je m'empresse d'envoyer un message à Astrid, l'invitant à manger chez nous ce soir. J'espère qu'elle va accepter, j'ai besoin de voir un autre visage que le sien. J'ai besoin de parler avec quelqu'un qui n'a pas 3 grammes dans le sang. Sa réponse ne tarde pas à arriver, confirmant sa présence, et je suis immédiatement soulagée d'un poids. Je profite encore quelques heures de la chaleur du mois de Juin, puis il est temps de camoufler l'enfer.

Nath est parti lorsque je rentre à nouveau dans le salon. Je n'ai pas souhaité ranger, espérant que ça lui ferait un jour un électrochoc. Sauf que si Astrid débarque ici, elle comprendra et il s'en prendra à mes sœurs. Cette pensée me fait frissonner et je m'empresse de commencer à camoufler l'affreuse réalité.

Je constate dans un premier temps les dégâts que je fuis du regard, parce qu'ils me sortent du déni dans lequel j'essaie de me terrer. Le sol est poisseux à cause de l'alcool renversé ça et là, l'odeur est nauséabonde, le canapé est troué à plusieurs endroits à cause des nombreuses fois où il s'est endormi cigarette à la main, de nombreux objets en tout genre sont éparpillés sur le sol parmis les débris de vaisselle et autres...

Finalement j'arrête ma liste mentale pour ne pas craquer et m'active. Pour une fois, la journée s'écoule à une vitesse folle. Je n'ai pas eu le temps de penser une seule fois, ce qui me fait un bien fou. Au vu de mes piètres talents en cuisine, je sais d'avance que je vais commander le repas de ce soir. Il me reste donc une heure pour me préparer.

Après une bonne douche, j'enfile un gilet par-dessus ma longue robe. Je décide que je peux faire un effort et me maquiller un peu. Je retire la buée à l'aide de mon sèche-cheveux - merci Astrid pour la technique - et face au reflet que j'ai tant fui, je sursaute. Une équimose me parcourt le visage, des traces rouges enlacent mon cou et d'énormes cernes témoignent de mon manque de sommeil. Mes colliers me narguent. *L'œil pour la protection, l'Amazigh pour la liberté, quelle ironie.* Après le choc passé, la panique commence à monter.

Astrid arrive dans quarante-cinq minutes ! Malgré le brouhaha qui se crée dans ma tête, je tente de trouver une solution. Cinq minutes après, je suis de nouveau devant le miroir, caressant le symbole doré qui prend place au centre de la couverture de cuir. Je n'avais pas touché à ce carnet depuis ce fameux jour où je l'ai rencontré. Ce jour où ma vie a basculé. Je finis par l'ouvrir, tremblante, et j'attrappe la feuille qui s'en était échappé la première fois.

J'ouvre ma trousse de maquillage et suis les instructions que j'avais moi même écrites pour cacher le désastre. Je me revois cacher ses suçons quelques mois plus tôt et le contraste me fait mal. Les larmes coulent sans arrêt, mon corps entier tremble, mais je dois lutter. Ils arriveront bientôt. Une fois cela fini, je remet le carnet à sa place, m'ordonnant intérieurement de ne pas pleurer pour ne pas gâcher mon maquillage. J'ai à peine le temps de mettre du mascara que la sonnerie retentit et je m'empresse d'aller ouvrir.

— Coucou Z ! me lance Astrid.

— As ! je m'exclame aux anges. Nath ne devrait pas tarder. Tu es en avance.

Mon corps entier est crispé tandis que j'étreins ma meilleure amie.

— Je t'ai amené une surprise, regarde qui est là !

Nyx apparaît de derrière la porte, me faisant la bise.

— Salut chérie.

Il va être furieux quand il va apprendre que Nyx est là et que je ne l'ai pas prévenu. Sentant la crise arriver au fur et à mesure que j'imagine sa réaction, j'essaie de me rassurer en me disant qu'il ne se souviendra pas. Avec un peu de chance, il croira à mon mensonge.

— On peut entrer ?

La voix de la blonde me ramène sur terre et je les invite à pénétrer dans l'appartement. J'espère ne rien avoir oublié qui pourrait me trahir et mettre mes sœurs en danger. Astrid observe la pièce avant de rejoindre Nyx, déjà installée sur le canapé recouvert d'un plaid.

— Z, comment tu vas ? commence ma meilleure amie.

La question me prend de court. Son regard me transperce, comme si elle essayait de lire dans les tréfonds de mon âme, ce qui me met mal à l'aise. Je pourrais lui hurler que rien ne va, tout lui raconter, mais sa voix retentit dans ma tête.

《 *je sais où habitent tes soeurs* 》

— Je vais très bien et vous, quoi de neuf ?

— Mis à part le fait que tu ne m'as pas calculé depuis presque trois semaines, tout va bien merci, réplique-t-elle.

Sa voix sarcastique me fait mal mais je me contente de m'excuser en lui disant que j'étais très prise en ce moment. Je change de sujet en leur demandant ce qu'elles veulent manger. Astrid capitule, Nyx ne dit pas un mot, et nous choisissons de commander Japonais. Le bruit des clés dans la serrure se fait entendre et mon cœur rate un battement. Je me lève pour l'accueillir, mais surtout pour évaluer son état. Son large sourire me prend de court et ses lèvres viennent se déposer sur les miennes pour la première fois depuis un mois.

— Bonsoir *La Meilleure*.

37

Son regard est différent, Nath est de retour, j'en suis certaine. Je l'embrasse à mon tour pour la dernière fois. Dans cet ultime baiser, j'y mets ma passion, mes regrets, les peines, mes bleus, mes pleurs, mes peurs, mon amour, ma haine. Il m'a dit que c'était une erreur de croire que la haine remplace l'amour. Il avait raison, je le déteste autant que je l'aime aujourd'hui, parce que c'est le paradoxe de ma vie. Celui qui m'a sauvée et réparée m'a ensuite à son tour brisée. Je veux lui expliquer ce qu'il s'est passé au plus vite, retirer tout ce maquillage, soulever le plaid du canapé, mais mes amies sont ici et je ne peux pas leur infliger ça.

— Astrid et Nyx sont ici pour dîner, je lui rappelle, tout en le laissant enfin entrer.

Je n'arrive pas à savoir s'il s'en souvenait ou non. Peut-être est-ce pour ce dîner qu'il est sobre ce soir. J'entends mon cœur se briser à nouveau dans ma poitrine lorsque je constate que ma simple présence n'était plus une raison suffisante pour qu'il reste sobre. Pour parfaire son image, il est parvenu à contrôler son addiction. Sûrement sa honte de lui-même qui était trop forte. Malgré tout, je suis heureuse car une fois mes amies parties, tout s'arrêtera enfin.

Tout le monde se salue, et la soirée commence. Je suis tellement soulagée que je parle sans arrêt. Les rires résonnent et pour la première fois depuis des semaines, je suis presque heureuse. Lorsque la commande de sushis est prête, je me dévoue pour aller la chercher. J'ai trop peur que Nath craque s'il sort. J'aurais bien aimé qu'il m'accompagne pour pouvoir lui raconter sur le trajet, mais ça serait mal poli de laisser mes amies toutes seules la haut.

— Chérie je t'accompagne, lance Nyx.

Je suis surprise de l'entendre parler pour la première fois depuis son arrivée. J'interroge Astrid du regard pour savoir si ça ne la dérange pas de rester seule avec Nath, ce à quoi elle acquiesce. Le bruit familier des talons de Nyx berce notre conversation silencieuse. Je vois bien le regard appuyé de mon amie. Ce n'est qu'une fois de retour dans le hall de l'immeuble qu'elle m'attrappe par le bras. Je sursaute malgré moi et une grimace déforme mon visage sous la douleur. J'essaie de camoufler le tout dans un rire mais mon bras me lance pile sur un bleu qu'elle agrippe.

— Tu m'as fais peur Nyx, je ris nerveuse. Qu'est ce qu'il te prend ?

Elle me dévisage en silence et lâche sa prise qui n'était pourtant pas violente.

— Je sais reconnaître une âme brisée, plus encore lorsqu'il s'agit de la tienne.

Pas maintenant. Il ne faut pas qu'elle réagisse maintenant, cela risquerait de tout gâcher. Encore quelques heures et tout rentrera dans l'ordre.

— Mais qu'est ce que tu racontes Nyx ? J'ai des sœurs

parfaites, une grand-mère adorable, des amies en or et un copain qui m'aime. Je mets juste du temps à me remettre de mon passé, c'est nouveau pour moi tout ça, dis-je en forçant un sourire que j'espère convaincant

Son visage se crispe un instant et je m'empresse de lui tourner le dos pour commencer à monter les marches, refusant de prendre l'ascenseur après cette conversation. Je ne lui ai techniquement pas menti car je sais que Nath m'aime. Il m'aime d'un amour défectueux. Nyx ne dit plus rien, se contentant de me suivre.

Lorsque nous pénétrons de nouveau dans l'appartement, j'ai un mouvement de recul. Astrid et Nath sont en train de boire du champagne ensemble. Je me demande si c'est lui qui a proposé ? Une colère injuste envers ma meilleure amie me traverse à l'idée que c'est peut être elle qui m'a fermée ma porte de sortie. On installe les sushis sur la table et ma colère se dirige vers moi. Si je l'avais prévenu, elle aurait pu réagir. Pourquoi ai-je été si idiote ?

Le regard empli de culpabilité de Nath me prouve qu'il est assez sobre pour se rappeler de ma condition. Si il boit, je pars. J'ai bon espoir que tout ne soit pas gâché. Je n'ai qu'une hâte, que ce repas se termine et je profite que Nath soit aux toilettes pour feindre une migraine.

— Pas de soucis, je ne me sens pas très bien non plus, m'affirme Astrid tandis que Nyx continue de me fixer d'un regard lourd de sens.

Nous nous étreignons pour nous dire au revoir et nous promettons de nous voir bientôt. Ce qu'Astrid ne sait pas, c'est que je serais sûrement de retour d'ici quelques heures. Une fois la porte claquée, je me réfugie sur le balcon en attendant que

Nath finisse tout en me demandant comment je vais aborder le sujet.

Lorsque le bruit de pas se fait entendre, je me redresse vivement et sors de ma cachette. *J'aurais dû me démaquiller.* Je me plante face à lui, cherchant mes mots qui ne viennent pas. Je plonge mon regard dans le sien, cherchant du courage parmi la tempête. Ce que j'y vois me fauche les jambes et je tombe au sol, la main sur la bouche pour étouffer un cri de désespoir.

J'ai été trop naïve. L'addiction m'a de nouveau volé mon fiancé. Il ne me faut pas plus de temps pour comprendre ce qu'il était allé faire aux toilettes. 《 Juste un verre 》 s'est transformé en 《 juste une bouteille 》 Il ne me calcule même pas et va fouiller dans les placards à la recherche d'un nouveau poison puis va s'échouer sur le canapé, me laissant effondrée au milieu du salon.

Quand la peur prend le dessus sur le choc, je vais me réfugier dans la chambre. La fatigue me gagne mais dès que je m'assoupis un peu, je vois une mer agitée. Comme chaque soir, je m'imagine partir, fuir, le dénoncer. Mais ses menaces résonnent toujours plus violemment, me paralysant totalement.

Ce n'est que lorsque j'entends la porte se claquer et que le soleil est déjà haut dans le ciel que mon corps peut enfin se mouvoir. Je me précipite sur mon carnet et me dirige vers le balcon pour retranscrire la soirée de la veille dans les moindre détails.

Il ne faut pas que j'oublie, il me faut des preuves.

Alors que je retranscris ma conversation avec Nyx, je bloque. *Elle se doute de quelque chose.* Des milliers d'interrogations et de peurs déferlent en moi à une vitesse fulgurante. *Et si elle le dénonçait ?*

Si cela arrive, je risque gros, très gros. Il faut que je sache pourquoi ma mère est partie avant qu'il ne soit trop tard. Cette pensée qui m'obsède depuis des jours devient alors essentielle. Je dois aller à l'hôpital avant que Nyx n'agisse. De toute façon je n'ai plus grand chose à perdre. Je sens qu'il est bientôt trop tard. J'attrappe immédiatement mon portable.

— Bonjour Mademoiselle Fleury, enfin bientôt Madame Slezak ! s'exclame la voix enjouée de Matcha. Savoir qu'elle a enregistré mon numéro me met du baume au cœur mais sa référence à notre mariage qui n'arrivera jamais me fait l'effet d'une gifle.

— Bonjour Matcha, tu es bien rentrée de voyage ?

— Oui, c'était génial ! me répond-t-elle, la voix toujours pleine d'énergie.

Je lui explique sans perdre plus de temps que je prépare une surprise pour Nath ce soir et que j'ai besoin qu'elle le garde au bureau le plus tard possible.

— Oh mais c'est adorable, j'envie tellement votre amour. Votre couple est si parfait !

Ses paroles m'arrachent un rire et j'espère que le sarcasme ne s'entend pas.

— Est-ce que tu peux faire ça pour moi ?

— Bien sûr ! me confirme-t-elle.

Je suis soulagée et je m'empresse de raccrocher avant de me diriger vers la salle de bain. Même si je compte sans doute dire la vérité à Leyla, je n'ai pas besoin que tout le monde soit au courant de ce qu'il se passe dans cet appartement. Par chance, j'étais trop fatiguée hier pour me rappeler que je devais me démaquiller. Je souris en songeant à la réaction d'Astrid si elle savait que j'avais dormi maquillée. Mais je manque de temps et il ne me suffit que de quelques retouches pour parfaire mon visage, ce qui est idéal. Je me précipite directement à l'hôpital, tout en laissant mon portable à l'appartement au cas où il voudrait vérifier ma localisation.

38

C'est essoufflée que j'entre en trombe dans la chambre de Leyla. Elle est en pleine conversation avec Hélios. Bon sang mais pourquoi est-il toujours là, ne prend-t-il jamais de congé ?

— Zahra ! s'exclame ma mère.

Je suis étonnée face à tant d'enthousiasme puis elle reprend sur un ton plus calme,

— Je suis heureuse de te voir aujourd'hui, bon anniversaire.

— Ce n'est pas mon anniversaire, je rigole.

— Tu ne me considères peut-être pas comme ta mère *tahzist iw*[19], mais je sais quel jour j'ai accouché de toi, rigole-t-elle. On est le quatorze Juin.

Je la regarde hébétée. Mince, je ne m'en suis même pas rendu compte. Je me sens idiote et triste d'avoir oublié ce jour si spécial.

— Docteur Martinez, pouvez-vous nous laisser ?

— Bien sûr madame, répond-t-il non sans me dévisager.

---

[19] Ma chérie en kabyle.

Je m'assois sur la même chaise que la dernière fois, prête pour la suite.

— Tu es venue pour avoir une réponse à ta question ? me demande Leyla sans prendre de pincette.

— Oui, s'il te plait.

Je me rends compte que je n'ai plus aucune animosité envers elle. Sûrement parce qu'au fond de moi je sais ce qu'elle va me dire.

— Zahra, il n'y a que ta grand-mère qui est au courant donc je te demande de le garder pour toi.

— Je pourrais le dire à *Dada* ?

Je ne peux m'empêcher de penser à mon frère. Il n'est pas là mais Leyla est aussi sa mère et il ne la verra sûrement jamais vivante.

— Oui, tu pourras, affirme-t-elle sans me demander pourquoi lui n'est jamais venu la voir.

Je la remercie puis je l'observe chercher ses mots. Je l'entends prendre une grande inspiration avant de commencer,

— Je vais être franche, parce que camoufler la réalité derrière des jolis mots ne sert à rien. Lorsque j'ai connu ton père, il était adorable. Même si ta grand-mère ne l'a jamais aimé, rigole-t-elle. Peut-être que les mères sentent ces choses là. Je suis tombée amoureuse de lui. L'amour le plus pur qu'il soit, pour la relation la plus parfaite qu'il soit. Un jour, il a commencé à être violent. Au début ce n'était que quelques petites taquineries qui allaient trop loin, puis les gifles ont suivi et ça n'a fait qu'empirer. Dans la croyance collective, lorsqu'on a peur, on fuit. Mais il m'effrayait tellement que partir m'était impossible. La terreur paralyse. Je chérissais les moments où il me montrait son amour. Après chaque coup, généralement il revenait s'excuser avec des cadeaux, des mots doux et des attentions particulières. À chaque fois je me jurais que c'était la dernière fois, mais quand on est manipulé et menacé, on revient toujours. Je suis très vite tombée enceinte de ton frère et à partir du moment où il a su pour ma grossesse, les coups ont cessé pour devenir une violence mentale encore plus vicieuse. Il m'a isolée plus que je ne l'étais déjà et a détruit ma confiance en moi. A la naissance de ton frère, il est redevenu comme par magie l'homme de qui j'étais tombée amoureuse.

Ses paroles résonnent en moi mais je me contente de la regarder fixer le mur, perdue dans ses pensées. Dans ses iris se jouent des milliers d'émotions tandis qu'elle continue.

— Puis, tu es née. Il y a vingt trois ans, jour pour jour. À ce moment-là, Franck commençait un nouveau travail qui le mettait sous pression. Si un homme est capable de lever la main sur toi une fois, il est capable de recommencer. Un jour, c'est allé trop loin. Il n'en a eu que faire que vous soyez tous les deux dans la pièce. J'ai compris que si je restais, ce genre de scène deviendrait votre quotidien. À chaque fois je croyais mourir, et je refusais que cela arrive devant vos yeux. J'ai profité qu'il soit en voyage d'affaires, j'ai pris vos affaires et je vous ai déposées chez votre grand-mère. Franck m'avait convaincu que j'étais la pire des mères. J'avais eu la meilleure maman que cette planète n'ait jamais connu, alors il était évident pour moi que vous seriez plus heureux avec elle. Je lui ai tout raconté. Je lui ai dit que je devais partir pour survivre et qu'elle devait vous protéger. Je ne lui ai pas dit où j'allais et j'ai disparu. Après des années de thérapies, j'ai repris contact avec elle. Je voulais vous revoir. Je n'arrivais plus à supporter d'être loin de vous mais elle m'a appris à ce moment-là que Franck avait demandé la garde et l'avait obtenue. Je n'ai jamais pu revenir car je savais que tout recommencerait. S'il m'avait retrouvée, il m'aurait tuée, j'en suis persuadée. Ma mère ne m'a jamais parlé de ce que vous viviez parce qu'elle savait que je serais revenue. Afin de me protéger, elle ne m'a rien raconté.

D'un coup, son visage s'inonde de larmes, à l'image du mien.

— Zahra, *Iley tahzist*, je te jure qu'il était un père exemplaire avec vous. Si j'avais eu la moindre idée de ce que vous alliez vivre, je vous aurais emmené avec moi. Il m'aurait sûrement accusé de kidnapping mais j'aurais été prête à le confronter. Jamais je ne vous aurais laissés. Je suis tellement désolée.

Ma grand-mère a voulu protéger sa fille, ma mère à voulu protéger ses enfants, et moi je veux protéger mes sœurs.

— Je te pardonne, je souffle.

Ses pleurs redoublent alors qu'elle me remercie. Je ne dis pas ça pour la soulager, je lui pardonne réellement. Ma mère m'a toujours aimée, elle était juste terrorisée. Le pardon m'apaise, annihilant la haine que j'avais envers elle.

— J'étais venu te dire quelque chose, je murmure.

— Je t'écoute, me répond-t-elle en séchant ses larmes.

— Je ne sais pas combien de temps il te reste et je n'ai pas le temps de rester longtemps aujourd'hui. Je ne suis pas certaine de pouvoir revenir te voir alors j'aimerais que tu me parles de toi. Je ne veux pas que notre dernière conversation se fasse dans les larmes. Je vais laisser un carnet à *Djida*, elle te l'apportera si tu la laisses venir. S'il te plaît ne pose pas de questions.

Elle hoche la tête avant de préciser qu'elle a laissé ma grand-mère venir dès ma première visite ce qui me soulage. Je sais qu'elle ne doit rien comprendre à ce que je raconte, ou peut être qu'elle ne comprend que trop bien. Les mères ressentent ces choses là non ? Mais elle ne me juge pas et commence à me parler.

Elle me raconte son enfance chez *Djida* qui l'a élevée seule après que son père soit retourné en Kabylie. Elle me raconte les milles trous, les thés à la menthe, le kardoune avant d'aller dormir. Je rie tant nos souvenirs sont similaires. À mon tour, je lui compte les bêtises avec Sam, les soirées films avec mes petites sœurs, et elle rit à son tour.

Mais l'heure tourne et il faut absolument que je parte bientôt, le temps m'est compté. Je me lève de la chaise pour l'étreindre, le cœur léger.

— Au revoir *Yemma*[20].

L'utilisation de ce surnom provoque un tourbillon d'émotions chez l'une comme chez l'autre et nous nous sourions.

Une fois la porte de la chambre fermée, on m'attrappe par le bras pour m'emmener dans un coin à part. Exactement au même endroit que Nyx a agrippé hier.

— Non mais ça ne va pas ! m'exclamais-je en frottant mon bras douloureux.

Non mais qu'est ce qu'ils ont tous avec mon bras !

Je reconnais immédiatement Hélios qui s'apprête à parler mais que je devance.

— Vous ? Non mais vous vous prenez pour qui !

— Je sais ce qu'il vous fait, chuchote-t-il.

Je me fige.

— Si vous n'aviez pas couché avec son ex, on n'en serait pas là !

Je sais que c'est faux. Nath avait commencé à boire avant.

---

[20] Maman en kabyle.

Mais j'ai besoin d'être en colère contre quelqu'un.

— Vous devez partir, Zahra. L'amour ne doit pas blesser, Nathanaël ne sait pas aimer, réplique-t-il en ignorant ma pique.

— Vous n'en savez rien.

— Il faisait la même chose avec son ex et j'étais témoin de ça. Arrêtez d'attendre le jour où il sera sobre. Arrêtez d'attendre le jour où il sera de retour, il n'est plus là.

Son ton est emplit d'une compassion qui me transperce.

— Vous ne comprenez pas ! Je m'étrangle à moitié alors que justement, il comprend tout.

Il met des mots sur mes pensées. Je suis bien forcée d'admettre qu'il formule ces phrases que j'attends depuis trop longtemps.

— Avec quoi il vous retient ?

— Il menace mes petites sœurs, je cède.

Je le vois passer une main dans ses cheveux et un cocktail d'émotions traverse son visage étonnamment expressif. La colère, la peine, la mélancolie, la peur, puis le calme.

— Voulez-vous que vos sœurs aient une grande sœur morte ? Si vous mourrez, qui sera là pour les aider dans leurs devoirs, pour parler de leur premier amour, pour les empêcher de vivre la même chose que vous ?

Son ton calme et doux comme un rayon de soleil au printemps contraste avec la violence de ses propos qui résonnent en moi.

— Zahra, si vous restez, vos sœurs seront brisées. Vos joues sont creusées, vous avez perdu du poids à vue d'œil, vos cernes se remarquent à travers votre maquillage, mais le pire, c'est que vos yeux sont éteints. Même si vous y survivez physiquement, vous êtes en train de mourir. Votre âme meurt. Partez avant qu'il ne soit trop tard.

Je le dévisage quelques instants, avant de lui affirmer qu'il ne comprend pas. Il comprend trop et c'est justement ça le problème.

— Laissez-moi enregistrer mon numéro dans votre téléphone. Si jamais vous n'osez pas appeler la police, mais que vous voulez fuir, appelez moi.

Un rire sarcastique m'échappe alors,

— Je n'ai pas mon portable sur moi, il a ma localisation.

De nouveau le même cocktail se joue sur son visage, puis il attrape un post-it dans sa poche avant d'y marquer son numéro. Le papier bleu me ramène des mois en arrière, lorsque Nath me laissait des mots chaque matin. *Comment ça a pu dégénérer à ce point ?* Il me tend son numéro et je m'en vais amorphe.

Ce n'est qu'une fois arrivée dans ma rue que mon cerveau s'active à nouveau, répétant la phrase d'Hélios en boucle. *Vous voulez que vos sœurs aient une grande sœur morte ? Si vous voulez fuir, appelez-moi.*

Évidemment que j'ai envie de fuir, mais je ne peux pas, c'est trop risqué. Après avoir fixé les chiffres griffonnés de longues minutes, je jette le carré bleu à la poubelle.

Alors que j'arrive face à la porte, je vois des jambes dépasser des escaliers. J'avance lentement et regrette de ne pas avoir mon téléphone pour pouvoir appeler ce numéro que j'ai appris par cœur malgré moi. *La première utilité de votre cerveau est de vous faire survivre.*

MAEVE ADJ

39

Je n'ai pas le temps de réagir que je suis projetée à l'intérieur de l'appartement. Le monde tourne au ralenti. *Elles auront une grande sœur morte.* Il hurle mon nom qui se répercute contre les murs puis contre les parois de mon crâne.

— Je suis juste allée apporter à Astrid son porte monnaie, elle l'avait oublié, je bégaye sachant d'avance que mon excuse ne servira à rien.

— Bien sûr ! Sans me prévenir ! Tu étais surtout en train de te faire sauter oui !

Il n'est plus que rage et sentiment de trahison. Sa main vient se placer exactement au même endroit que les traces sur mon cou et je suis plaquée au mur.

Je ne peux plus respirer.

Avec la voix la plus posée que mon état de stress permet, je murmure,

— Nathanaël, c'est toi que j'aime, jamais je n'irais voir quelqu'un d'autre.

Mon visage est baigné de larmes. Dans ses mains, j'ai l'impression d'être une poupée de chiffon qu'il manie à sa guise.

Comme pour confirmer mes pensées, mes pieds qui touchaient à peine le sol décollent et une seconde plus tard ma tête heurte violemment le comptoir avant que mon corps ne s'échoue lourdement sur le sol.

Mon cœur tambourine dans ma poitrine, contre mes tempes, dans tout mon corps. Je sens un liquide chaud couler avec abondance de mon front et ma vue se teinte de rouge, brûlant mes yeux. Malgré tout, je le vois. Son odeur d'alcool est partout où il a posé ses mains. Cette odeur que je ne supporte plus, que je fuis tant elle m'effraie, cette odeur me brûle les poumons à chaque inspiration .

Il est là, nonchalant, et je sais que tout est fini. Je sais qu'il regrettera, quand il redeviendra lui-même, sans cette substance toxique qui a détruit sa vie autant que la mienne. Comment réagira-t-il quand il se rendra compte de l'ampleur du désastre.

Ma tête tourne tant que je ne suis plus en capacité de réfléchir, ni de bouger. J'arrête de lutter, laissant mon corps reposer au sol, tout en l'observant parmi mes larmes et mon sang. Malgré tous mes efforts pour rester consciente, je me sens partir loin.

Très loin..

Mais, alors qu'il se dirige vers la cuisine pour y récupérer un grand couteau à sushi qu'il avait acheté quand il a su que j'affectionnais particulièrement ce plat - une énième preuve d'amour -, l'adrénaline court dans mes veines. La peur s'insuffle dans tout mon corps, faisant battre mon cœur si fort contre ma cage thoracique que ça en est douloureux. Malgré la crainte et mon instinct de survie qui me hurlent de me lever et de partir, je reste immobile tandis qu'il s'approche de moi. Il chevauche mon corps, une jambe de chaque côté de mes hanches, s'asseyant sur moi. D'un geste sec, il attrappe mes cheveux de sa main libre m'obligeant à le fixer tout en m'arrachant un gémissement

— *La Meilleure* murmura-t-il de sa voix pâteuse, me transmettant son haleine immonde.

Mes larmes redoublent de plus belle, alors que mon corps se met à trembler. *Je pensais avoir épuisé le stock. Il faut croire qu'il est aussi infini que ma douleur.*

— N'aie pas peur de moi Zahra, continua-t-il sur le même ton.

J'ai envie de rire. Comment peut-il me dire ça alors qu'il tient une arme blanche au-dessus de moi ? Mais le sarcasme n'est plus au rendez-vous et mon rire se transforme en un sanglot douloureux. Il lève doucement l'objet, posant la pointe tranchante entre mes seins. Le métal froid contre ma peau me provoque un frisson de terreur. C'est la fin. *Son amour va me tuer ce soir.* Cette pensée me fait lâcher un énième sanglot et mes larmes redoublent d'ardeur.

— Ne pleure pas, tu sais que je déteste te voir triste.

Lui qui m'a aidée à réparer le coeur de la petite fille que j'étais, va transpercer celui de la femme que je suis devenue. Comme s'il lisait dans mes pensées, il reprend.

— Tu sais, toi aussi tu as réparé mon cœur. Tu le faisais même battre un peu plus vite. Mais aujourd'hui, tu me l'as abimé. Il faut que j'abime un peu le tiens en retour.

Sa voix n'est qu'un souffle, un douloureux murmure, comme si les mots étaient coincés dans une gorge serrée par les sanglots. Soudain je reçois des larmes, ses larmes.

Il pleure.

Lui que je n'ai jamais vu pleurer s'effondre. Il choisit cet instant pour craquer. Un silence épais nous englobe, tandis que nous laissons nos douleurs ne faire qu'une. Notre amour défectueux s'unifie dans ces larmes qui ne forment qu'une seule et même flaque d'eau éphémère dont personne ne se souviendra.

Mais le couteau s'enfonce de plus en plus. Il déchire aisément ma peau, m'arrachant sanglots et cris. Sa main se pose avec douceur mais fermeté sur ma bouche, étouffant le moindre son, ne laissant que mes yeux pour exprimer ma souffrance.

— *Je t'aime*, me souffle-t-il.

Je meurs à cet instant, car je sais qu'il ne ment pas.

Je me laisse alors partir, sachant que j'aurais dû m'enfuir bien plus tôt. J'ai attendu jusqu'à ce qu'il soit trop tard. Je m'excuse mentalement auprès de mes proches. Les yeux clos, ne supportant plus de voir les siens, j'entends de nouveau mon nom se résonner, comme une dernière fatalité. Pourtant cette voix, ce n'est pas la sienne mais celle de mon frère. Ironique. Si il avait été là, lui que j'ai essayé d'appeler sans cesse, le seul vers qui je voulais me confier, les choses auraient sans doute été différentes. Je ne sens plus le poids de Nath sur moi, et je sais que je suis partie, alors que mon prénom se répercute encore sans arrêt contre mon crâne.

40

Point de vue d'Hélios.

Les urgences sont calmes alors que je me tourne sur un lit d'une salle de garde, épuisé. Je revois le visage creusé de Zahra, ses manches trop longues en cette chaude saison, ses yeux éteints. J'aurais peut-être dû faire plus ? Est-ce que je dois prévenir quelqu'un ? Je ne connais même pas son adresse. Le son de mon bipper me sort de mes pensées, m'extirpant rapidement du lit. Je débarque près du brancard qui entre dans l'établissement, entouré de pompiers et d'un homme qui doit avoir à peu près mon âge. Un mauvais pressentiment m'envahit, le visage de l'homme me dit étonnamment quelque chose. Je n'ai pas le temps d'y penser et je me mets au travail. Ma concentration laisse place à la panique lorsque je reconnais le visage bleuté qui me fait face

— Hélios, ça va ? me demande ma collègue, me permettant alors de revenir sur terre.

Mon cerveau s'active de nouveau, évaluant la situation.

— Tout va bien, j'affirme tandis qu'on prépare Zahra pour un scanner cérébral.

Les bleus sur son visage ne sont pas récents. C'est donc cela qu'elle cachait sous son maquillage, maintenant effacé par les larmes. J'ai le sentiment que le monde tourne autour de moi alors que la plaie au thorax qu'on cautérisait se remet à saigner de plus belle.

— Il faut l'emmener au bloc d'urgence ! Docteur Martinez, allez vous préparer, vous m'assistez

Je m'exécute, muet, tandis que tout mon être hurle tel un vent trop violent. J'aurais dû l'empêcher d'y retourner, appeler quelqu'un. Il est trop tard pour les regrets, je dois me ressaisir et mettre mes pensées de côté sinon je vais faire n'importe quoi. Je gonfle mes poumons au maximum puis expire le plus lentement possible. Je me sens à nouveau calme, concentré et prêt pour mon opération. J'entre dans la salle aseptisée et fais tout pour ne pas regarder son visage qui me ramène brutalement à la réalité. Je me concentre sur ce qu'il se passe sur la table et j'en viens à oublier que je connais cette femme à la poitrine ouverte. J'oublie que je lui parlais quelques heures avant, juste le temps de lui sauver la vie. Lorsque je sors du bloc pour prévenir la famille, je me retrouve de nouveau face à cet homme qui l'accompagnait.

— Monsieur Fleury ? je demande, certain de ce que j'avance.

Samir sursaute, me prouvant que je ne me suis pas trompé sur le lien de parenté. Ses yeux sont rouges et gonflés, chaque muscle de son corps est tendu à l'extrême.

— Docteur Martinez, interne en chirurgie lors de l'opération de Mademoiselle Fleury.

Je fais tout pour garder mon calme, pourtant l'état de colère et de culpabilité de son frère ne laisse pas place aux doutes déjà peu présents. C'est Nathanaël le responsable.

— Comment va-t-elle ? s'exclame-t-il alors, comprenant

enfin la situation.

— Elle va bien. Il y a malheureusement eu des complications et on ne sait pas encore quand est-ce qu'elle se réveillera. Vous ne pouvez pas aller la voir pour le moment, nous vous tiendrons au courant si son état s'améliore.

Il hoche la tête, son cerveau mettant visiblement du temps à intégrer les informations. Je ne veux pas être ici. Maintenant que tout le monde sait, je ne sers plus à rien. Il est trop tard. Je l'accompagne tout de même s'asseoir dans une autre salle d'attente plus calme. Il s'effondre sur la chaise la plus proche, les yeux baignés de larmes. J'imagine un instant ma sœur dans cette situation et même si ce n'est qu'une image fictive, j'entends mon cœur se fissurer. Je ne peux qu'imaginer l'ampleur de sa souffrance.

— Vous voulez que j'appelle quelqu'un ? Un parent peut-être ?

J'ai conscience que ma question est mal venue au vu de leurs relations parentales mais Leyla m'a dit qu'elle avait confié ses deux enfants à sa mère. Peut-être voudra-t-il la prévenir.

— Appelez Astrid, Astrid Karev. Pouvez-vous le faire pour moi ? Si cela vient d'un médecin, elle assimilera mieux la nouvelle.

Sa voix est brisée et même si je vois chaque jour des personnes s'effondrer, des familles se briser, cela me retourne toujours autant. Le nom de cette femme m'est familier car il s'agit de la personne à contacter en cas d'urgence sur la fiche de Zahra.

— Bien sûr. Pouvez-vous me donner son numéro ?

Quelques secondes plus tard, je remets mon masque de chirurgien même si j'ai conscience qu'il est déjà fissuré depuis que je connais cette famille. Après une seule sonnerie, une voix froide me percute de plein fouet,

— Astrid Karev.

— Bonjour, Docteur Martinez de l'hôpital Hotel-Dieu.

— Pourquoi m'appelez-vous ? réponds la femme sans changer de ton.

— Samir Fleury, le frère de Zahra Fleury m'a demandé de vous prévenir. Zahra est arrivée aux urgences il y a plusieurs heures.

La voix me coupe.

— Qu'est ce qu'il se passe ?

Mais alors que je m'attendais à de la panique, la froideur dans sa voix s'intensifie.

— Elle est arrivée avec plusieurs ecchymoses sur le corps et au visage, ouverte au thorax et au crâne. Nous l'avons immédiatement emmenée en chirurgie et malgré quelques complications, elle devrait s'en sortir. On attend son réveil.

De nouveau, cette jeune femme ne s'éfondre pas. Elle me demande - ou m'ordonne poliment - de lui expliquer en détail ce qu'il s'est passé. J'ai l'habitude de simplifier auprès des familles pour qu'ils comprennent au mieux, mais je me retrouve à expliquer avec tous les termes techniques l'opération et ses complications. Elle y répond à chaque fois, me prouvant qu'elle s'y connaît en médecine.

— J'arrive, finit-elle par conclure avant de raccrocher sans me laisser le temps de répondre, me laissant hébété.

Je décide d'aller prévenir Samir mais lui aussi est au téléphone. Je me contente donc d'un signe de main qui lui confirme que l'appel est passé ce à quoi il acquiesce. Je commence à faire les cents pas dans l'hôpital pour essayer tant bien que mal de chasser mon surplus d'émotion mais me retrouve sans m'en apercevoir devant la chambre 212.

— Entrez, tonne une voix derrière la porte après que j'y ai frappé.

Je m'exécute et viens m'assoir à côté de Leyla. La gravité de la situation doit se lire sur mon visage car elle ne dit rien. Je ne laisse pas plus de temps s'écouler avant de commencer à lui expliquer. Je ne suis pas certain d'en avoir le droit mais il faut que je lui dise.

— Leyla il faut que vous m'écoutiez jusqu'au bout, d'accord ?

Elle ne dit rien, alors je reprends.

— Zahra est arrivée aux urgences. On a dû l'opérer mais elle va bien. Pour le moment elle dort, on attend qu'elle se réveille.

J'ai envie de lui hurler ce qu'il s'est vraiment passé mais les mots restent coincés. Ce n'est pas à moi de lui dire. Le visage de mon ancienne patiente se décompose, exactement comme celui de son fils. Je veux lui dire qu'il est là lui aussi, dans le même bâtiment qu'elle, mais de nouveau je me tais. Cette femme qui aime tant parler reste silencieuse de longues minutes. Je l'imite, profitant de cet instant de calme pour mettre de l'ordre dans mes pensées.

— Franck est là ? demande-t-elle d'une voix blanche.

Quel idiot ! Je n'ai même pas pensé que l'idée qu'elle se retrouve dans le même bâtiment que son ex mari la ramènerait des années en arrière. Je m'empresse de lui assurer que non.

— Il ne viendra pas. C'est une certaine Astrid Karev, sa personne de confiance.

Leyla se détend un peu, mais elle semble toujours si dévastée.

— Hélios, mon grand, je voudrais que vous vous occupiez d'elle comme s'il s'agissait d'Elsa, de Plume ou de votre sœur. Est ce que vous pouvez faire ça pour moi ?

En entendant ces prénoms si familiers pour moi, je les imagine elles aussi entre la vie et la mort. La bile me monte immédiatement à la gorge et me brûle. Il me faut quelques instants supplémentaires pour accéder à sa requête. Si elle avait conscience que je savais ce qui allait arriver, que je n'ai rien fait pour l'empêcher, elle me détesterait. Alors même que j'ai envie de fuir cette femme qui me rappelle Nath sans cesse, je me sens redevable, ainsi j'accepte.

— Elle m'avait prévenu tu sais, m'affirme Leyla d'une voix blanche. Elle savait que ça finirait par se produire.

Je reste en suspens quelques secondes puis, avant que je n'ai le temps de répondre, elle m'interrompt.

— Merci d'avance Hélios. Maintenant peux-tu me laisser un peu seule ?

J'obtempère en lui faisant promettre de m'appeler si ça ne va pas, puis je retourne sur mes pas. Lorsque j'entre de nouveau dans la salle d'attente, une grande femme blonde emplit la pièce de sa prestance. Je comprends immédiatement qu'il s'agit de la fameuse Astrid.

— Docteur Martinez, je me présente en tendant la main.

— Astrid Karev, meilleure amie de Zahra, me répond-t-elle.

Je remarque Samir, désemparé sur la même chaise qu'à mon départ. La jeune femme suit mon regard et son visage se tord d'un rictus. Il n'est pas difficile de sentir la haine qu'elle lui porte. J'essaie alors de changer l'attention.

— J'ai sur cette fiche les personnes d'urgence à contacter pour Mademoiselle Fleury. Il y a vous, Mademoiselle Karev, mais aussi Madame Djamila Ait-Ouali. Dois-je la contacter ?

— C'est ma grand-mère, me répond Samir. Elle s'occupe de mes sœurs ce soir, leur mère étant en déplacement. Si elle apprend la situation, elle viendra immédiatement et ça ne changera rien.

— Évidemment, venir ne sert jamais à rien pour toi.

La pique cinglante d'Astrid semble le heurter si fort qu'il a un mouvement de recul, mais il reprend comme si de rien n'était.

— Je la préviendrais demain.

— Très bien.

Je suis interrompu par mon bipper et retourne aux urgences avec une affreuse nausée.

MAEVE ADJ

41

Point de vue d'Hélios.

Je m'arrête une énième fois dans ma lecture lorsque je la crois bouger, mais de nouveau ce n'est que l'espoir qui me joue des tours. Cela fait maintenant huit jours que Zahra est hospitalisée. A part quelques infirmières, personne n'a pu la voir réveiller car elle feint le sommeil. Tout à coup, je l'entend tousser ce qui me fait sursauter. Elle cligne plusieurs fois des yeux, éblouie par la lumière. Je me précipite pour l'aider, complètement paniqué. Lorsqu'elle a fini de reprendre ses esprits et qu'elle me questionne du regard, je lui explique ce que j'ai appris de la part de son frère.

— Nathanaël est allé trop loin. Il a sûrement appris que vous étiez venue à l'hôpital ce jour-là. En tout cas, il a tenté de vous poignarder. Votre frère avait vos clés que Mademoiselle Karev avait dérobées la veille pour les lui donner. Ils voulaient vous faire une surprise pour votre anniversaire. Il est arrivé juste à temps pour vous sauver la vie et a appelé les secours.

Elle referme les yeux et je vais prévenir des infirmières de son réveil. Je suis appelé au bloc et plusieurs heures se sont déjà écoulées lorsque je reviens.

— Où est-il ? Nathanaël, où est-il ? s'empresse-t-elle de me demander.

J'ai un moment d'hésitation. Est-ce que je dois être honnête ? N'en ai-je pas déjà trop dit ? Mais autant arracher le pansement d'un coup.

— Il s'est enfui avant que les secours n'arrivent. Comme d'habitude il avait bu ce jour-là. Sûrement encore plus. L'addiction fonctionne comme ça, on en veut toujours plus, mais je ne vous apprends rien. Pour fuir, il a pris sa voiture. On l'a retrouvé quelques rues plus loin, encastré dans un mur qu'il a percuté à toute vitesse. Je suis désolé. Son corps a été retrouvé dans l'habitacle. Il a été enterré dans le cimetière du *Père Lachaise* immédiatement après sa mort comme le stipulait son testament. C'est tout ce que je sais, je suis désolée Zahra.

— Il n'est pas mort, se contente-t-elle de répondre d'une voix sans ton.

Je remarque bien, dans ces yeux vides, que ce que je craignais le plus était arrivé. Même si l'enveloppe charnelle de cette femme me fait bien face, au fond de son regard on n'y voit que le cadavre de son âme. Ne sachant plus comment me comporter, je m'assois sur la chaise à côté de son lit que j'occupe à chacune de mes pauses lorsqu'elle n'a pas de visite. J'honore ma promesse faite à Leyla mais peut-être est-ce juste pour essayer de guérir ma culpabilité. Le silence nous englobe tandis que je regarde les lambeaux de son cœur. J'aimerais savoir ce qu'elle pense en ce moment même.

— Il est mort Zahra, je te le promets. Nathanaël est mort.

— Hélios, ce jour-là, tu m'as dit que je pouvais t'appeler si je voulais fuir.

C'est une affirmation donc je me contente d'essayer de

comprendre où elle veut en venir en acquiesçant. Va-t-elle me jeter hors de la chambre et m'ordonner de ne plus jamais l'approcher ?

— Aujourd'hui je veux fuir.

Je la fixe, pris de court. Je ne suis pas certain de tout comprendre, cependant je me doute que la réponse ne va pas me plaire.

— Zahra, tu dois rester alitée pour que ta blessure cicatrise bien, j'avance d'une voix calme.

— Hélios, ce jour-là, tu m'as dit que je pouvais t'appeler si je voulais fuir, répète-t-elle.

— Personne ne sait que tu es réveillée ? je demande pour changer de sujet.

— Je les préviendrais lorsque je serais sortie d'ici, affirme-t-elle avant de répéter cette ultime phrase.

Je me demande quelques secondes ce que je suis censé faire et la réponse me vient naturellement. Qu'est ce que j'aurais fait si Elsa, Plume et Manuela avait été à sa place ? Et la question ne se pose pas. Je lui amène les papiers pour qu'elle signe l'attestation de sortie sans accord médical, ce qu'elle s'empresse de faire. Je fais ensuite rouler son lit à travers l'hôpital, sous les regards curieux de certains qui ne posent malgré tout pas plus de questions. On arrive devant le taxi que j'ai appelé au moment où j'ai pris ma décision. Je l'aide à s'allonger sur la banquette arrière, essayant qu'elle bouge le moins possible.

Pendant que nous roulons à travers les rues parisiennes, j'en profite pour prévenir que j'ai une urgence et que je ne pourrais pas être présent cet après-midi avant de me remettre à fixer Zahra. *Mais qu'est ce que je suis entrain de faire ?*

Nous arrivons devant chez moi et je suis très heureux

d'habiter au rez-de-chaussée lorsque je la porte avant de la déposer dans mon lit. Incapable de la laisser seule, je m'assois à côté d'elle et je sors mon livre. C'est mon seul moyen de décompresser lors d'une situation de stress. Après de longues minutes de réflexions intenses, je décide malgré le refus de Zahra de prévenir Samir et Astrid de sa sortie contre avis médical. Je précise qu'elle est en sécurité mais je reste flou pour qu'ils ne viennent pas sonner à ma porte.

Les heures s'écoulent et Zahra reste éveillée à fixer le mur, muette, même lorsque j'essaie de lui parler. Mais je ne suis pas du genre bavard et je n'aime pas parler pour ne rien dire. Après quelques essais, je conclus que le silence semble réconfortant pour elle aussi. Il est seize heures quinze lorsque je me lève enfin.

— Je dois aller chercher ma fille à l'école, je serai de retour dans une vingtaine de minutes. Je ferme la porte derrière moi mais tu as un double sur la table.

Comme d'habitude, même si je suis très fier de ma fille, j'appréhende toujours la première fois que j'en parle à quelqu'un. J'ai eu ma fille à dix-neuf ans et sa mère en avant dix huit, je suis donc habitué aux critiques de ceux qui sont persuadés que j'ai gâché ma vie. Contrairement aux autres, elle n'est pas étonnée, elle ne me juge pas, et reste immobile. Sur le chemin de la maternelle, je réfléchis enfin à la façon de l'annoncer à Plume. Je sais qu'elle ne le prendra pas mal, mais cela peut être assez déstabilisant pour une enfant de voir une femme dans cet état-là. Avant que je n'ai trouvé une solution, une tornade blonde me saute dessus lorsque je pénètre dans la cour.

— Papa !

Sa voix guérit instantanément toutes mes craintes et ses

petits bras s'enlacent autour de mon cou alors que je la porte.

— Bonjour ma princesse !

— Papa, je peux rester jouer encore un peu avec mes copains ? Tu es toujours le premier à arriver !

Elle me fait sourire avec son visage adorable alors qu'elle bat des cils exagérément, exactement comme sa maman lorsqu'elle demandait quelque chose. Pourtant, je suis inquiet de savoir Zahra toute seule.

— On doit rentrer tôt ce soir, mais demain c'est promis.

— D'accord ! s'exclame-t-elle sans rechigner.

Nous entamons ensemble le chemin du retour et je ne cesse de cogiter. Ce n'est qu'une fois devant la porte que je me décide à lui expliquer

— Princesse, il y a une amie à moi qui est malade et elle doit rester allongée. Elle ne peut pas se faire à manger et elle habite toute seule donc je lui ai proposé de rester ici quelques jours, ça te convient ? Si tu ne veux pas, on trouvera une autre solution.

Je regrette d'avoir agi dans la précipitation mais sa réaction me rassure.

— La pauvre, s'exclame ma fille les yeux plein d'amour tout en me serrant la main. Est-ce que je pourrais lui faire un câlin en rentrant ?

Mon cœur fond devant tant d'innocence et de bienveillance.

Tu serais tellement fière de ce qu'elle est devenue, elle te ressemble tant.

Lorsqu'on entre, Zahra n'a pas bougé. Mon appartement n'est qu'une grande pièce accompagné d'une salle de bain. Ma chambre et celle de ma fille étant délimitée par des rideaux, il n'est pas difficile de garder un œil sur quelqu'un, ce qui est parfait dans cette situation. J'ai bien songé à mettre des clôtures plus rigides mais Plume a refusé parce que, je cite, 《 ça fait plus rigolo 》. Elle a surtout peur de dormir seule. Le soir, il nous suffit d'ouvrir le rideau qui sépare nos chambres pour n'en former qu'une seule grande, et il faut avouer que ça me rassure aussi. Lorsque Plume rentre, elle jette un coup d'œil curieux par le rideau entrouvert avant d'elle-même le refermer.

— Comment elle s'appelle la dame ? demande-t-elle alors qu'elle s'assoit pour manger son goûter.

— Zahra.

— Elle est jolie, sourit-elle entre deux gorgées de compote.

Je souris à nouveau. Elle a raison, Zahra est jolie, mais seule une enfant fait cette réflexion en la voyant dans cet état, les adultes seraient trop inquiets.

La soirée se passe paisiblement comme à notre habitude. Ma fille me permet de déconnecter un peu de mes derniers jours forts en émotion. Je passe quelques fois prendre des nouvelles de notre invitée mais elle ne bouge pas et se terre dans le silence.

— Va choisir ton histoire ma princesse et au lit maintenant.

Elle essaie de négocier un peu par principe mais l'histoire du soir étant son moment préféré, elle finit vite par choisir son livre favori. Sur la couverture se dessine une jeune fille aux cheveux dorés comme les siens, *Banshee*. Je repense au jour où Elsa a ramené ce livre à la maison, quelques jours après son accouchement.

— *Regarde mon chéri ! Ce livre raconte l'histoire d'une enfant blonde comme Plume, et elle devient folle de rage au point de faire s'entrechoquer des pierres parce qu'elle a perdu sa poupée. On dirait Plume quand elle n'a pas son doudou.*

Un sourire nostalgique se dessine sur mes lèvres. Notre fille a très vite développé une affection pour un lapin en peluche avec l'intérieur des oreilles en tissu qui faisait presque sa taille à l'époque. Elle l'appelait son *Pïou*, pour dire lapin ou peut-être lapinou. On ne saura jamais parce qu'il s'appelle toujours Pïou.

— Tu as bien *Pïou* ? je demande justement à ma fille.

— Oui ! j'ai grand *Pïou*, petit *Pïou* et deux moyens *Pïou*.

Comme chaque soir, la vision de Plume entourée de lapins de toutes les tailles et de toutes les couleurs me fait rire. Je ne m'en lasserais jamais. Nous nous blottissons l'un contre l'autre et je commence à lui raconter l'histoire de *Banshee*, admirant chacune des illustrations et leurs dorures.

42

Point de vue de Zahra.

La notion du temps m'échappe complètement. Les jours se ressemblent tous. Hélios et sa fille se réveillent, s'en vont, reviennent, mangent, parlent, jouent, lisent une histoire et s'endorment avec de la musique qui sera coupée lorsqu'ils partiront à leur réveil. Quand Plume dort, il m'apporte de quoi manger. Je me contente de quelques bouchées vitales, puis il va se coucher dans le canapé. Quand il est de garde la nuit, il emmène Plume chez ses grands-parents ou chez sa tante, et il dort toute la journée du lendemain.

Moi qui ne suis bonne qu'à pleurer depuis des mois, plus aucune larme n'a coulé depuis mon réveil à l'hôpital. Un vide immense m'engloutit de toute part. Le vide, c'est pire que la douleur. Je connaissais cette dernière par cœur au point qu'il m'était familier, presque réconfortant. Le vide, lui, me rappelle que je suis morte. Parfois, j'aimerais pouvoir ressentir quelque chose, juste pour me sentir vivante. Rien ne vient jamais. Je me contente d'envoyer des « ça va, je suis en sécurité »à ceux qui m'envoient des messages, incapable de leur faire face. Ils ont tout essayé pour me faire revenir, de la colère à la bienveillance, mais cela ne me fait rien. Même penser m'est impossible, mon cerveau est sur pause, comme s'il avait disjoncté.

La porte s'ouvre. Plume aide son père à cuisiner le repas du soir. Ils jouent un peu en parlant beaucoup, et vont lire une histoire, puis Hélios m'apporte de quoi manger.

— Zahra, tu n'es plus obligée de rester alitée, tu le sais ?

Comme chaque jour, sa voix n'est qu'un bourdonnement lointain qui me parvient à peine. Comme chaque jour, je ne réponds rien. Je me contente de fixer ce livre sur sa table de nuit, Alcool d'Apollinaire, exactement comme lui. Contrairement au sien qui était en parfait état, l'exemplaire d'Hélios est corné, légèrement gondolé, abîmé par la vie, à l'instar de mon cœur.

— Je commence à m'inquiéter pour toi. Non c'est faux, je m'inquiète pour toi depuis la première fois que je t'ai vue, dit-il en secouant la tête. Je ne sais pas à quel point c'est difficile, je ne peux qu'imaginer ta souffrance, mais tu es en train de te laisser mourir.

Mais je suis déjà morte.

— Tu as l'impression d'être morte, cependant tu ne l'es pas, conclut-il comme s'il lisait dans mes pensées.

Il referme le rideau derrière lui et va dormir sur le canapé. Seule la musique résonne dans l'appartement. Bientôt, ils se réveilleront pour prendre leurs petit-déjeuners avant de partir puis de revenir.

J'entends le rideau s'ouvrir à nouveau. Pour la première fois, ce n'est pas celui qui me sépare de la pièce à vivre et une petite tête blonde apparaît. Je ne l'avais jamais vue auparavant. Ses cheveux ondulés tombent en cascade sur ses épaules et ses grands yeux verts me font penser à ceux d'Astrid. Je la vois monter dans le lit, un lapin à la main. Je reste immobile tandis qu'elle se glisse sous la couverture.

— Bonjour Zahra, je m'appelle Plume.

J'ai envie de lui répondre mais sa voix est étouffée. Je n'ai pas la force de bouger. Mon absence de réponse ne semble pas la déranger car elle reprend.

— Mon papa dort mais moi je n'y arrive pas et toi tu es réveillée. Je m'ennuie alors je veux te parler, m'explique-t-elle comme si c'était logique.

De nouveau je reste silencieuse, alors que mon cerveau peine à comprendre ce qu'elle me dit.

— Tu es jolie.

À quand remonte le dernier compliment qu'on m'a fait ? La réponse est évidente. Quand Nath ne buvait pas.

— Mon papa me dit que tu es malade, reprend l'enfant. Quand on est malade il faut se reposer mais aussi avoir de la compagnie.

Elle me fixe de ses grands yeux plongés dans les miens. J'aimerais prendre en photo ce visage innocent pour me rappeler éternellement de cette pureté. J'ai l'impression de revoir mes petites sœurs il y a des années. Elles me manquent. Pour la première fois un ressenti me traverse, avant d'être étouffé par le vide.

— Tu sais Zahra, je suis une princesse.

J'apprécie cet étrange appartement à rideaux. Même si je reste seule et immobile, même si je n'ai pas la force de bouger, je ne suis pas complètement seule. Parmi le peu d'informations que mon cerveau a retenu, je sais qu'Hélios surnomme sa fille *ma princesse*.

— Quand j'étais petite, j'ai regardé un dessin animé *Disney* qui s'appelle la *Reine Des Neiges*.

Je n'ai plus la force de rester concentrer et sa voix est petit à petit remplacée par un bourdonnement.

— La reine des neiges, elle s'appelle Elsa, comme ma maman.

Je vois ses lèvres bouger mais le son est étouffé. Pourtant j'aimerais comprendre, je crois.

— Ma maman c'est Elsa, donc c'est une reine. Et si ma maman est une reine, et bien je suis une princesse. Quand je l'ai dit à papa il m'a dit que c'était logique et que j'avais raison.

Je sens sa petite main se glisser dans la mienne tandis qu'elle ferme les yeux. Alors que la crois endormie, elle les rouvre. Ils sont baignés de larmes. De nouveau un sentiment traverse le néant de mon âme avant de disparaître.

— Zahra, est-ce que tu as la maladie de maman ? Papa a dit que tu étais malade mais tu es trop jolie pour mourir, murmure-t-elle des larmes dans la voix.

Je m'en veux de causer de la peine à cette petite fille. Je voudrais pleurer avec elle, tant la peine que je ressens est immense. L'épuisement m'en empêche alors je me contente de serrer ma main dans la sienne. Comment dire à une enfant que je suis déjà morte ? Je m'en veux d'imposer ma présence à cette petite fille.

Alors que je la pense endormie, je l'entends murmurer les paroles d'une chanson. C'est une berceuse qui parle d'une rivière magique qui aurait toutes les réponses mais qui te met en garde, *si tu plonges dans le passé, prends garde à ne pas t'y noyer.* J'identifie sans peine la berceuse du fameux disney que j'ai tant regardé avec mes petites sœurs et les paroles résonnent dans le néant.

Pour la première fois depuis que tout a commencé, je dors paisiblement pendant plus d'une heure. Je n'entends pas sa voix.

Je ne vois pas ses yeux. Je ne sens pas ses coups. Je dors tout simplement. Je ne me réveille qu'à l'écoute de la voix d'Hélios. Je garde les yeux fermées, incapable de les rouvrir pour le moment, me demandant si ce qu'il s'était passé était un rêve.

— Plume, mais qu'est ce que tu fais ici princesse ?

Le ton étonné d'Hélios et la petite main qui s'échappe de la mienne me prouve que c'était bien réel. Petit à petit, la petite fille se réveille et murmure d'une voix endormie.

— Tu m'as dit qu'elle était malade. Moi quand je suis malade j'ai toujours le droit de dormir avec toi parce que c'est nul de dormir seul quand on est malade.

Un rire chaud à l'instar des rayons du soleil du mois de Juin qui perce à travers les volets résonne dans l'appartement. De nouveau, j'aimerais photographier cette petite fille encore ensommeillée blottie dans les bras de son père. Je voudrais figer ce moment pour me souvenir que le bonheur existe. Ils quittent la chambre, refermant les rideaux en silence pensant que je dors encore. J'entends la voix d'Hélios dire à sa fille qu'Elsa serait fière d'elle et de sa gentillesse.

— Je sais, répond la voix enfantine qui me parvient beaucoup mieux que celle de son père. Son gloussement réchauffe un instant mon cœur, avant que la chaleur s'évanouisse dans la froideur du vide.

Le soir même, alors qu'Hélios dort sûrement, le rideau s'ouvre à nouveau. La petite fille ne vient pas tout de suite à côté de moi, elle se glisse dans la cuisine avant de revenir s'asseoir.

— Bonsoir Zahra. J'ai bien aimé dormir avec toi.

Sa voix ne paraît plus lointaine. J'ai envie de lui répondre que moi aussi j'ai bien aimé dormir avec elle, mais j'en suis incapable. On dit que les personnes dans le coma entendent le monde extérieur, je me demande s'ils ressentent la même chose que moi à cet instant.

— J'ai vu que tu avais un bandage sur le cœur hier, alors aujourd'hui j'ai demandé à papa d'acheter des glaces, m'explique-t-elle alors que je ne comprends toujours pas le rapport. Papa dit toujours que manger de la glace guérit les cœurs brisés. Alors j'en ai pris pour toi !

Elle me tend le petit pot en carton, pas plus grand que ma paume. Sa bienveillance me secoue de l'intérieur mais je ne parviens toujours pas à faire le moindre mouvement. J'arrive cependant à esquisser un sourire qui illumine son visage. *Depuis quand mon sourire a cet effet sur les gens ?* J'essaie de graver cette lumière dans ma mémoire.

— Mince, tu es trop malade pour manger… je vais la manger pour toi ! Peut être que ça va réparer un peu ton cœur quand même.

Elle se met à me raconter sa journée à l'école. Il ne lui reste plus beaucoup de temps avant les grandes vacances et bientôt, elle ira au centre aéré. Elle m'explique qu'elle n'aime pas y aller parce que ses copines n'y vont pas. Je lutte le plus longtemps possible mais sa voix finit étouffée par le vide. Ce néant indescriptible m'emplit, il n'y a plus rien, je ne suis qu'une coquille vide.

Le lendemain, le rideau s'ouvre à nouveau. Elle a un livre avec elle lorsqu'elle s'allonge à côté de moi,

— Tous les soirs, papa me raconte une histoire et comme ça je m'endors avec des rêves plein la tête. C'est ma maman qui avait commencé à faire ça. Quand elle est tombée malade, papa restait des heures à côté d'elle pour lui lire des livres. Les livres ça guérit peut-être un peu aussi.

Alors elle ouvre le grand livre devant elle, avant de m'expliquer de nouveau,

— C'est mon livre préféré. Maman l'avait acheté pour moi il y a très longtemps. Je ne sais pas encore lire mais je le connais par coeur donc je peux te raconter quand même.

Je suis hypnotisée par cette enfant et sa gentillesse d'une pureté si rare. Je réussis à l'écouter jusqu'au bout même si tout ne fait pas sens pour mon cerveau embué.

— Bonne nuit Zahra, me dit-elle avant de venir me faire un bisou sur la joue.

— Bonne nuit Plume.

Je pensais l'avoir dit dans ma tête mais de nouveau son visage s'éclaire et elle s'endort avec un sourire féerique. Ma voix n'a été qu'un murmure mais c'était déjà un énorme progrès. De nouveau je m'endors au son de sa voix sur la berceuse de son disney préféré.

Durant la nuit, Plume se réveille les yeux humides. Je comprends très vite qu'elle a fait un cauchemar. Elle retrouve très vite son calme mais peine à se rendormir. Par automatisme et habitude, mon cerveau se met à murmurer *A vava inouva d'Idir*. Ce n'est qu'un souffle brisé qui résonne dans le silence mais cette musique que j'ai tant chanté à mes sœurs pour les endormir, cette musique que ma grand-mère m'a tant fredonnée après mes cauchemars, apaise cette enfant comme une formule magique et nous nous rendormons ensemble.

Point de vue de Hélios.

Les jours s'écoulent, et chaque soir où je ne suis pas de garde, j'entends le rideau qui sépare ma chambre et celle de ma fille se tirer. Souvent, je vois une petite silhouette se faufiler vers le congélateur et disparaître à nouveau. Le premier jour où j'ai aperçu le pot de glace sur ma table de chevet, j'ai évidemment questionné Plume. J'ai bien cru que j'allais mourir d'amour lorsqu'elle m'a expliqué que c'était pour réparer le cœur de Zahra. Elle n'a pas essayé de me mentir, et je ne l'ai pas réprimandée. Sûrement parce que nous savons tous les deux que ce n'est pas une bêtise. Peut-être qu'elle aussi se sent impuissante face au mal être de cette jeune femme.

Ce jour-là, nous avons établi des règles. On mange une glace dans la chambre pour le dessert avant le brossage de dents, et au moment de l'histoire du soir, on ouvre le rideau pour que Zahra en profite aussi. Évidemment ça n'empêche pas ma fille d'aller se glisser dans mon lit - où devrais-je maintenant dire son lit - pour lui raconter une nouvelle histoire et donner des détails secrets sur sa journée.

Petit à petit, Zahra recommence à parler. Un chuchotement enroué mais doux. De simples petits mots comme « merci »et « bonne nuit »ainsi qu'une berceuse nocturne. Puis un jour, alors que Plume lui proposait une glace comme à chaque fois, Zahra accepta. Elle accepta tous les jours qui suivirent. On écoute ma fille parler pour nous trois. Je fais quelques interventions pour lui prouver que cela m'intéresse mais je pourrais l'écouter des heures sans ne rien dire. Parfois, le rire fêlé de Zahra se faisait entendre.

Manuela, ma grande sœur qui s'occupe de Plume quand je suis pris par le travail, m'a un peu sermonnée quand elle a appris la présence de Zahra. Elle pense que mettre une femme malade devant ma fille qui a perdu sa mère n'est pas une bonne idée, mais je n'ai jamais vu Plume aussi heureuse. Elle a fini par le constater d'elle-même et a compris la complexité de la situation.

Elle connaît Nath depuis longtemps elle aussi, ce ne fut pas compliqué pour elle de deviner ce qu'il s'était passé et elle est particulièrement touchée par l'histoire de Zahra.

— Hélios tu ne peux pas sauver tout le monde et encore moins tout seul. Laisse-moi t'aider, m'a-t-elle dit.

Elle a commencé à apporter des fleurs à Zahra à chaque fois qu'elle venait garder sa nièce, à lui parler de tout et de rien et à manger des glaces. Il n'y a pas un jour où je ne remercie pas la vie de m'avoir donnée une grande sœur aussi fabuleuse.

Comme prévu, je donne des nouvelles à Leyla mais je reste évasif auprès d'Astrid et de Samir. Quand ils sont venus, furieux ou désemparés, me demander où elle était passée, je m'en suis voulu de ne rien leur dire. Mais c'était le choix de Zahra et je lui devais bien ça. Leyla est la seule à savoir où se trouve sa fille, mais je ne lui donne pas plus de détails. Ce n'est pas à moi de le faire.

Lorsque je vais chercher Plume au centre, elle bougonne,

— Papa, je n'aime pas le centre, je veux rester à la maison avec Zahra !

— Ma princesse, tu sais que ce n'est pas possible. Zahra est encore trop malade pour se lever et puis tu t'ennuierais.

— Moui je sais, marmonne-t-elle.

— Est-ce que tu veux aller au parc, je lui propose pour faire diversion.

Je sais déjà que j'ai fait mouche parce qu'elle se met à sauter partout.

Sur le chemin du retour nous sommes accablés par la chaleur de juillet. Nous sommes donc soulagés de retrouver la fraîcheur de l'appartement en pierre.

— Papa j'ai faim ! s'exclame ma fille.

— Va te doucher, tu es toute transpirante ! Je commence la salade de pâtes et tu viendras m'aider une fois propre. Tu m'appelles si tu as besoin.

— Je ne me lave pas les cheveux hein ? me supplie-t-elle en me faisant les yeux doux.

— Non pas les cheveux, on l'a fait hier. Allez zou !

Je lève gentiment les yeux au ciel alors qu'elle saute de joie. Elle déteste quand je lui lave les cheveux, elle finit trop souvent avec de l'eau dans les yeux même avec toute la patience du monde. Après une douche éclair, elle réapparaît toute propre dans son pyjama sur lequel est représenté une fée rousse dont j'ai oublié le nom.

— Tu mets la table ma princesse ?

— Oui papa !

Ma fille est l'enfant la moins capricieuse que je connaisse. Je me demande comment elle aurait été si Elsa était encore en vie. Mon cœur se serre alors que je secoue la tête pour chasser cette idée de mes pensées. Nous nous asseyons, prêt à manger, quand le rideau s'ouvre. C'est bien la première fois que je vois Zahra debout depuis cette fameuse journée où j'aurais dû l'empêcher de repartir.

— Je peux venir manger avec vous ? murmure-t-elle.

Plume se précipite pour aller chercher un couvert de plus, aux anges. Intérieurement je suis dans le même état qu'elle mais je me contente d'un sourire et d'un bravo discret.

Depuis ce jour, Zahra mange avec nous. Elle sympathise petit à petit avec ma sœur lorsqu'elle est là ce qui me soulage. Parler à quelqu'un d'extérieur à sa vie lui fera sans doute du bien. Elle recommence à se doucher et même à faire à manger.

J'ai beau lui dire qu'elle n'est pas obligée, elle me répond que ça l'occupe. Au fur et à mesure des jours, elle reste même dans le salon avec nous. Elle se porte volontaire pour laver les cheveux de Plume qui ne rechigne plus le moins du monde et négocie même des tresses. Zahra m'a expliqué qu'elle avait l'habitude avec ses sœurs et que cela lui rappelait des bons moments. Elle parle peu mais c'est déjà un pas de géant. Parfois elle s'excuse et va s'enfermer aux toilettes. Je vois bien ses mains tremblantes et sa respiration saccadée, alors pour lui laisser plus d'intimité, on met la musique à fond dans les enceintes de la maison et on danse comme des fous.

Qui veut dire réveil de son coma mental veut aussi dire réveil de toutes ses craintes qui prennent de plus en plus de place.

MAEVE ADJ

43

Point de vue de Zahra.

Malheureusement, quand la joie et l'amour reviennent, la peine et la douleur sont également de la partie. Quand le vide n'est plus, il peut tout aussi bien se remplir d'un chaos sans nom. Mes sentiments mis sur pause ont repris vie ardemment comme s'ils avaient besoin de prouver leurs existences après avoir été bridés trop longtemps. Les questions et les appréhensions reviennent et plus je me réveille, plus cela dépasse mon contrôle.

Au début, tout prenait le dessus la journée et j'arrivais à être plus calme lorsque mes hôtes étaient de retour. Mais petit à petit, une fois que tout le monde dormait, je me relevais pour m'enfermer dans la salle de bain. Petit à petit, ça a empiété sur les soirées.

Un jour où Hélios était de garde la nuit, il revint dormir à la maison la journée et me trouva complètement terrorisée, cherchant mon souffle, pleurant à chaudes larmes.

— Si tu pensais être sortie de l'enfer, sache qu'il ne fait que commencer, m'avait-il dit.

Il a raison. Mon enfer a commencé la première fois où Nath m'a poussée, ou peut-être même ce jour-là sur la péniche lorsqu'il a bu. J'ai été naïve de croire qu'il avait pris fin lorsque je me suis réveillée dans cet hôpital. La peur me ronge en permanence. J'ai peur qu'il revienne, peur que tout recommence. Mais le pire reste la terreur à l'idée de contacter ma famille. J'ai tellement honte de ce qu'il s'est passé, de n'être plus qu'une victime, de m'être laissée faire et de leur avoir menti.

Plus le temps passe, plus cette honte grandit. J'ai peur d'affronter leur regard, alors je me terre chez Hélios. Ce dernier est assis face à moi dans le canapé adossé à l'accoudoir. Plume est partie une semaine chez Manuela et elle est contente de ne plus être au centre aéré. Bien que je la connaisse depuis peu, elle me manque. Manuela aussi à vrai dire car je commençais à m'habituer à nos conversations pleine de légèreté.

— Mes sœurs me manquent, je lance alors que j'observe Hélios lire.

Je l'observe régulièrement. Je comprends pourquoi Nath trouvait ça si apaisant. Quand Hélios est plongé dans un roman, il a l'air tellement apaisé, tellement calme que ça a l'effet d'un anxiolytique. Tous les problèmes du monde disparaissent. De nouveau, mon appareil photo me manque. Ma passion pour la photo qui m'avait quittée, me ramenant à mon ancienne vie, prend de plus en plus de place depuis que je suis chez Hélios. J'attrappe malgré tout mon portable pour immortaliser sa quiétude avant qu'il ne relève les yeux de son livre après avoir fini son chapitre pour me répondre,

— Zahra, cela fait un mois que tu n'es pas sortie. Il va falloir que tu affrontes le monde extérieur.

— J'ai trop honte pour ça Hélios. On en a déjà parlé, je

murmure.

L'angoisse commence à me gagner tandis que je m'arrache la peau autour de mes ongles et que ma jambe tressaute avec encore plus de vigueur. Hélios s'en aperçoit et comme d'habitude, il change de sujet en me racontant l'histoire de son livre,

— J'adore la plume de Camus, conclut-il. D'ailleurs c'est pour cela que ma fille s'appelle comme ça.

— Grâce à la plume d'Albert Camus ? je demande, pas certaine d'avoir compris.

Un sourire mélancolique traverse son visage, et comme à chaque fois, je m'étonne de voir à quel point ses émotions peuvent se lire à travers ses traits.

— Non, en rapport avec la plume des romans. Pour Elsa, la plume était toute sa vie étant donné qu'elle était autrice. Elle disait que chaque plume a son public et est aimée par au moins une personne. Quant à moi, je passais des heures et des heures à lire, à chercher la plume parfaite. Je cherchais la plume qui ferait vibrer mon coeur et me sentir vivant. Un jour je suis tombé sur un livre d'Elsa et j'ai su que je l'avais enfin trouvée. On s'est rencontré par le biais de ses livres parce que j'aimais lui faire des retours sur mes lectures. Quand on a vu notre fille pour la première fois, on a compris qu'aucune plume d'aucun auteur ne ferait à ce point vibrer nos cœurs. Elle était ce qu'on avait toujours cherché, notre perfection. On savait qu'elle trouverait forcément quelqu'un pour l'aimer. Le prénom nous est venu naturellement.

— C'est joli, je souffle, fascinée face à tant de signification derrière un prénom.

— Oui, il lui va à merveille. Et toi Zahra, que signifie ton prénom ?

Je réfléchis un instant et je me rends vite compte que je ne connais pas la signification.

— Je sais que mon prénom est un choix de ma mère, mais je ne sais pas pourquoi elle a choisi celui-ci. Je n'ai pas trop eu l'occasion de lui poser la question à vrai dire.

— On va regarder, me lance-t-il attrapant son portable.

Après une rapide recherche, il me montre son écran. *Brillante, lumineuse, resplendissante.*

— Je trouve que ça te va bien, affirme-t-il.

— Je ne trouve pas, je souffle. Je suis éteinte.

— La première chose qui m'a frappée chez toi quand tu es entrée dans cette chambre, c'est la lumière qui brillait dans tes yeux. Petit à petit, je l'ai vu s'éteindre. J'ai bien cru qu'elle était morte ce jour-là. Mais plus les jours passent et plus la lumière revient. Tes yeux brillent quand tu es heureuse Zahra. Mais par-dessus tout tu as illuminé la vie de ma fille.

Je le regarde, incrédule.

— Qu'est ce que tu veux dire par là ?

— Je pense sincèrement que ta présence aide Plume. Elle a pris soin de toi comme elle aurait aimé avoir pris soin d'Elsa. Elle ose te dire ce qu'elle ne peut pas dire à son père. Tu étais au plus mal pourtant tu t'es petit à petit relevée. Non tu ne vas pas bien. Oui, tu pleures chaque jour. Je sais que tu le revois te frapper, que tu ressens ses coups, et que tu vas affreusement mal. Mais ta douleur te rappelle que tu es vivante, tu ne t'es pas laissée mourir. Tu prouves à ma fille qu'on a le droit de montrer qu'on va mal, mais aussi qu'on peut se relever. Le bonheur que tu lui apportes est inestimable.

Il a raison, je vais mal. Peu importe à quel point j'essaie d'oublier et de faire semblant, mon âme est marquée au fer rouge par Nathanaël Slezak. Les larmes dévalent mes joues à toute vitesse, inondant mon visage.

— Je suis désolée, je souffle honteuse.

— Ne t'excuse jamais lorsque tu n'es pas fautive Zahra, des excuses à profusion perdent de leurs valeurs. C'est la rareté des excuses qui fait leurs intérêts et leurs forces. Tu as le droit de pleurer.

Il me prend naturellement dans ses bras, je m'attendais à me sentir mal à l'aise mais au contraire, je suis tout de suite apaisée et je me laisse aller contre lui. Je sens aussi ses larmes à lui ce qui me surprend, habituée à Nath qui n'a pas pleuré de toute notre relation.

— Il n'est pas mort, je murmure une fois l'angoisse calmée.

— Si Zahra. Il est mort j'en suis désolé. On peut aller sur sa tombe si tu en ressens le besoin.

Je sens dans sa voix que le dire aussi franchement le peine.

— Hélios, je ne suis pas dans le déni. Il n'est pas mort je te le promet. Je le sais, je le sens. On s'était fait une promesse avant que tout ne parte en vrille.

— Quelle était cette promesse ?

— Qu'il disparaîtrait si jamais il me blessait à nouveau. Tu sais, j'ai appris qu'on pouvait faire plus que ce qu'on imagine avec de l'argent. Je voudrais qu'il paye pour ses actes, mais je n'ai pas la force d'être médiatisée ou autre. Je sais que je gagnerai, mais Nath n'a pas besoin d'être enfermé dans une prison. Il a besoin d'être soigné. Je ne suis même pas sûr d'avoir la force d'engager des poursuites face à lui. Je suis certaine qu'après ce qu'il s'est passé, il ne recommencera plus à boire de toute façon.

Je me revois enlacer son petit doigt du mien, après lui avoir expliqué ce que ça représentait pour moi.

— Un homme violent une fois pourra toujours recommencer. Il était violent aussi avec son ex.

Sa voix a un ton étrange que je ne parviens pas à identifier. De la haine, de la peur, de la culpabilité ?

— Celle qui l'a trompé avec toi.

Un rire mauvais s'échappe de sa bouche, ce qui me surprend de lui.

— Tess n'a jamais trompé personne. Elle a vécu exactement la même situation que toi mais elle est partie avant que ça ne dégénère. Elle est venue habiter chez moi, comme toi actuellement. J'étais la seule personne assez proche d'elle qui avait des parents assez ouverts pour la recueillir. Un jour Nath a appris où elle logeait et il a débarqué. Quand il est arrivé, elle dormait dans mon lit et j'y étais aussi. Nous n'avions pas de place chez moi. Je lui avais proposé de lui laisser le lit et de prendre un matelas mais elle a refusé parce que j'étais chez moi aussi et qu'elle me faisait confiance. Tout était platonique entre nous, on était juste amis. Nath était complètement ivre lorsqu'il nous a vus, il ne nous a pas laissé le temps de nous expliquer et est parti. Tess a par la suite déménagé chez ma sœur, depuis elles sont meilleures amies. Elle a mis du temps, beaucoup de temps, à s'en remettre. Après de nombreux rendez-vous psychologiques et quelques hospitalisations, elle dit que ça va mieux même si rien ne sera plus jamais comme avant. Je ne sais pas si on s'en remet réellement un jour.

— Finalement, tu répares les erreurs de Nath et le cycle se répète, conclus-je hébétée.

— C'était la dernière fois, il s'accorde une pause et prend une grande inspiration avant de reprendre. Tess a porté plainte mais le père de Nath était là pour étouffer l'affaire. En même temps il était comme lui. Maria est morte devant les yeux de son fils sous les coups de son mari. C'est là que Nath a commencé à boire et devenir violent. Ce jour-là, il s'est perdu et n'est jamais revenu. Je crois que ça a toujours été le cas, lui qui avait une si grande maison passait sa vie dans mon minuscule appartement pour fuir la réalité de son foyer. Il était complètement traumatisé, il ne s'en est sûrement jamais remis. Si tu penses sincèrement qu'il est encore en vie, il faut que tu portes plainte. Je ne te dis pas de le faire demain, mais maintenant que son père n'est plus là, on peut agir et l'empêcher de reproduire ce schéma. Mais je te le promets Zahra, Nath est décédé ce quatorze juin.

J'encaisse le choc de ses révélations, la dernière pièce du puzzle étant enfin à sa place. Aurais-je fini comme lui si ma mère n'était pas partie ?

— Il a arrêté de boire quand il a commencé à travailler, je commence. Pas longtemps après avoir coupé les ponts avec toi. Il a repris à la mort de son père. Il a essayé de se contrôler mais il ne se souvenait jamais de ce qu'il faisait. Quand il était sobre, il était tellement parfait. Je culpabilisais à l'idée de le quitter pour son addiction, mais elle me dévorait moi aussi à petit feu. De toute façon je ne pouvais pas partir, j'avais trop peur.

J'ignore l'hypothèse de porter plainte. Il est trop tôt pour ça.

— Je comprends Zahra. Je ne t'en veux pas de ne pas être partie, personne ne te le reproche et personne ne te le reprochera jamais. Maintenant il faut que tu te fasses aider, toute seule tu n'y arriveras pas. Je vois bien comme tu es heureuse avec Plume. Il te faut un suivi psychologique pour que tu puisses briller à nouveau, pour que tes yeux s'illuminent.

Je repense à toutes ces fois où j'ai repoussé Astrid sur ce sujet. Si j'avais vu un psy, une personne extérieure à qui j'aurais pu parler sans culpabiliser de lui faire porter mes problèmes, peut-être que les choses auraient été différentes.

— Je vois un psy tu sais, et Plume aussi. Quand Elsa est décédée il y a quatre ans, peu après les un an de Plume, ça n'a pas été facile. On a réussi à s'en remettre ou en tout cas à en parler avec le sourire. Elle nous manquera toujours, mais elle vit en moi, en Plume, en ses livres.

— De quoi est-elle décédée ? Ça avait l'air d'une personne formidable j'aurais tant aimé la rencontrer.

— Un cancer du sein. J'ai rencontré ta mère peu après pendant ma première année d'internat. C'était la première fois que je voyais une autre personne atteinte de ce cancer. J'avais l'âge de son fils inconnu, elle avait le cancer de ma femme. D'une certaine façon nous étions liés. J'ai eu ma fille jeune, j'avais dix-neuf ans et Elsa dix-huit. Le même âge que ta mère quand elle a eu ton frère. C'est sans doute pour cela que nous avons tous les deux voulu nous entraider. Pour se sentir un peu moins impuissant pour nos propres proches qu'on ne pouvait plus sauver. Je pense qu'Elsa t'aurait adorée.

— Merci d'avoir pris soin de ma mère, je lui souffle. Je l'aurais adorée aussi.

— Je pense que Nath aussi a essayé de te sauver comme il aurait aimé sauver sa mère, mais il n'a pas pensé à se sauver lui-même.

— Astrid m'a dit un jour qu'on ne pouvait pas sauver quelqu'un de la noyade si on ne savait pas nous même nager.

Nous réfléchissons tous les deux à cette phrase lorsqu'on sonne à la porte.Je laisse Hélios aller ouvrir, mais il se retourne vers moi.

— Zahra, c'est pour toi.

44

Étonnée comme terrorisée, je me demande si c'est lui qui est revenu. Il doit lire la peur dans mes yeux car il s'empresse d'ajouter qu'il s'agit de mon frère. Je me lève, hébétée mais soulagée. Effectivement, Sam est bien là. Il n'a pas changé depuis Octobre, ses yeux sont seulement plus cernés et son teint plus hâlé.

— Je vais vous laisser. Je suis dans le parc à côté si vous avez besoin.

J'acquiesce et dévisage mon frère en attendant qu'Hélios récupère son livre et que la porte se referme derrière lui.

— Comment est-ce que tu m'as trouvée ? je demande, à moitié honteuse et à moitié en colère.

— Je sais où tu es depuis le début, Hélios nous avait prévenu. Tu crois bien que j'aurais signalé ta disparition à la police, même si l'autre fou est mort. Tu ne sais pas à quel point j'ai eu peur.

— À quel point *tu* as eu peur ? je m'exclame alors que je me sens un peu trahie par Hélios.

— Zahra tu sais que ce n'est pas ce que je voulais dire. Je

sais que tu es celle qui a le plus souffert mais trouver ma sœur à moitié morte en train de se faire poignarder, c'est un souvenir que je préfèrerais effacer.

— Qu'est ce que tu fais là Sam, je lance avec amertume. Tu as disparu pendant des mois ! Pas une seule nouvelle de toi ! J'étais morte d'inquiétude, seule et désemparée. J'ai dû affronter mes souvenirs toute seule, affronter papa toute seule, m'occuper des filles toute seule, et en plus de ça mon fiancé me fracassait et tu n'étais pas là pour moi ni même pour les petites !

Pour la première fois je ne l'appelle pas *Dada*. Il ne mérite ni mon respect ni mon affection. La culpabilité se lit sur son visage, mais il encaisse alors je continue. J'ai besoin de le blesser autant que j'ai été blessée.

— Tu as fui ! Tu savais et tu as fui ! Comme quand on était petit. Maintenant je me souviens des journées où tu partais le matin et revenais le soir me laissant toute seule auprès de lui. Tu savais ce qu'il faisait ! Tu étais là pour me consoler le soir mais la journée tu fuyais ! Alors quoi, tu as fui le temps que la vie me casse la figure et maintenant que je suis en miettes et terrorisée tu veux venir me consoler ! Je n'ai plus sept ans Sam, la vie ne fonctionne pas comme ça. Tu n'avais pas le droit de m'abandonner.

Je pleure mais je m'en fiche. Je veux lui faire mal, je veux qu'il regrette. Soudain de grands bras m'enlacent m'empêchant de continuer. Son odeur m'enivre et m'apaise. C'était exactement ce dont j'avais besoin depuis des mois, depuis que ma vie a basculé, depuis que j'ai découvert ce carnet. Un câlin de mon grand frère. Mes barrières tombent une à une, toute ma peine emmagasinée s'échappe de mon corps, alors que les bras protecteurs de mon frère me serrent tellement fort que j'ai du mal à respirer. Pour la première fois, qu'est ce que j'aime que respirer soit si difficile. Exactement comme quand j'étais enfant et que je venais me réfugier dans son lit pour pleurer ma journée, je me laisse aller. Finalement, peut-être que j'ai toujours sept ans.

— Je suis désolé, je suis désolé. J'ai fui, tu as raison, j'ai été lâche. Je me doutais que ça allait bientôt arriver. Tu commençais à te poser des questions, à faire de plus en plus de crises et de cauchemars. Même si tu n'étais pas tombée sur ton journal, tu aurais découvert la vérité d'ici peu alors j'ai pris mes affaires. Je suis parti en plein milieu du désert du Sahel en coupant complètement ma connexion. Je ne voulais pas être témoin de ton effondrement, je ne voulais pas revivre ça. Je sais que j'ai fuis pendant notre enfance, mais c'était compliqué pour moi aussi, j'avais peur, j'avais mal.

Ma colère diminue un peu car ce n'était qu'un enfant qui a pensé à sa survie. Comment peut-on en vouloir à un enfant de s'être protégé. Il est aussi traumatisé de ce que mon père nous a fait vivre. Pourtant je ne peux m'empêcher de lui en vouloir de m'avoir abandonnée à mes malheurs une énième fois.

— Je ne fuirais plus Zahra. On a entamé des procédures judiciaires contre papa. Leyla a accepté de porter plainte aussi même si il y a prescription, elle va témoigner en notre faveur. Astrid va également témoigner. Les petites ont demandé à ne plus le voir et avec ce dossier il va sûrement perdre leur garde, surtout qu'il ne dépensera pas son argent en frais d'avocats. Nous n'en valons pas la peine selon lui.

Un rire jaune s'échappe de mes lèvres, avant qu'une vague de culpabilité me traverse.

— J'aurais dû faire ça avant. Les filles devaient avoir tellement peur qu'il revienne. Je suis tellement désolée, je les ai abandonnées, je…

Les mains de mon frère viennent encadrer mon visage alors qu'il me coupe.

— Mais qu'est-ce que tu racontes ? Tu n'aurais rien pu faire dans ton état. Ne te préoccupe pas de ça pour le moment. Les filles sont en sécurité, j'habite avec elles chez *Djida* quand leur mère est en déplacement, tout va bien. Tu leur manques terriblement, elles savent uniquement que tu ne vas pas bien et que tu as besoin de repos mais elles comprennent. Elles sont au courant de ce que Franck nous a fait parce qu'il fallait les prévenir pour entamer les poursuites, mais elles s'en doutaient. On leur a aussi dit que tu t'étais séparée de l'autre connard et elles sont contentes parce qu'elles disent qu'il te prenait trop de temps.

— Elles me manquent tellement, je murmure.

— Tu leurs manques aussi, tu me manques aussi, tu manques à tout le monde. Astrid nous a tous demandé de ne pas te brusquer et de te laisser le temps qu'il te faudra. Je crois qu'elle veut toujours un peu ma mort mais depuis que je me suis monté contre Franck, elle me tolère.

— Merci de t'être occupé de tout ça, je me doute que ça n'a pas dû être facile pour toi aussi.

— Tu parles ! Si je te manquais tu aurais dû me le dire, pas besoin de te retrouver entre la vie et la mort pour me faire comprendre que je n'étais pas assez là !

Il dit ça sur le ton de l'humour mais je sens son corps être parcouru d'un frisson. J'allais m'excuser mais la phrase d'Hélios me revient à l'esprit. Ce n'est pas de ma faute, alors je me contente de le serrer un peu plus fort dans mes bras.

— Zahra, j'ai oublié de te dire quelque chose.

— Quoi donc ? je demande en me détachant de lui.

— Tu es riche.

— Qu'est ce que tu racontes encore ?

— L'autre connard t'a tout légué. L'entièreté de sa fortune, des entreprises, ses appartements, tout. Il y a seulement inscrit sur son testament qu'il te lègue tout et que tu peux en faire ce que tu veux.

Je le regarde complètement choquée. Me voilà millionnaire. Je me demande pourquoi il a fait ça mais cela paraît évident, Nath n'a personne.

45

Devant ma nouvelle chambre, je suis terrorisée, les phalanges blanchies tant je serre la poignée de ma valise. Ma psychiatre m'a assurée que si jamais cela se passait mal je pourrai partir et que je serai toujours en contact avec elle. Cela me soulage un peu l'esprit. J'ai eu du mal à lui faire confiance mais je n'avais plus la force de lutter et j'ai fini par répondre à ses questions. Il ne lui a pas fallu longtemps pour demander une hospitalisation. J'ai d'abord refusé car je venais à peine de retrouver mes sœurs. Elles ne m'ont pas reproché mon absence mais cela ne m'empêche pas de culpabiliser. Ma psychiatre a insisté en me disant qu'elles n'étaient pas dupes et qu'elles étaient témoins de ma détresse mentale, ce qui à fini par me convaincre.

— Aller Z, me lance Astrid. Tu vas t'en sortir, ils sont très doués ici.

— Comment tu peux en être sûr, je demande nerveuse.

— Zahra, c'est moi qui t'ai conseillé Docteur Gryn. Je sais que tout ira bien là-bas. Si ça ne va pas, tu m'appelles et je te sors d'ici. Je t'en fais la promesse. Laisse toi juste du temps pour t'adapter, laisse une chance à cette hospitalisation.

Je hoche la tête alors que la main rassurante de ma meilleure amie serre la mienne alors qu'on entre dans une petite pièce.

— Il faut que je te laisse, je n'ai même pas le droit de t'accompagner jusqu'ici normalement. Tout ira bien, je viendrais te voir pendant tes permissions de visites.

— Oui ne t'en fais pas, tout ira bien. Je te fais confiance.

Je ne suis pas certaine de croire ce que j'avance mais je veux la rassurer.

— Ah et j'oubliais. J'ai reçu une lettre à ton nom à la maison ce matin, tiens.

J'attrape l'enveloppe puis nous nous faisons la bise avant que je la regarde partir. Je suis tellement reconnaissante d'avoir cette femme dans ma vie. Même si je me suis éloignée d'elle pendant quelque temps, elle n'a cessé d'être là pour moi. Finalement je décachette l'enveloppe, une fois assise sur le lit. Mon cœur s'arrête pendant que je parcours les lignes à toute vitesse. C'est un certificat d'hospitalisation psychiatrique à vie pour grave trouble post traumatique avec mise en danger d'autrui d'un certain Nathan Spieah. S'ensuit une lettre que je m'empresse de lire pour qu'elle confirme ce que je suis en train de comprendre.

« Chère Mademoiselle Fleury,

Je commence cette lettre par des excuses que je vous dois, même si j'ai conscience qu'elles ne changeront rien. Un jour, je vous avais promis de ne plus consommer une seule goutte d'alcool, l'addiction a sûrement bien ri lorsqu'elle m'a entendu prononcer ces mots. Je n'ai pas été capable de me contrôler et j'en suis le seul responsable.

Aujourd'hui, je ne peux pas changer le passé mais je peux tenir ma dernière promesse, disparaître. Vous n'entendrez plus jamais parler de Nathanaël Slezak qui est décédé dans un accident de voiture, le jour où il a failli assassiner de ses propres mains la femme qu'il aimait plus que tout au monde, la femme qui l'avait reveillé du pire des cauchemars.

Lorsqu'on a retrouvé mon corps dans cette voiture encastrée dans le mur, on m'a conduit à l'hôpital le plus proche. À mon réveil, j'avais désaoulé. Je fut rapidement arrêté et on m'a expliqué les faits qui m'étaient reprochés. L'idée suffit à me terroriser et je ne peux qu'imaginer ce que je vous ai fait subir avant cela. Je compris qu'il était temps pour moi de tenir mon ultime promesse. Je vous le devais bien, à vous qui m'avez appris que respirer n'était pas si douloureux, vous qui avez donné du goût à ma vie bien trop fade.

Je savais pertinemment que si l'affaire était ébruitée, vous vous retrouveriez dans un torrent médiatique, alors j'ai feint ma mort. L'argent peut parfois faire des miracles. J'espère que vous saurez faire taire les trop curieux.

Malgré tout, ce n'est pas à moi de décider ce qu'il adviendra de moi. Je suis actuellement hospitalisé pour le restant de mes jours. Je vous ai légué l'entièreté de mes économies, de mon héritage et de mes revenus, vous pouvez être certaine que si cela est votre souhait, j'y resterai. Si vous préférez un jugement, celui qui aurait dû avoir lieu, il vous suffit de montrer cette lettre que je vais signer. Prenez le temps que vous souhaitez pour vous décider, même dans dix années si cela est votre besoin, vous ne craignez rien.

De nouveau Mademoiselle, je m'excuse pour tout ce que je vous ai fais subir. Mes failles étaient bien plus moches que les vôtres, vous ne méritiez pas ça. Ne vous blâmez pas d'être restée alors que je vous avais enchaînée à moi. N'ayez jamais honte de votre vécu, de ce que je vous ai fais subir, vous êtes la femme la plus forte que je n'ai jamais rencontré et vous pouvez en être fière.

Je suis mal placé pour vous dire ces mots mais je voulais être certain que vous les entendriez.

Vous méritez de vivre. De nombreuses épreuves vont vous attendre par ma faute, cependant j'espère sincèrement que vous parviendrez à les surmonter. Bien que je sois celui qui vous a retiré votre bonheur, j'ai la prétention aujourd'hui de vous dire que je ne vous souhaite que le plus pur des bonheurs car vous ne méritez pas moins.

Bien à vous,
Nathan Spieah »

FIN.

EPILOGUE

Dans mon viseur, son sourire innocent me réchauffe encore plus que les rayons du soleil en cette fin de printemps qui font briller ses cheveux d'or. Je pivote et mon œil droit tombe sur des cheveux bouclés et une peau hâlée. *Celui avec qui on peut parler pendant la nuit, le confident*, Samir. J'immortalise sa conversation avec *l'éclat du soleil* de ma vie, Léna. Je change le focus pour viser *mon étoile* qui est juste derrière, Maya. Plus loin, avec son éternelle coupe de champagne à la main, *la beauté divine* discute et ses cheveux d'un blanc éclatant avec le soleil, Astrid, discute avec *la déesse de la nuit*, Nyx. J'immortalise de nouveau leurs complémentarités et leurs contrastes. Celui qui a éclairé ma vie, *le dieu soleil*, Hélios, fait la bise à *la belle*, ma grand-mère.

Depuis cette fameuse après-midi où j'ai découvert la signification de mon prénom, j'ai cherché celle de mes proches. Est-ce une coïncidence où seulement le destin pour que cela corresponde aussi bien ?

Une main se pose alors sur mon épaule et je sursaute.

Hélios s'excuse avant de m'éclairer de son sourire qui m'est contagieux. Il me demande d'aller m'asseoir car le gâteau ne va pas tarder à arriver. Nous nous rejoignons tous autour de la table de jardin de ma grand-mère où j'ai fêté chacun de mes anniversaires. Je suis entourée de ceux que j'aime ainsi que de ceux qui aiment mes proches. J'immortalise tout cet amour, cette bienveillance, cette pureté, avant de tendre mon appareil à Hélios.

Il y a deux ans, je subissais ma vie, il y a un an, je pensais que c'était mon ultime journée, aujourd'hui, je suis aimée et je guéris.

Alors, *la nuit*, Leyla, se lève. Ma mère tapote son couteau contre une coupe et toutes les têtes se tournent vers elle.

Le gâteau arrive et je souffle mes vingt quatres bougies. Je ne peux m'empêcher de penser à Nathanaël, dont je n'ai plus de nouvelle. Je dois être défectueuse mais je n'arrive pas à le détester et j'ai même réussi à lui pardonner. Beaucoup ne comprennent pas, mais j'en veux plus à son père qu'à lui. Finalement, j'ai eu ma fin heureuse et lui non, même si cela n'excuse rien, Nath s'est fait submerger par son mal-être. Je n'ai pas décidé de porter plainte, je me laisse le temps qu'il me faut pour me décider, une procédure judiciaire à la fois. Malgré tout, je continue d'écrire des lettres à mon ancien fiancé, cela m'aide dans ma guérison. Je lui en envoie certaines en stipulant que je ne veux pas de réponse de sa part. Il y a un an et demi, Nath était ma fin heureuse. Je suis toujours étonnée quand je me rends compte du chemin parcouru en si peu de temps. Les mains de chacune de mes sœurs se glissent dans les miennes et *je souffle*.

Je souhaite que cela soit enfin ma fin heureuse.

Plume est la première à s'avancer, me tendant une enveloppe. Je l'ouvre et en sors une feuille sur laquelle est représentée une petite fille aux longs cheveux d'or et aux yeux émeraudes. Elle tient par la main un homme aux cheveux bruns qui lui retombent un peu devant les yeux tenant un livre et de son autre main, une jeune femme aux cheveux longs et un appareil photo autour du cou. Au dessus de nous trois, une jeune femme aux cheveux blonds, aux yeux bleus et aux taches de rousseurs, est allongée sur un nuage, un livre à la main.

C'est plus fort que moi, je fonds en larmes, serrant dans mes bras, la petite fille qui met des petits pansements reines des neiges sur mon cœur meurtri lui promettant d'encadrer son dessin. Avant de le ranger dans l'enveloppe, je le prends en photo et le mets en fond d'écran comme à chaque fois qu'elle m'offre un dessin.

Après avoir remercié tout le monde de leurs présents, alors que je crois que c'est terminé, le bruit d'un couteau résonnant contre une coupe résonne. *Yemma.*

— Je ne veux pas être longue alors je vais pas tergiverser. Zahra *Iley tahzist,* c'est ton anniversaire aujourd'hui et comme cadeau j'ai une petite annonce, commence ma mère alors que j'ai de nouveau les larmes aux yeux. Il y a un peu plus d'un an, j'ai décidé d'arrêter les chimios, le cancer m'avait tout pris, même mon espoir. Mais un beau jour, une jeune femme est entrée dans ma chambre d'hôpital, réalisant mon rêve le plus cher, revoir ma petite fille. Elle m'a convaincu de revoir ma mère que je n'avais pas vue depuis presque vingt-deux ans. J'ai retrouvé espoir, la force de me battre une raison de me battre. Aujourd'hui, un an plus tard, grâce à l'aide de ma famille ainsi que grâce à Hélios qui maintenant en fait presque parti, j'ai le plaisir de vous annoncer que j'ai vaincu le cancer.

Un tonnerre d'applaudissements et de félicitations se fait alors que je fonds en larmes, la main plaquée contre ma bouche. Une odeur de vanille m'emplit alors qu'un bras vient enlacer mes épaules.

— Ta fin heureuse ne fait que commencer Zahra, me souffle-t-il.

Je viens enfouir ma tête contre mon torse, humidifiant sa chemise en lin de mon bonheur et la tâchant sûrement de mascara. De petits bras vinrent entourer mon corps et je sais que jamais je n'oublierai ni ce moment ni ce sentiment de bonheur immaculé.

Je vais ensuite fondre en larmes dans les bras de ma mère avec qui je me suis rapprochée autant que je me suis éloignée de mon père. Elle pleure avec moi, le soulagement est aussi intense que ces derniers mois de bataille et que le courage dont elle a fait preuve.

Alors que je mange mon gâteau, Astrid trinque son verre contre le mien.

— Merci, me dit-elle.

Je la dévisage intriguée mais elle se tait alors je la remercie à mon tour. Alors que j'ai changé du tout au tout, Astrid reste Astrid, fidèle à elle-même. Toujours aussi parfaite, toujours aussi secrète. Elle a été mon principal soutien dans ma guérison, m'accompagnant à mes rendez-vous psychologiques, vérifiant mes traitements. Je continue toujours de dormir chez elle au moins un soir par semaine même si j'habite principalement chez les Martinez.

— Alors, me lance d'ailleurs Nyx qui vient de se joindre à nous. Quand est-ce que tu officialises avec le beau brun ?

Il y a deux ans j'aurais été aussi rouge que ses lèvres mais je me contente de sourire.

— Rien ne presse, je n'ai pas besoin d'un mot pour la relation que j'ai avec Hélios. Je suis allé trop vite avec Nathanaël, je ne veux pas reproduire les mêmes erreurs. Puis, je sais qu'il est encore éperdument amoureux d'Elsa et cela sera sûrement toujours un peu le cas, tout comme j'aimerais toujours un peu Nath. Hélios compte pour moi et je compte pour lui, cela me suffit pour le moment.

Nous nous sourions d'un air mélancolique.

La nuit nous enveloppe quand Hélios vient vers moi après avoir couché Plume. Je suis en train de discuter avec ma grand-mère et mes sœurs avec qui notre relation est devenue encore plus forte. J'ai tellement cru que j'allais les perdre il y a un an que je ne les lâche plus. Les filles ont l'habitude de venir chez Hélios qui n'habite pas très loin de leurs établissements scolaires tout comme Hélios et Plume ont l'habitude de m'accompagner de temps à autre chez ma grand-mère. Évidemment *Djida* est ravie et Plume l'adore. Léna s'entend également à merveille avec la petite fille ce qui ne m'étonne pas étant donné qu'elle a toujours eu un instinct maternel surdéveloppé. J'appréhendais un peu la réaction de Maya qui en plus d'avoir toujours été la plus jeune, est encore plus froide et renfermée qu'avant. Étonnement, elle est d'une douceur éternelle avec Plume et j'ai l'impression que la petite princesse l'apaise. Nous formons une belle famille.

— Je peux vous emprunter Zahra une minute ? demande alors Hélios à mes sœurs.

Ces dernières acceptent et je le regarde intriguée. Il me tend alors un paquet. Je le déballe, bercée par la musique qui résonne dans le jardin. C'est un carnet sublime à la couverture noire Matte traversée de rainures dorées. On peut également y lire de lettres d'or, *per la ragazza dagli occhi luminosi.*

— *Per la ragazza dagli occhi luminosi,* me dit-il de son parfait accent italien. Pour la fille aux yeux lumineux.

Pour une énième fois ce soir, les larmes me montent aux yeux. Mais avant que je n'ai le temps de répondre, je remarque une enveloppe qui dépasse. Intriguée, je l'ouvre et tombe sur trois billets aller pour la thaïlande. Je le regarde incrédule.

— J'ai préféré te l'offrir en privé car tu peux refuser. Cela fait des mois que tu me dis que tu as envie de partir, que tu n'as jamais voyagé de ta vie. Je comprends si c'est compliqué pour toi de partir loin de tes proches, de Leyla, de tes sœurs, on peut leur demander de venir avec nous si elles veulent...

Je l'interromps en lui sautant dans les bras. Il me rattrape de justesse et je le serre de toutes mes forces tandis qu'il fait de même. Dans trois mois, nous partons en Asie pour une durée indéterminée.

IMPORTANT

Toute personne victime de violences conjugales est une personne à part entière. Zahra est l'incarnation de certaines d'entre elles, mais chaque réaction, chaque vécu est légitime et respectable. Faites attention à vous, à vos proches, n'oubliez pas que rien ne justifie les coups. Vous n'êtes pas les fautives dans l'histoire.

Si vous êtes victimes ou connaissez des personnes subissant ce type de violence, voici quelques contacts qui peuvent vous permettre de trouver du soutien :

17 - Police et gendarmerie

114 - En remplacement du **15**, **17** et **18** pour les personnes sourdes, malentendantes, aphasiques, dysphasiques

112 - Service d'urgence européen

15 - Urgences médicales (SAMU)

18 - Pompiers

3919 - Violences Femmes Info

C'est un numéro d'écoute **national** destiné :

- aux **femmes victimes de violences**

- à leur **entourage**

- aux **professionnels** concernés

Anonyme et gratuit, il est accessible depuis un poste fixe et un mobile en métropole et dans les DROM. Ce numéro permet d'assurer écoute, information et, en fonction des demandes, d'orienter vers des dispositifs locaux d'accompagnement et de prise en charge adaptés. Le 3919 n'est pas un numéro d'appel d'urgence.[21]

Association : La fondation des femmes, qui lutte contre les violence faites aux femmes.[22]

---

[21] https://www.service-public.fr/particuliers/vosdroits/F12544
[22] https://fondationdesfemmes.org/

REMERCIEMENTS

Merci. Je pense que c'est la meilleure façon de commencer des remerciements, juste Merci. J'ai commencé AMNESIA - anciennement REMEMBER, qui a failli s'appeler BREATH - en Mai 2022, j'avais 14 ans. Je pose le mot FIN deux ans plus tard en Juin 2024, j'ai encore 16 ans. Lorsque j'écris ces mots, nous sommes en Juillet 2024 et j'ai enfin 17 ans. Quelle aventure ! Je ne compte plus le nombre de fois où j'ai failli renoncer et je ne réalise toujours pas que je vais devoir dire au revoir à Zahra, Nathanaël, Hélios, etc… Evidemment je suis incapable de vraiment les laisser. L'annonce d'une suite, un tome sur Nyx et un autre sur Astrid ne surprendra donc personne (enfin si tout se passe bien ;))

Si cet univers a pu exister, c'est dans un premier temps grâce à **Kalie**. Lorsque je l'ai rencontrée, j'étais une adolescente complètement perdue, au fond du gouffre et en quête de guérison. La dépression te fait souvent oublier qui tu es, ce que tu aimes, ce qui te fait vibrer. Alors que j'ai toujours été passionnée de lecture et d'écriture, j'avais délaissé ces activités. Elle est celle qui m'a dit « lis ceci, lis cela », et j'ai lu. J'ai lu sur Wattpad dans un premier temps et j'ai vibré de tout mon cœur, pleuré des litres de larmes sans me sentir coupable. J'ai lu et plus je lisais, plus je guérissais. J'ai lu et plus je lisais plus je retrouvais espoir. J'ai lu et j'ai recommencé à vivre.

Mais le déclic s'est produit lorsque j'ai lu ce fameux livre sur Wattpad : *The Heart Beat* d'**Alice des Merveilles** (maintenant édité chez *Plume du Web*). Ce livre qui m'a fracassé le cœur, m'a sauvée de la noyade, m'a fait me sentir écoutée, comprise, moins seule. C'est à ce moment que j'ai décidé que je voulais fracasser des cœurs, et pourquoi pas, aider quelqu'un à mon tour. Finalement, je suis celle que j'ai sauvée dans cette aventure même si j'espère avoir réussi à vous plonger dans mon univers. Qui sait, AMNESIA sera peut-être un jour le *The Heart Beat* de quelqu'un.

Malgré ma passion, je n'étais jamais satisfaite, je n'avais ni la force d'écrire, ni la motivation pour écrire. Ma vie tumultueuse, dont la dépression, ont fait que j'ai laissé de côté ce projet. J'ai trouvé un échappatoire dans la poésie, leur efficacité, leur rapidité, leurs mots tranchants, ce qui a donné naissance à MORCEAUX D'ÂME que j'ai écrit de septembre 2022 à juillet 2023. Pourtant ça ne m'a pas suffit, j'avais besoin de raconter des histoires,de me confier avec subtilité, de vous faire rentrer dans mon esprit complexe. Mais pendant de longs mois, j'ai de nouveau repoussé l'écriture. La vie étant toujours aussi chaotique, mon lycée a presque fermé, je me retrouvais donc seule avec moi-même, démoralisée, sans rien avoir à faire de mes journées. Celui qui m'a pris entre quatre yeux et m'a dit : « Tu sais ce qu'il te reste à faire, écris et sors enfin ton bouquin », qui m'a poussé comme un fou, c'est **mon père**. Grâce à lui j'ai trouvé un but, j'ai repris AMNESIA depuis le début et je ne me suis plus arrêté jusqu'à aujourd'hui. Évidemment, **ma mère** l'a vite rejoint, puis mon frère **Saël** (qui lira peut-être un jour mon livre, même si cela semble peu probable étant donné son aversion pour la lecture ;)). Ils ont formé un trio prêt à me soutenir à chaque instant et à me remotiver.

Celle qui m'a permise de garder le cap et de ne pas me laisser submerger une nouvelle fois, c'est **Esther**, ma maître de stage. Elle m'a mise en avant sur ses réseaux, m'a encouragée chaque jour pendant des mois, jusqu'à la fin de mon stage. Elle m'a donné confiance en moi et m'a encouragée dans ce projet fou, me répétant à quel point c'était incroyable, tout en me faisant gagner en maturité et améliorer mon écriture. Elle a rigolé quand je lui ai promis qu'elle serait dans mes remerciements mais sans elle, AMNESIA ne serait sûrement pas entre vos mains.

Elle m'a aussi encouragée sur les réseaux, j'ai commencé à poster chaque jour sur instagram, sur tiktok et maintenant même sur youtube (@maeve.s_books si jamais vous voulez me faire un retour de votre lecture n'hésitez pas !). J'ai commencé à avoir une **communauté** qui m'a soutenue, certaines filles répondaient à toutes mes storys, commentaient chacun de mes postes, venaient sur chacun de mes lives. Quand j'ai posté les premiers chapitres d'AMNESIA sur wattpad, j'ai eu des retours qui m'ont fait prendre confiance en ma plume, qui m'ont réchauffé le cœur et je me suis dis que finalement, j'en étais peut-être capable.

Je tiens aussi à remercier ma tante, **tata Linda**, qui a suivi mon aventure en me repartageant sur ses réseaux, en en parlant autour d'elle et surtout en me disant à quel point elle était fière. Elle n'est pas seule, j'ai **une famille en or** qui m'a encouragée et quoi de mieux que de rendre sa famille fière ?

Mais surtout, celles qui ont fait un travail monstrueux et grâce à qui AMNESIA est lisible, qui ont réécrit parfois des phrases entières de ce roman… **Mes Bêtas lectrices**. Ce n'est pas tout le monde qui va se lancer dans une aventure comme celle-ci en un temps aussi court. Elles ont littéralement changé ce livre en en tirant le meilleur et elles m'ont empêché d'abandonner beaucoup trop de fois. Alors **Lucile**, **Léna**, **Pauline**, **Eléonore**, **Héloïse**, **Ambre**, **Jeanne**, merci infiniment et j'espère que vous m'excuserez de vous avoir fracassé le cœur.

Merci aussi à **Ava** et **Anaïs** (qui n'ont rien fait directement pour ce livre, mais que je suis obligée de remercier car elles sont celles) qui ont été là quand je perdais pied à force de ne vivre qu'à travers AMNESIA ou lorsque la vie me submergeait et que j'avais besoin de respirer. Elles me soutiennent chaque jour depuis que j'ai eu la chance de les rencontrer, elles sont mes Astrid et mes Nyx (même si les personnages ne sont pas inspirés d'elles (enfin presque), vous avez l'idée haha). Bref, elles m'ont donné la force de persévérer. (bien que je sois persuadée qu'Ava ne lira jamais ces mots à l'instar de mon frère, mais je les aime quand même).

Merci à **Zélie** et **Lily**. Peut-être qu'un jour elles liront ces mots quand elles seront plus grandes alors je vais m'adresser à elles. Les filles, vous êtes la plus belle chose qui soit arrivée dans ma vie, vous êtes mes étoiles dans la nuit, vous êtes mes Anna comme je suis votre Elsa (Saël tu es Olaf t'inquiète pas on ne t'oublie pas). Je voulais que ce premier livre retranscrive nos liens si puissants, même s'ils sont indescriptibles. Merci de me donner la force de vivre chaque jour même quand la vie me met à terre, merci d'être mes soleils derrière les nuages, mes arcs-en-ciel après la pluie. Merci d'exister et je m'excuse que ce projet m'ait empêché de passer du temps avec vous. Dire que je ne l'avais pas vraiment remarqué avant que vous ne me le reprochiez, on comprend d'où je tire le personnage de Zahra.

Mes derniers mots seront pour ma grand-mère, et je pleure déjà alors que je n'ai encore rien écrit. Quand j'ai commencé ce livre, la grand-mère de Zahra était un personnage déjà très important dans l'histoire, c'était ma façon de la remercier car elle est la première personne avec qui respirer n'était pas si compliqué. Quand j'ai repris AMNESIA en 2024 après l'avoir arrêté en 2022, ça a été le choc. En commençant ce roman, elle était encore là. Aujourd'hui, ce n'est plus le cas. D'ailleurs, le personnage de *Djida* devait s'appeler **Mam**, tout comme j'ai toujours appelé ma grand-mère, mais je ne pouvais pas me permettre de fondre en larmes tous les trois mots. Elle était à l'origine bien plus présente dans le roman mais pour les même raisons, elle l'est moins. J'aurais aimé lui poser toutes les questions sur ses traditions qui ne m'ont pas forcément été toutes transmises.(, comment on disait certains mots, etc…) Bref, **Mam** je t'aime par-delà les étoiles et j'espère te rendre fière de là où tu es.

J'ai sûrement oublié des personnes, alors j'espère qu'elles se reconnaîtront malgré tout lorsque je vous dis, merci.

On se retrouve au plus vite pour plus de Nyx… (normalement haha) et peut-être, qui sait, un jour en librairie ?

~ Kiss, Mae.

Déjà paru par cette autrice :

Recueil de poèmes : Morceaux d'Âme

AMNESIA

MAEVE ADJ